Rainer M. Schröder • Im Banne des Falken

OMNIBUS

Foto: © Juliana Romnes

DER AUTOR

Rainer M. Schröder, 1951 in Rostock geboren, hat vieles studiert (Operngesang, Jura, Theater-, Film- und Fernsehwissenschaft) und einige Jobs ausprobiert (Bauarbeiter, Trucker, Reporter, Theaterautor, Verlagslektor), bis er sich für ein Leben als freier Schriftsteller entschieden hat. 1980 ging er in die USA, bereiste das Land und kaufte sich in Virginia eine Farm. Dort lebte er als Autor und Hobbyfarmer. Aber immer wieder brach er zu neuen Abenteuerreisen auf. Er hat zahlreiche Jugendbücher, Romane, Sachbücher sowie Hörspiele und Reiseberichte veröffentlicht. Heute lebt er in Florida – oder ist gerade irgendwo unterwegs auf dem Globus.

Von Rainer M. Schröder ist bei OMNIBUS erschienen:

Die Falken-Saga, vier Bände (20212, 20230, 20176, 20187)
Abby Lynn, zwei Bände (20080, 20346)
Sir Francis Drake – Pirat der Sieben Meere (20126)
Dschingis Khan – König der Steppe (20050)
Die Irrfahrten des David Cooper (20061)
Entdecker, Forscher, Abenteurer (20619)
Goldrausch in Kalifornien (20103)
Das Geheimnis der weißen Mönche (20428)

Rainer M. Schröder

Im Banne des Falken

OMNIBUS

Band 20176

OMNIBUS
Der Taschenbuchverlag
für Kinder und Jugendliche
von Bertelsmann

Umwelthinweis: Dieses Buch wurde auf chlorfrei gebleichtem Papier gedruckt.

Erstmals als OMNIBUS-Taschenbuch Juni 1996
Gesetzt nach den Regeln der Rechtschreibreform

Umschlagbild: Doris Eisenburger
Umschlagkonzeption: Klaus Renner
Herstellung: Peter Papenbrok/han
Satz: IBV Satz- und Datentechnik GmbH, Berlin
Druck: Presse-Druck Augsburg
ISBN 3-570-20176-7 · Printed in Germany

www.omnibus-verlag.de

10 9 8 7

Inhalt

Für Lukas Wiemer.
Möge Dein Leben
eine aufregende Reise
durch blühende Oasen sein.

ERSTES BUCH

Von Küste zu Küste

August 1830

Der Feige liebt die Meute

Funken flogen in die Nacht, als Sadik Talib einen trockenen Ast ins Feuer warf. Im selben Augenblick wusste er, dass sie sich in Gefahr befanden. Doch um welche Gefahr handelte es sich? Und aus welcher Richtung kam sie?

Der schmächtige, sehnige Araber beugte sich vor und hängte den Wasserkessel an den Haken des eisernen Dreibeins. Jeder Muskel war angespannt, doch weder Jana noch Gaspard und Tobias merkten etwas davon. Auch seinem Gesicht mit der leicht getönten Haut, den ausgeprägten Wangenknochen, der scharfen Nase und den buschigen schwarzen Brauen, unter denen hellblaue Augen von der Klarheit und Schärfe eines Falken lagen, war nicht die geringste Veränderung anzusehen.

Sadik war ein *bàdawi,* ein Beduine von Geburt, und hatte in den mehr als vierzig Jahren seines wechselvollen Lebens mehr Gefahren ins Auge sehen müssen, als ein guter Feigenbaum zur Erntezeit Früchte trägt.

Angst war ihm fremd, denn sein Glaube an den Koran und das Himmelreich nach dem Tod war so unerschütterlich wie das Wissen um die eigene Schnelligkeit und Erfahrung als Kämpfer. Er wünschte nur, sie säßen nicht auf dieser kleinen kieferbestandenen Lichtung im Westen Frankreichs um ein Lagerfeuer, sondern irgendwo in den Dünen der Wüste. Die Geräusche der Wüstennacht wusste er so sicher zu deuten wie ein Astronom das Meer der Sterne, die in dieser Augustnacht den Himmel so dicht bevölkerten, als hätte ein Riese mit schwungvoller Hand einen Sack mit Brillanten und Diamantenstaub über ein schwarzes Samttuch ausgeschüttet.

Er konzentrierte all seine Sinne auf die Dunkelheit jenseits des hellen Lichtkreises, den das Lagerfeuer warf. Das vertraute Rupfen der beiden ausgespannten Grauschimmel, die sich an dem Grün gütlich taten, trat dabei genauso in den Hintergrund seiner Wahrnehmung wie das Gespräch zwischen Tobias und Gaspard. Und plötzlich wusste er, was ihn alarmiert hatte: Nicht nur das Zirpen der Grillen war in seinem Rücken verstummt, sondern auch das Käuzchen, das hoch oben in einem der Bäume saß, hatte seine Rufe eingestellt. Und er war sicher, dass es nicht davongeflogen war. Der Flügelschlag des abstreichenden Vogels wäre ihm nicht entgangen.

Sadik wandte den Kopf vom Feuer und tat so, als würde er in der Provianttasche, die seitlich hinter ihm im trockenen Gras lag, etwas suchen. In Wirklichkeit spähte er zu den Büschen und Bäumen hinüber, aus denen ihnen die Gefahr drohte.

Jana und Tobias lachten unbeschwert über eine von Gaspards haarsträubenden Geschichten, von denen der Pariser Gassenjunge viele zu erzählen wusste. Unsinn, das kleine Makak-Äffchen mit dem weißen Schwanz, hob in Janas Schoß bei dem Gelächter kurz den Kopf, legte sich aber gleich wieder hin und ließ sich weiter kraulen.

Sadik wandte sich erneut um und unterdrückte den Impuls, die Wurfmesser zu lockern, die er unter der Lammfelljacke am breiten Gürtel trug und mit denen er geschickter umzugehen verstand als ein messerwerfender Zirkusartist. Im Augenblick waren sie ihm keine Hilfe. Die Schwärze zwischen den Kiefern und Sträuchern in seinem Rücken war zu tief, als dass er ein genaues Ziel hätte ausmachen können. Zudem warf er seine Messer niemals auf den bloßen Verdacht einer Gefahr hin.

Vielleicht zogen sie sich ja auch wieder zurück, wer immer sich da in seinem Rücken anschlich. Es konnte alles ganz harmlos sein. Nicht jede Wolke bringt Regen, hieß eine Redensart in seiner Heimat. Doch es war gut, auf ein Gewitter vorbereitet zu sein, wenn sich dunkle Wolken näherten.

›Nur der Esel fällt nach der Warnung!‹, dachte Sadik Talib.

Mit einer scheinbar erschöpften Geste fuhr er sich über die Augen und reckte ein wenig seinen Körper, während er sich eine Strähne seines krausen, blau-schwarzen Haars, in das sich hier und da schon etwas Grau mischte, aus der Stirn strich.

»Soll ich noch mehr Holz holen, Sadik?«, fragte Jana, die seinen besorgten Blick falsch deutete.

»*La*, nein! Es genügt. Schade nur, dass wir keinen getrockneten Kameldung zur Verfügung haben. Damit brennt ein Feuer länger und gleichmäßiger, wenn auch nicht so heiß. Aber wegen mangelnder Hitze hat sich noch keiner in der Wüste beklagt«, antwortete der Araber und überdachte blitzschnell ihre Situation. Wenn die Gruppe, die sich da in den Sträuchern verbarg, nicht zu groß war, würden sie mit ihr schon fertig werden.

Jana würde die Nerven bewahren, sollte es gleich hart auf hart kommen. Das hatte sie in den letzten Wochen ihrer abenteuerlichen Reise durch die Länder des südlichen Deutschland nach Frankreich und ganz besonders in den Tagen der blutigen Revolution in Paris unter Beweis gestellt. Dabei ging die junge Landfahrerin und Kartenlegerin mit dem langen schwarzen Haar und den flaschengrünen Augen wie Tobias erst auf die siebzehn zu. Aber das Alter war noch nie allein ein Maßstab für Reife gewesen.

Wem Allah einen Kochlöffel beschert, dem schenkt er nicht unbedingt auch das Geschick für schmackhafte Speise, und wenn dieser auch sein halbes Leben an den Töpfen steht und rührt!

Nicht so Jana. Die Jahre des rastlosen Herumziehens durch halb Europa hatten ihr die Erfahrungen und die Reife gebracht, die über ihr wahres Alter weit hinausgingen.

Dasselbe traf auf Gaspard zu. Er war erst zwölf, doch was Härte und Sichbewähren angesichts von Lebensgefahr betraf, war er fast schon ein Veteran wie Sadik. Denn der unbarmherzige Kampf ums Überleben in den Elendsvierteln von Paris, wo sie ihn kennen gelernt und als unbezahlbaren Helfer gewonnen hatten, hatte ihn geformt. Die Not und Brutalität seines Alltags hatten ihm nicht nur die Sorglosigkeit der Kindheit geraubt, die für Tobias bis vor ein paar Monaten auf Gut *Falkenhof* so selbstverständlich gewesen war, sondern ihn auch die linke Hand und das rechte Auge gekostet. Eine Augenklappe aus braunem, speckigem Leder verdeckte die leere Höhle, und am linken Arm trug Gaspard eine Holzprothese, aus der ein gekrümmter Eisenhaken und eine Art Gabel mit zwei Zinken herausragten. Diese Prothese war sein ganzer Stolz. Er hatte sie sich selbst verdient und mit Blei bezahlt, und zwar mit dem Blei von Dachverkleidungen, die er nachts von den Dächern der Wohnhäuser in Schwindel erregender Höhe gestohlen hatte. Schon mit zwei gesunden Armen war das für einen wieselflinken Jungen eine lebensgefährliche Angelegenheit. Fast ein Jahr hatte er gebraucht, um das Geld für die Prothese aufzubringen – und den Hausbesitzern zu entkommen, die mit obdachlosen Gassenjungen wie ihm kurzen Prozess machten und sie in die Tiefe stürzten, wenn sie ihrer habhaft wurden. Ja, auf Gaspard war Verlass.

Und Tobias?

Sadik lächelte unwillkürlich voller Stolz. Tobias war das jugendliche Ebenbild seines Vaters Siegbert Heller, der sein Leben der Entdeckung und Erforschung noch unbekannter Länder gewidmet hatte und dem er, Sadik Talib, in Arabien viele Jahre als Dolmetscher, Reiseführer und Freund gedient hatte. Und wenn er letztes Jahr auf *Falkenhof* nicht so schwer erkrankt wäre, wäre er jetzt nicht hier in Frankreich auf dem Weg zur Kanalküste, sondern mit Sihdi Heller auf dessen neuer Expedition irgendwo in Afrika auf der Suche nach den Nilquellen. Ob es ihm wohl doch noch gelingen würde, Sihdi Heller im kommenden Winter in Chartoum zu treffen?

Tobias hatte mit seiner schlanken, durchtrainierten Gestalt, dem sandbraunen Haar und den markanten Gesichtszügen nicht nur das gute Aussehen seines Vaters geerbt, sondern auch dessen wachen Geist. Was seine Sprachbegabung und seine Fechtkünste anging, so übertraf Tobias ihn und jeden anderen, den Sadik kannte. Arabisch sprach er wie ein Einheimischer und die Klinge wusste er so vortrefflich zu führen, dass sein letzter Lehrer, ein berühmter französischer Fechtmeister, ihm nichts mehr hatte beibringen können. Dem ehemaligen Schüler, dessen meisterlicher Klingenführung er sich hatte unterwerfen müssen, hatte er zum Abschied einen kostbaren Degen vermacht. Er stammte aus Spanien und wurde schon seit Generationen von einem Meister an den nächsten Schüler weitergereicht, wenn dieser ihn überflügelte.

Vor einigen Monaten, es war im Mai gewesen, waren sie der Belagerung von Gut *Falkenhof,* das eine Kutschenstunde südlich von Mainz lag, bei Nacht und Nebel in einem Heißluftballon mit knapper Not entkommen. Seitdem befanden sie sich vor ihrem Verfolger Armin Graf von Zeppenfeld und seinen gedungenen Schurken, den ehemaligen Söldnern Stenz und Tillmann, auf der Flucht. In diesen vergangenen Monaten hatte Tobias mehr als einmal Gelegenheit erhalten, nicht nur seine Intelligenz und Geistesgegenwart unter Beweis zu stellen, sondern auch seine Fechtkünste. Und wenn er manchmal auch ein hitziges, übersprudelndes Temperament an den Tag legte, so hatte er doch mit der Klinge in der Hand stets die Mahnung beherzigt, die in den Toledostahl des spanischen Degens eingraviert war: *Mögen sich Tapferkeit und Fechtkunst stets mit Ehrgefühl und Großmut die Waage halten!* Bei Allah und seinem Propheten, auf Tobias konnte er sich blind verlassen!

Unter einigermaßen günstigen Umständen konnten sie also mit Wegelagerern und bourbonentreuen Soldaten, die nach dem Sturz von König Charles vor noch nicht einmal einer Woche überall im Land die Straßen unsicher machten, ganz gut fertig werden. Nur hier auf der Lichtung bei Nacht und am Lagerfeuer waren die Umstände alles andere als günstig. Und dummerweise hatten sie Flinte und Musketen in der Kutsche gelassen.

All dies schoss dem Beduinen in wenigen Sekunden durch den Kopf. Es war nun an der Zeit, die anderen zu warnen und die nötigen Absprachen zu treffen.

»Niemand ist sich seines Schicksals sicher, als bis er ins Grab kommt«, begann er und zeigte einmal mehr, wie sehr er es liebte, eine arabische Spruchweisheit in seine Rede mit einzuflechten. »Und mir scheint, dass die Nacht ein paar Gestalten für uns bereithält, die uns zu einem solch sicheren Schicksal verhelfen möchten.«

Jana stutzte.

Tobias begriff sofort. Seine Augen nahmen einen wachsamen Ausdruck an und sein Körper straffte sich. Doch er war klug genug nicht zu seinem Degen zu fassen und sich dadurch zu verraten.

Sadik fuhr schnell, aber mit völlig normaler Stimme fort: »Es dürfte unserer Gesundheit sehr zuträglich sein, wenn wir uns nichts anmerken lassen! Also schaut euch nicht um und macht auch sonst keine verräterischen Bewegungen.« Und zu Jana gewandt, fuhr er scheinbar im Plauderton fort: »Es dürfte das Gesindel in meinem Rücken in Sicherheit wiegen, wenn du jetzt den Tee ins Wasser gibst, während Gaspard irgendetwas sagt, worauf wir alle lachen werden.«

Gaspard verzog leicht das Gesicht. »Ich wünschte, ich hätte statt des blöden Grashalms jetzt die Flinte mit der doppelten Ladung grobem Schrot in der Hand!«

Tobias und Sadik lachten und auch Jana schaffte es, sich belustigt zu geben, während sie eine Hand voll Tee ins Wasser warf.

»Zeppenfeld?«, fragte Tobias leise in Sadiks Lachen hinein und hatte einen trockenen Mund, während sein Herz zu jagen anfing.

Der Beduine schüttelte den Kopf. »*La,* nein. Unmöglich. Er muss mindestens noch zwei, drei Tagesreisen hinter uns sein.« Zeppenfeld hatte sich in Paris schwere Verbrennungen zugezogen, nachdem er Jana entführt und versucht hatte in den Besitz der wichtigen Karte zu kommen, die ihm jedes Verbrechen wert war, weil sie den Weg zum sagenhaften verschollenen Tal in der nubischen Wüste verriet.

»Dann also Gesindel der Landstraße?«

»*Aiwa,* ja, vermutlich«, bestätigte Sadik und schob dabei zwei lange, dicke Äste tiefer ins Feuer.

»Weißt du auch, wie viele es sind?«, fragte Jana, die sich angesichts der Gefahr genauso bewundernswert unter Kontrolle hatte wie Tobias und Gaspard.

»Schwer zu sagen. Das Reisig wird erst im Bündel zum Besen und der Feige liebt die Meute«, antwortete Sadik äußerlich völlig gelassen. »Drei Schatten habe ich mit Sicherheit ausmachen können. Es können aber auch mehr sein. Und deshalb müssen wir, wenn der Augenblick gekommen ist, gleich blitzschnell handeln.«

»Die Musketen...«, setzte Gaspard an.

»Zu weit!«, schnitt Sadik ihm das Wort ab und lachte kurz, als hätte der Junge eine scherzhafte Bemerkung gemacht. »Aber es wird deine Aufgabe sein, auf mein Kommando hin zur Kutsche zu laufen! Unter dem Kutschbock liegt, eingewickelt in eine Decke, die geladene Flinte. Aber pass auf, wohin du schießt! Es gibt zwar keine Töpferei ohne Scherben. Doch achte darauf, dass die anderen den Schaden haben und nicht einer von uns.«

Gaspard grinste und sah mit seiner speckigen Augenklappe noch um eine Spur verwegener aus als sonst schon. »Werd den Bleiregen schon auf die Richtigen niedergehen lassen!«, versicherte er.

»Jana, du siehst ebenfalls zu, dass du so schnell wie möglich in den Schutz der Kutsche kommst«, fuhr Sadik schnell fort. »Die Musketen...«

»Ich weiß, wo sie sind. Ich bin bereit«, sagte Jana und hakte zwei Finger hinter das lederne Halsband von Unsinn, der mittlerweile aufrecht in ihrem Schoß hockte, als spüre er die veränderte Situation.

Sadik nickte knapp und sah Tobias an. »Wenn ich gleich das Zeichen gebe, müssen wir vom Feuer wegspringen wie die Heuschrecken von glühenden Kohlen – und zwar in die verschiedensten Richtungen, um nicht ein einheitliches Ziel zu bieten, sollten sie mit Feuerwaffen bewaffnet sein. Jana und Gaspard rennen vom Feuer weg nach *rechts* zur Kutsche, während du dich so schnell wie möglich nach *links* aus dem Lichtkreis bringst, Tobias.«

»Verstanden. Und du?«

»Wer mit dem Löwen gerungen hat, der flieht nicht vor dem Schakal«, antwortete Sadik trocken und gab damit seiner Verachtung für derlei Wegelagerer Ausdruck, die aus dem Hinterhalt angriffen. »Ich gehe sie direkt an. Denn wer einen Schlag austeilen will, soll sich nicht wundern, wenn er dessen zornigen Bruder empfängt!«

Ein flüchtiges Lächeln der Belustigung huschte über Tobias' Gesicht. Dann jedoch wandte er ernsthaft besorgt ein: »Aber wenn sie Musketen haben…«

Jeder andere hätte es wohl nicht wahrgenommen, doch Sadiks feinem Gehör entging das leise, metallische Klicken zwischen den Sträuchern in seinem Rücken nicht. Ihm war klar, was das zu bedeuten hatte. Da wurden die Hähne von mindestens zwei Feuerwaffen gespannt! Diese Wolke zog nicht ereignislos vorbei, sondern sie brachte Regen! Nun gab es nicht mehr eine Sekunde zu verlieren.

»Es klingt so, als wäre das der Fall. Haltet euch bereit. Jetzt müssen wir handeln. Das Kommando heißt *Hasib!*«, fiel er Tobias in die Rede, was im Arabischen *Pass auf!* bedeutet, und beugte sich vor. Wieder packte er die beiden dicken Äste, deren obere Hälften hell loderten. »Allah gebe es, dass wir so schnell sind wie der Wüstenwind!« Sadik machte eine Pause, die nicht länger dauerte als ein Wimpernschlag. Sein Blick erfasste seine Freunde.

Jana packte ihren geliebten Affen fester.

Gaspard stemmte seine Prothese gegen einen großen, flachen Stein, der neben ihm aus dem Boden ragte, um sich gleich davon abstoßen zu können, wenn Sadik das verabredete Zeichen gab.

Tobias verlagerte das Gleichgewicht seines Körpers ein wenig, damit auch er so rasch wie möglich aufspringen konnte und aus dem Lichtschein kam. Wie zufällig ruhte seine linke Hand schon in der Nähe seines Degens.

Die Nacht hielt den Atem an.

»Hasib!«

Messer und Musketen

Sadiks gellender Schrei, der bei ihren unbekannten Gegnern eine Schrecksekunde auslösen und für zusätzliche Verwirrung sorgen sollte, zerriss die trügerische Stille der Nacht und ließ Freund wie Feind zusammenzucken. Tobias sprang nach links. Mit einem wahren Hechtsprung brachte er sich vom Lagerfeuer weg ins Halbdunkel. Er rollte über die Schulter ab, während er den Degen mit der linken Hand auf der Höhe seines Unterschenkels hielt. Er hörte, wie die Scheide gegen einen Stein stieß, spürte einen Schlag gegen die Hüfte und sprang auf. Der Degen flog förmlich aus der Scheide und ihm in die Hand.

Gaspard und Jana hatten genauso blitzschnell reagiert und rannten auf die schwarz lackierte Kutsche zu. Jana hielt Unsinn an die Brust gepresst, der von dem Tumult erschrak und in schrilles Gekreische ausbrach.

Sadik war ihnen allen um den Bruchteil einer Sekunde voraus. Noch im Schrei war er wie vom Katapult geschossen hochgeschnellt. Mit den beiden brennenden Ästen in den Händen wirbelte er herum und schleuderte diese Fackeln nun in die Richtung, in der er die Männer, die sich an ihren Lagerplatz angeschlichen hatten, vermutete. Der Flammenschein der auf sie zufliegenden Äste würde sie irritieren und vielleicht sogar blenden.

Er erzielte mit dieser Aktion den erhofften Erfolg. Aus dem Dickicht der Sträucher kamen erschrockene Rufe. Der eine Ast prallte gegen einen Baumstamm, dass die Funken wie ein Regen rot glühender Sterne nach allen Seiten wegstoben. Der andere brach in Brusthöhe durch die Zweige eines Brombeerstrauches. Fast im selben Augenblick krachte ein Schuss, gefolgt von einem lästerlichen Fluch. Ein Kugelhagel, der nach feinem Vogelschrot klang, prasselte hoch oben durch das Blattwerk eines Baumes. Da hatte einer vor Schreck abgedrückt, während der Lauf noch nach oben zeigte.

Ein zweiter Schuss blitzte mit grellem Mündungsfeuer aus den Büschen auf, zwischen denen nun am Boden Flammen züngelten. Sadik sah mit Bestürzung, wie Jana getroffen aufschrie und zu Boden stürzte, keine zwei Schritte von der Kutsche entfernt. Wie hingezaubert lag im nächsten Moment eines seiner Wurfmesser in der Hand.

»Jana ist getroffen!«, schrie Tobias mit vor Entsetzen schriller Stimme und rannte fünf Schritte links von seinem beduinischen Freund und Mentor auf das Versteck zu.

Sadik sah einen Schatten und schleuderte das Messer aus zehn, zwölf Meter Entfernung. Es fand sein Ziel. Ein Schrei gellte aus der Dunkelheit vor ihnen, die von den noch brennenden Ästen etwas aufgehellt wurde. Die Umrisse von vier Gestalten waren zu erkennen. Einer von ihnen taumelte mit Sadiks Messer in der Schulter rückwärts aus dem Flammenschein und suchte Schutz zwischen den Bäumen. Augenblicke später jagte Gaspard vom Kutschbock aus die beiden Ladungen der doppelläufigen Schrotflinte zwischen die Bäume und Büsche. Einige der Schrotkugeln hatten getroffen, wie das augenblicklich einsetzende Geschrei und Gefluche unmissverständlich bewies. Und statt zum Gegenangriff überzugehen und aus dem Wald auf die Lichtung hinauszustürmen, ergriffen die Männer die Flucht.

Tobias hieb mit der Klinge auf die Sträucher ein und wollte ihnen nachsetzen, doch Sadik hielt ihn zurück. »Lass es gut sein! Wir haben sie vertrieben. Das soll uns genügen.«

»Sie haben Jana getroffen!«

»So schlimm scheint es nicht zu sein. Sie steht schon wieder auf«, erwiderte Sadik und sah, wie Jana sich den linken Oberarm mit der rechten Hand hielt. Doch sie stand sicher auf den Beinen. »Vermutlich nur ein Streifschuss. Sie hat noch mal Glück gehabt.«

»Trotzdem...«

Sadik legte ihm seine Hand schwer auf die Schulter und hielt ihn zurück. »Wenn man auf der Durchreise ist, steckt man nicht die Hand in den Bau des Schakals, nachdem man ihn dorthin vertrieben hat!«

Tobias verzog das Gesicht. »Du mit deinen sinnigen Sprüchen! Dieses hinterhältige Pack ist viel zu billig davongekommen!«, brummte er, ließ die Klinge jedoch sinken und stieß sie dann mit einer heftigen Bewegung zurück in die Scheide.

»Sehen wir, wie es Jana geht«, sagte Sadik.

Gaspard hatte, als beide Läufe abgefeuert waren, die Flinte fallen lassen, sprang vom Bock und riss den Kutschenschlag auf, um sich nun mit einer Muskete zu bewaffnen.

»Das hast du gut gemacht, Gaspard!«, rief Sadik ihm anerkennend zu. »Ich glaube nicht, dass wir von denen noch etwas zu befürchten haben. Nimm eine Decke und schlag die Flammen aus. Es scheint hier lange nicht geregnet zu haben und wir wollen keinen Waldbrand verursachen.«

Gaspard tat, wie ihm geheißen, und vertauschte die Muskete gegen eine der Pferdedecken.

Tobias lief zu Jana hinüber, die sich gegen das hintere Rad der Kutsche lehnte. »Wie geht es dir?«, rief er besorgt. »Ist es schlimm?«

»Es brennt ganz schön«, antwortete sie mit leicht schmerzverzerrten Zügen. »Aber ich habe viel Glück gehabt. Ich glaube, die Kugel steckt nicht. Sie hat wohl nur eine Wunde gerissen.«

»Lass mich mal sehen«, sagte Sadik und drehte ihre linke Schulter ins Licht des Lagerfeuers. Sie nahm die Hand vom Oberarm und er zog aus der kunstvoll gearbeiteten Scheide aus gehämmertem Silber sein kostbarstes Messer. Das Griffstück bestand aus Elfenbein und in die gut zwei Finger breite Klinge waren arabische Schriftzüge eingraviert. Von weitem ähnelten sie Feuerzungen. Die Kugel hatte Janas bunt kariertes Hemd aus grobem Kattun auf der Höhe der Achsel aufgefetzt. Sadik führte die rasiermesserscharfe Klinge blitzschnell einmal nach links und nach rechts durch den Stoff, dass das Auge den Bewegungen kaum zu folgen vermochte, und im Hemd klaffte eine breite Öffnung. Er besah sich die Wunde.

»Und? Wie sieht es aus? Ist etwas verletzt? Sehnen? Muskeln?«, fragte Tobias mit einer Besorgnis, die der sichtlichen Geringfügigkeit ihrer Verletzung kaum angemessen war – dafür jedoch umso mehr seinen tiefen Gefühlen für sie. »Mein Gott, nun sag schon!«

Sadik warf ihm einen spöttischen Blick zu. »Zu viel Flattern zerbricht die Flügel, Tobias!«, mahnte er ihn zu mehr Ruhe und Gelassenheit. »Und was Janas Arm betrifft, so wird sie ihren Enkelkindern noch erzählen können, wo sie sich diese Narbe geholt hat. Denn mehr wird davon in ein, zwei Wochen nicht mehr zu sehen sein.«

Tobias atmete erleichtert auf. »Gott sei Dank!«

Jana warf ihm ob seiner Sorge um ihr Wohlergehen einen ebenso verlegenen wie dankbaren Blick zu. »Zum Glück ist nicht jeder so ein Meisterschütze wie Sadik.«

Dieser schmunzelte. »Setz dich auf die Trittstufe. Ich werde die Wunde säubern, ein Mittel auftragen, das einer bösartigen Entzündung vorbeugen wird, und einen Verband anlegen. Morgen wird das Brennen gerade noch ein Ziehen sein.«

»Bleiben wir?«, fragte Tobias mit zweifelndem Unterton.

Sadik schüttelte den Kopf. »Diese Gegend scheint doch unsicherer zu sein als gedacht. Wer weiß, wer sich hier noch alles herumtreibt. Es sind unsichere Zeiten. Wir fahren besser weiter, bis wir auf eine Ortschaft mit einem anständigen Gasthof stoßen.«

»Ist mir recht«, sagte Tobias. »Dann kümmere ich mich um unsere Sachen und lösche schon mal das Feuer.«

Sadik nickte. »Aber vorher zünde die Kutscherlampen an. Ich brauche Licht.«

Gaspard hatte indessen die Flammen am Fuße des Baumes und zwischen den Büschen mit der Pferdedecke ausgeschlagen und kehrte zur Kutsche zurück, als Tobias die beiden Außenlaternen rechts und links vom Kutschbock und die kleine Öllampe im Wageninnern entzündet hatte. Fasziniert sah er, wie Sadik ein längliches Sandelholzkästchen auf das Fußbord des Kutschbocks stellte und aufklappte. Es war in viele verschiedene Fächer unterteilt und enthielt Arzneien.

Sadik säuberte die Wunde mit einem sauberen, alkoholgetränkten Tuch und rieb dann ein grau-grünliches Pulver, das wie Schimmel aussah, in die Fleischwunde. Jana hielt sich tapfer. Die Berührung verursachte ihr Schmerzen, doch sie verbiss sich jeden Laut.

»Die Hirse wächst nicht schneller, wenn zwei einem dritten beim Wässern des Feldes zuschauen«, brummte Sadik. »Holt besser die Pferde und spannt sie schon mal ein, damit wir gleich zurück auf die Landstraße können! Ich bin hier noch etwas beschäftigt. Wer sich mit der Bearbeitung von Perlen beschäftigt, muss Sorge tragen, dass er ihre Schönheit nicht zerstört.«

»Von welcher Perle spricht er?«, fragte Gaspard spöttisch an Tobias gewandt.

»Der menschliche Leib ist die edelste Schöpfung der irdischen Welt«, belehrte Sadik ihn ernst, »und wer ihn heilen will, muss behutsam und liebevoll mit ihm umgehen. Aber dazu brauche ich euch gewiss nicht.«

Tobias wäre gern bei Jana geblieben, sah jedoch ein, dass die Zeit mit untätigem Herumstehen wirklich vertan war und besser genutzt werden konnte.

»Woher kann der Araber so etwas bloß? Hast du nicht gesagt, er wäre der Führer und Dolmetscher deines Vaters gewesen?«, wollte Gaspard wissen, als er mit Tobias zu den Grauschimmeln hinüberging, die sich von dem Kampflärm kaum hatten stören lassen. »Das sah ja richtig gekonnt aus! Die Wundärzte, die mich damals versorgt haben, als ich mein Auge und meine Hand verlor, haben sich nicht mal halb so viel Mühe gemacht.«

Tobias lachte. »Sadik ist genauso gut ein *hakim* wie ein Führer und Dolmetscher, auch wenn er das abstreitet und nur von einigem nützlichen Wissen spricht, das er in diesen Dingen besitzt.«

»Hakim?«, fragte Gaspard verständnislos.

»Auf Arabisch heißt das Arzt«, erklärte Tobias und packte einen der Grauschimmel am Zaumzeug. »Sadik stand als junger Mann acht Jahre lang in den Diensten von *hakim* Ibn Al-Amid, der ein berühmter Arzt und Gelehrter war. Mit ihm ist er viele Jahre zwischen Cairo, Damaskus und Bagdad gereist, wo

Ibn Al-Amid nicht nur Studenten, sondern sogar auch ausgebildete Ärzte unterrichtet hat. Die ärztliche Kunst des Morgenlandes ist der unseren überhaupt um einige Jahrhunderte voraus.«

Gaspard sah ihn ein wenig zweifelnd an, als traute er den ›Heiden‹ so eine Leistung nicht zu, und fragte gedehnt: »Wirklich?« Es klang nicht anders, als hätte er geantwortet: ›Das glaube ich nicht!‹

Tobias nickte nachdrücklich. »Das weiß ich auch von meinem Onkel Heinrich. Der ist ein Universalgelehrter, und außerdem habe ich selbst gesehen, was Sadik auf diesem Gebiet alles kann. Jana war nach einem schweren Unfall mit ihrem Kastenwagen, mit dem sie allein durch die Lande zog, einmal schon so gut wie tot. Wir fanden sie im Schnee. Ich hätte nicht einen Kreuzer darauf gewettet, dass sie ihre Verletzungen überleben würde. Doch Sadik hat sie mit seinen arabischen Heilmitteln gesund gemacht. Das war im Winter bei uns auf *Falkenhof*.«

»Du hast auf einem richtigen Landgut gelebt?«, fragte Gaspard, den dies mehr als die Heilkunst des Morgenlandes interessierte.

Tobias nickte. »Ja, südlich vcn Mainz. Auf Gut *Falkenhof*, das meinem Onkel gehört, bin ich aufgewachsen. Meine Mutter ist schon früh gestorben und eigentlich war Onkel Heinrich mein Vater. Denn mein leiblicher Vater war ja kaum einmal zu Hause, sondern immer auf Entdeckungs- und Forschungsreisen. Und zwischen seinen oftmals jahrelangen Expeditionen hielt es ihn nie länger als ein paar Monate auf dem Gut.«

Gaspard, der nie aus seiner Welt der Pariser Elendsviertel herausgekommen war, sah ihn bewundernd und auch ein wenig neidisch an. »Aber wenn du es da so gut gehabt hast, warum bist du dann von dort weg?«

»Ach, das hat mit Zeppenfeld und einem geheimnisumwobenen Tal in Ägypten zu tun – und mit einem Koran, einem Gebetsteppich und einem Spazierstock mit einem silbernen Falkenkopf.«

Gaspards Augen leuchteten auf. »Kannst du mir mehr darüber erzählen?«

Tobias zuckte mit den Schultern. »Sicher, wenn es dich interessiert. Es ist aber eine lange Geschichte.«

Gaspard grinste. »Wir haben doch gleich Zeit genug. Denn bis zur nächsten Ortschaft ist es noch ganz schön weit, wie uns der fahrende Händler ja gesagt hat, den wir vor Einbruch der Dunkelheit getroffen haben. Und ich mag Geschichten, vor allem, wenn sie so spannend und geheimnisvoll sind, dass Leute wie du ihr herrschaftliches Gut verlassen und sich nicht scheuen, in Paris in die Barrikadenkämpfe zwischen den Aufständischen und den Königstreuen zu geraten, nur um in den Besitz eines Korans zu kommen, der bei einem unbedeutenden Antiquitätenhändler im Fenster steht.«

»Spannend und voller Rätsel und Geheimnisse ist die Angelegenheit, die uns vom *Falkenhof* vertrieben hat, ganz bestimmt«, versicherte Tobias, führte den Lederriemen durch die Schnalle und zog den Bauchgurt fest an.

»Dann musst du sie mir erzählen!«

Tobias lächelte. »Also gut, gleich in der Kutsche wirst du erfahren, was es mit dem Spazierstock, dem Koran und dem Gebetsteppich auf sich hat – und warum Zeppenfeld hinter uns her ist und uns unweigerlich auch nach England folgen wird.«

Wattendorfs Vermächtnis

Sie hatten die samtenen Vorhänge zugezogen und die Öllampe brannte mit kleiner Flamme. Ihr gelblicher Schein entlockte dem braunen, lackierten Holz über den gepolsterten Sitzbänken einen warmen Schimmer, der an dunklen Honig erinnerte. Sadik saß auf dem Kutschbock und lenkte die Grauschimmel im ruhigen Trab über die nächtliche Landstraße in Richtung Kanalküste. Sie hatten ihn erst gar nicht darum bitten müssen, denn er dachte nicht einen Moment daran, einem von ihnen die

Zügel zu überlassen, jedenfalls nicht bei Nacht. Die doppelläufige Schrotflinte lag wieder geladen und griffbereit unter seinem Sitz.

Jana hatte es sich mit ihrem verbundenen Oberarm auf der vorderen Sitzbank bequem gemacht. Sie hatte die Beine halb angezogen und lehnte mit dem Rücken an der Wand neben dem Kutschenschlag. Unsinn kauerte zwischen ihren Beinen und machte sich genüsslich über die Trockenfrüchte her. Seine zierlichen Pfoten, die sich kaum von menschlichen Händen unterschieden, hielten ein verschrumpeltes Stück Apfel und führten es zum winzigen Mund. Hell und wachsam leuchteten seine Augen.

»Möchtest du noch eine Decke haben, damit du nicht jeden Stoß mitbekommst?«, fragte Tobias, als die Kutsche auf einem sehr holprigen Teilstück der Landstraße hin und her schwankte wie ein Schiff in unruhiger See.

»Nein, nein, es ist wirklich alles bestens«, wehrte Jana lächelnd ab. »Sadik hat das ganz wunderbar hingekriegt. Es pocht bloß noch.«

»Na wunderbar«, sagte Gaspard und erinnerte Tobias mit unüberhörbarer Ungeduld: »Du wolltest doch erzählen, worum es bei diesem Koran, dem Gebetsteppich und dem Spazierstock mit dem Falkenkopf geht! Und warum dieser Schurke Zeppenfeld hinter euch her ist.«

Jana nickte Tobias zu. »Erzähl es ihm. Es ist eine tolle Geschichte, die ich gern auch noch einmal höre!«, forderte sie ihn auf. Tobias setzte sich etwas schräg zu Gaspard.

»Vor ein paar Jahren nahm alles seinen Anfang«, begann er, nachdem er sich geräuspert hatte. »Während ich von Onkel Heinrich und Privatlehrern auf *Falkenhof* unterrichtet wurde, brach mein Vater zu einer neuen Expedition auf. Eines seiner großen Forscherziele ist es, die Quellen des Nils zu entdecken. Ihm schlossen sich bei jener verhängnisvollen Reise vier Freunde an, die ihm mehr aus Abenteuerlust folgten und noch nie an solch einer Expedition in unbekannte Gebiete teilgenommen hatten, die auf den Landkarten als weiße unerforschte

Flecken eingezeichnet sind. Da war der Zeitungsverleger Jean Roland aus Paris…«

»Bei dem ihr die letzten Wochen gewohnt habt«, warf Gaspard ein.

Tobias nickte. »Und als zweiter Ausländer kam der Engländer Rupert Burlington mit, ein sehr vermögender, reiseerfahrener Mann, wie Sadik mir erzählt hat, der südwestlich von London auf einem Schloss namens *Mulberry Hall* lebt.«

»Und zu dem ihr jetzt wollt, nicht wahr?«, warf Gaspard ein.

»Ja, weil Wattendorf ihm vermutlich den Gebetsteppich geschickt hat«, sagte Jana.

»Was für einen Gebetsteppich?«

Tobias hob die Hand. »Alles der Reihe nach! Wir sind erst noch bei der Nilquellen-Expedition, an der auch ein gewisser Eduard Wattendorf und Armin Graf von Zeppenfeld teilnahmen, beides Jugendfreunde meines Vaters.«

Gaspard machte eine verblüffte Miene. »Zeppenfeld ist ein Freund deines Vaters – und trachtet dir nach dem Leben?«

Tobias verzog verächtlich das Gesicht. »Mein Vater *glaubte* damals, Zeppenfeld wäre sein Freund und ein Mann, auf den er sich auch in kritischen Situationen verlassen könne. Das hat sich leider als folgenschwerer Irrtum herausgestellt.«

»Was ist das überhaupt für ein Mann?«, wollte Gaspard wissen.

»Sadik konnte mir über ihn auch nicht viel berichten. Er soll früher einmal Offizier beim Militär gewesen sein, und so zackig und forsch wie ein Offizier auf dem Paradeplatz spricht er auch. Er soll wegen eines Skandals seinen Abschied genommen haben, aber das ist nur ein Gerücht. Sicher ist nur, dass er recht wohlhabend ist – und ein skrupelloser Ehrgeizling, der von Ruhm und Ehre ohne viel Arbeit träumt!«

»Und was ist mit diesem Eduard Wattendorf?«

»Er war, wie es hieß, der Spaßmacher der Gruppe. Ein Lyriker und Schriftsteller mit viel Begeisterung, aber wenig Talent. Sadik hat ihn mal als einen Mann der großen Worte bezeichnet, der sich zu großen Taten berufen fühlte und dann erkennen musste, dass er seinen Träumen in der Wirklichkeit nicht gewachsen war. Wattendorf hat meinen Vater nicht weniger bitter enttäuscht als Zeppenfeld, während Roland und Burlington unverbrüchlich zu ihm gestanden und gemeinsam mit ihm alle Gefahren gemeistert haben, was ihre Freundschaft noch vertieft hat. Aber darauf komme ich gleich.«

»Sadik hat an dieser Expedition auch teilgenommen?«

Tobias nickte. »Sadik war damals schon seit Jahren der treue Begleiter meines Vaters. Begleitet von ihm, Wattendorf, Zeppenfeld, Roland und Burlington brach er also zu seiner zweiten Nilquellen-Expedition auf. Sie kamen jedoch nicht über Chartoum hinaus, weil sich die Stämme in dem Gebiet im Krieg befanden. Zudem waren die vier von den Strapazen der vergangenen Monate geschwächt und fieberkrank. Die Expedition stand unter einem schlechten Stern, wie Sadik erzählte. Jedenfalls mussten sie umkehren. Sie wollten nach Omsurman, einer größeren Handelsniederlassung an der Küste. Sie blieben auch weiterhin vom Unglück verfolgt, starben doch unterwegs mehrere Kamele. Zudem verloren sie durch die Unachtsamkeit eines Teilnehmers den Inhalt von mehreren Wasserschläuchen. Es kam nie heraus, wer daran schuld war, aber alles deutete auf Wattendorf hin. So konnten sie von Glück reden, dass sie auf halber Strecke nach Omsurman auf eine große Karawane stießen, die wie sie zum Roten Meer wollte und der sie sich anschließen durften. Der Führer, Scheich Abdul Batuta, nahm sie mit großer Gastfreundschaft auf, und so zogen sie gemeinsam durch die Wüste. Bis dann jene Nacht kam, in der Zeppenfeld das Unglück heraufbeschwor.«

Gaspard beugte sich gespannt vor. »Was geschah in dieser Nacht?«

»Im Gefolge des Scheichs befand sich eine bildhübsche junge Frau, die einem Mann in Omsurman versprochen war«, berichtete Tobias. »Ihr Name war Tarik, was übersetzt ›Nachtstern‹ bedeutet. Der Himmel allein mag wissen, was in Zeppenfeld gefahren sein mochte, aber er beging als Gast der Beduinen eine unverzeihliche Todsünde: Er stellte dieser Frau nach und drang in ihr Zelt ein, während alle anderen um das Lagerfeuer saßen und sich die Geschichten um das ›Verschollene Tal‹ anhörten, das sich in jenem Gebiet, in dem sie sich gerade aufhielten, der Legende nach befinden sollte. Zeppenfeld war jedoch allein an Tarik interessiert, die laut um Hilfe schrie, als er sich zu ihr ins Zelt schlich und zudringlich wurde, ohne auch nur im Geringsten von ihr dazu ermutigt worden zu sein. Das Lager befand sich sofort in größtem Aufruhr. Die Beduinen, deren Gastfreundschaft er so schändlich missbraucht hatte, verlangten seinen Tod. Und sie hätten Zeppenfeld auch getötet, wenn mein Vater, obwohl er voller Abscheu für die Tat seines Freundes war, sie nicht beschworen hätte, sein Leben zu verschonen.«

Jana lachte bitter auf. »Er hätte es besser nicht getan – nun ja, wer weiß«, setzte sie gleich einschränkend hinzu.

»Ja, der Meinung war Sadik auch«, meinte Tobias. »Aber für meinen Vater war es eine Frage der Ehre, in dieser Situation trotz allem zu Zeppenfeld zu halten. Normalerweise hätte er nichts dagegen ausrichten können. Doch mein Vater genoss die Hochachtung des Scheichs. Dieser stellte ihnen deshalb die Wahl: Entweder starb Zeppenfeld vor ihren Augen – oder aber sie würden *alle* verstoßen werden, und zwar nur mit dem Wenigen, was sie gehabt hatten, als sie auf die Karawane gestoßen waren. Wattendorf war ohne Zögern dafür, Zeppenfelds Leben zu opfern. Doch mein Vater setzte sich durch. Beim Morgengrauen blieben Sadik, mein Vater und die vier anderen Männer nur mit einem Kamel, wenig Proviant und ein paar Schläuchen Wasser in der Wüste zurück, während die Karawane weiterzog.«

»Kam das denn nicht einem Todesurteil gleich?«, fragte Gaspard bestürzt.

»Doch, denn das eine Kamel und die paar Wasserschläuche reichten natürlich niemals aus, um zur nächsten Oase zu gelangen, geschweige denn nach Omsurman. Da der Scheich meinen Vater aber sehr schätzte und ihn wegen seiner ehrenhaften Entscheidung noch mehr respektierte, schenkte er ihm zum Abschied einen kostbaren Dolch, von dem er sich seit jenem Tag nicht mehr getrennt hat.«

»Einen Dolch? Aber wofür?«

»Damit sie ihrem Leben ein gnädiges und standesgemäßes Ende von eigener Hand bereiten könnten, bevor der Todeskampf zu qualvoll würde.«

Gaspard verzog das Gesicht. »Eine reichlich merkwürdige Art, jemandem seinen Respekt zu zeigen!«, meinte er sarkastisch.

»Nicht nach dem Ehrenkodex der Beduinen, wie Sadik mir versichert hat«, erwiderte Tobias. »Auf jeden Fall waren sie nun auf sich allein gestellt. Wie Sadik erzählte, kamen sie natürlich nur sehr langsam voran, und ihr Wasservorrat schmolz immer mehr dahin, obwohl sie es rationierten und jeder gerade noch einen Becher pro Tag erhielt. Es muss grausam gewesen sein. Ihnen war der Tod in der Wüste gewiss, wenn nicht ein Wunder passierte. Und auf ein Wunder wollte vor allem Wattendorf nicht warten.«

»Aha!«, rief Gaspard ahnungsvoll.

»Wattendorf machte Zeppenfeld *und* alle anderen dafür verantwortlich, dass man sie in der Wüste ausgesetzt und damit dem sicheren Tod preisgegeben hatte. Er allein hatte Zeppenfelds Hinrichtung gutgeheißen. Und deshalb glaubte er wohl auch, als Einziger das Recht zu überleben zu haben. Eines Nachts hat er sich deshalb mit dem Kamel und allen Wasserschläuchen aus dem Staub gemacht – bis auf den einen, den Rupert Burlington sich zufällig unter den Kopf gelegt hatte, um etwas weicher zu liegen.«

Gaspards Miene drückte tiefe Verachtung aus. »So ein Verräter würde bei uns in der Sickergrube ertränkt!«, stieß er hervor und hätte fast ausgespuckt, um seinem Abscheu richtig Ausdruck zu geben.

Tobias glaubte ihm das. »Ein paar Tage schleppten sie sich noch weiter, und wie Sadik einmal erzählte, waren diese Tage eine Qual, die reinste Hölle. Der Durst machte sie fast wahnsinnig und ließ sie halluzinieren. Zeppenfeld drehte durch und wollte sich das Leben nehmen, weil er meinte, es nicht länger ertragen zu können. Mein Vater musste ihn niederschlagen. Und dann, als sie nicht mehr weiterkonnten und sich am Ende wähnten, geschah tatsächlich das Wunder: Eine kleine Karawane aus dem Norden stieß auf die fast Verdursteten!«

Gaspard atmete vor Erleichterung hörbar aus, so intensiv, als wäre er in Gedanken bei diesen Männern in der Wüste gewesen und hätte um ihr Schicksal gebangt.

»Und was sein Vater dann getan hat, wirst du bestimmt genauso wenig verstehen wie ich, als ich es damals hörte«, bemerkte Jana.

»So, was hat er denn getan?«

Tobias lachte kurz auf. »Er hat den Beduinen einen hübschen Batzen Goldmünzen gezahlt, damit sie Zeit und kostbares Wasser opferten und mit ihnen nach Wattendorf suchten, der ziellos durch die Wüste irrte, weil er weder Kompass noch ausreichende Erfahrungen hatte, um sich am Stand der Sonne und der Sterne zu orientieren.«

Gaspard sah ihn ungläubig an. »Er hat diesen Lumpen auch noch suchen lassen, nachdem er sie verraten und betrogen und dem Tod ausgeliefert hatte? Das ist ja...«

»...die besondere Art von Ehre, der sich mein Vater nun mal verpflichtet fühlt«, beendete Tobias den Satz. »Er verabscheute Wattendorf, doch er fühlte sich an sein Versprechen gebunden, das er Wattendorfs Familie gegeben hatte – nämlich dass er ihn nie im Stich lassen und lebend nach Hause bringen würde.«

Gaspard schüttelte den Kopf. »Was Wattendorf getan hat, hat deinen Vater doch zehnmal von diesem Versprechen entbunden. Aber was soll's. Haben sie ihn gefunden?«

»Ja, nach mehr als einer Woche Suche stießen sie drei Tagesritte westlich der Oase Al Kariah auf ihn. Sein Kamel war verendet und seine Wasserschläuche waren leer. Wie sich später herausstellte, muss er sehr nachlässig mit ihnen umgegangen sein und die Verschlüsse nicht sachgerecht behandelt haben – wie es ihm schon einmal passiert war, auch wenn er es geleugnet hatte. Auf jeden Fall war er mehr tot als lebendig. Er war von

Sinnen und phantasierte. Die Wüste hatte ihn zerbrochen, wie Sadik es ausdrückte. Erst in Omsurman fand er einigermaßen aus seinen wirren Phantasien in die Wirklichkeit zurück. Dort trennten sich mein Vater, Roland und Burlington von Wattendorf und Zeppenfeld. Sie gaben ihnen unmissverständlich zu verstehen, dass sie mit ihnen nie mehr etwas zu tun haben wollten. Gemeinsam segelten Zeppenfeld und Wattendorf dann nach Cairo. Von dort kehrte Zeppenfeld nach Europa zurück. Mein Vater war der festen Überzeugung, dass er nie wieder etwas von den beiden hören oder sehen würde. Doch das stellte sich als Irrtum heraus.«

»Das ist wirklich eine unglaubliche Geschichte«, sagte Gaspard fasziniert, aber auch ein wenig verwirrt. »Doch ich kapiere nicht, was das alles mit dem Verschollenen Tal zu tun haben soll, das du vorhin erwähnt hast, und mit dem Koran und dem Spazierstock und so.«

Tobias hob die Augenbrauen. »Habe ich vielleicht behauptet, ich wollte dir eine simple Geschichte erzählen?«, zog er ihn auf.

»Nein, das nicht«, gab Gaspard zu.

»Ich sage dir, jetzt wird es erst richtig spannend und rätselhaft«, bemerkte Jana mit leuchtenden Augen, »und zwar im wahrsten Sinne des Wortes.«

»Dann erzähl bloß weiter!«, forderte Gaspard Tobias auf.

Die Kutsche schaukelte durch eine scharfe Kurve, sodass sie sich abstützen mussten, während Sadiks Stimme vom Kutschbock zu ihnen drang, als er die Grauschimmel beruhigte.

»All das, was damals in der nubischen Wüste geschah, sollte Folgen haben«, nahm Tobias den Erzählfaden wieder auf. »Es dauerte jedoch ein Jahr, bis sich etwas ereignete, was in Zusammenhang mit jener verunglückten Nilquellen-Expedition zu sehen war. Eines Tages erhielt mein Vater nämlich ein Paket von Wattendorf – es kam aus Cairo. Wie wir später erfuhren, war er dort geblieben, an Geist und Körper schwer erkrankt, wie es hieß. Das Paket enthielt den Spazierstock aus Ebenholz mit einem Knauf in Form eines silbernen Falkenkopfes, dessen Maul weit aufgerissen ist. Du kennst ihn ja.«

Gaspard nickte. Er hatte den seltsamen Stock, der wegen seines sperrigen und scharfkantigen Falkenkopfes als Knauf zum Spazierengehen völlig ungeeignet war, bereits gesehen. Es war mehr ein Stück für einen Sammler von Kuriositäten.

»Wattendorfs Geschenk enthielt auch noch ein merkwürdiges Begleitschreiben sowie ein rätselhaftes Gedicht um diesen Falkenstock. Wie ich von Onkel Heinrich erfuhr, war mein Vater wütend, dass Wattendorf es wagte, mit ihm in Kontakt zu treten. Er hatte ihn und Zeppenfeld aus seinem Leben gestrichen. Mein Vater wollte den Stock deshalb sofort zurückschicken, weil er mit Wattendorf nichts mehr zu tun haben und natürlich schon gar kein Geschenk von ihm annehmen wollte. Doch dieser hatte keinen Absender angegeben. Und nach einigem Hin und Her bekam ich ihn schließlich, weil er mir so gut gefiel. Er stand dann fast ein Vierteljahr bei mir in einer Zimmerecke, ohne dass einer von uns ahnte, was es mit diesem Stock auf sich hatte. Und dann fuhr eines Abends Zeppenfeld vor!« Tobias legte eine kurze Pause ein.

Gaspard wartete gespannt, was nun kommen würde.

»Wenige Monate zuvor hatte mein Vater *Falkenhof* wieder verlassen und war zu einer neuen Expedition zu den Nilquellen aufgebrochen. Zu der Zeit hielt Jana sich schon auf dem Gutshof meines Onkels auf und erholte sich gerade von den lebensgefährlichen Verletzungen ihres schweren Sturzes.«

»Sadik hat mir wirklich das Leben gerettet«, sagte Jana leise und mit ernster Miene.

»Aber wieso hat Sadik denn diesmal deinen Vater nicht begleitet?«, fragte Gaspard verwundert.

»Sadik hatte eine schwere Erkältung, weil er das raue Wetter nicht gewohnt war, und war nicht reisefähig. Doch mein Vater konnte nicht länger warten, weil er schon ein Schiff gebucht und alle Vorbereitungen getroffen hatte. Er wurde in Madagaskar erwartet. Sie machten deshalb aus, dass Sadik ihm nachreisen und in Chartoum zu ihm stoßen sollte«, erklärte Tobias. »Doch dazu kam es nicht, eben weil Armin Graf von Zeppenfeld uns seine Aufwartung machte.«

»Wegen des Spazierstockes?«, mutmaßte Gaspard.

»Genau!«, sagte Tobias mit grimmiger Stimme. »Er erhob Anspruch auf den Stock, tischte uns Lügen auf und versuchte sich bei uns einzuschmeicheln. Doch Sadik schöpfte Verdacht, und wir rückten den Falkenstock auch nicht heraus, als Zeppenfeld viel Geld für ihn bot. Daraufhin nahm er zwei ehemalige Söldner in seine Dienste, nämlich Stenz und Tillmann, später auch noch einen Mann namens Valdek, und ließ bei uns einbrechen, um den Stock durch Diebstahl in seinen Besitz zu bringen. Doch Jana konnte das gerade noch vereiteln. Sie hat Tillmann in die Flucht geschlagen.«

»Du hast dich mit diesem Galgengesicht angelegt?«, fragte Gaspard erstaunt und blickte zu Jana hinüber.

Diese lächelte ein wenig stolz. »Ich habe den Kerl im Dunkeln auf dem Flur gerade noch rechtzeitig mit dem Schüreisen erwischt. Er ist uns zwar entkommen, aber den Stock musste er zurücklassen.«

Tobias rechnete es ihr hoch an, dass sie dabei unerwähnt ließ, welch wenig rühmliche Figur er in jener Nacht mit seinem Florett abgegeben hatte.

»Jana hat das wirklich toll gemacht. Nun wussten wir, dass der Stock wertvoll war und vielleicht ein Geheimnis barg. Stundenlang, aber letztlich doch vergeblich, suchte ich nach Wattendorfs Begleitschreiben, das uns über die Bewandtnis des Stockes Auskunft geben konnte. Denn dass er ein Geheimnis barg, lag nun ja auf der Hand.«

»Und dann kam Xaver Pizalla ins Spiel«, sagte Jana düster.

»Wer ist Xaver Pizalla?«, wollte Gaspard natürlich sofort wissen.

»Ein Spitzel im Dienst einer tyrannischen Obrigkeit!«, antwortete Tobias. »Du musst wissen, dass mein Onkel Heinrich Heller nicht nur ein außergewöhnlicher Universalgelehrter ist, dessen Experimentierstätten gut die Hälfte von Gut *Falkenhof* einnahmen, sondern er war in Mainz auch Mitglied eines verbotenen Geheimbundes.«

Gaspards Augen leuchteten begeistert auf und er beugte sich

vor, um ja kein Wort zu verpassen. »Dein Onkel ist ein Verschwörer?«

»Nein, ganz so dramatisch ist Onkel Heinrich nicht veranlagt. Die Mitglieder dieses Bundes kämpften nicht mit dem Schwert, sondern mit der Schreibfeder gegen die Willkür der Fürsten, forderten in illegalen Druckschriften die Pressefreiheit und mehr Bürgerrechte und setzten sich für eine geeinte deutsche Nation ein«, erklärte Tobias. »Ihr Franzosen habt eine Nation. Dagegen ist Deutschland in mehrere dutzend Fürsten- und Herzogtümer und in einige kleine Königreiche zerstückelt. Und jeder Fürst wacht eifersüchtig darüber, dass niemand seine Rechte antastet. Dagegen und gegen die Unterdrückung des Volkes haben sich mein Onkel und seine Freunde eingesetzt.«

»Und dieser Pizalla war ein Spitzel im Auftrag eures Fürsten, der Angst um seine Macht hat«, folgerte Gaspard.

»Richtig«, sagte Tobias. »Zeppenfeld muss sich gut in Mainz umgehört und erfahren haben, dass mein Onkel schon seit langem bei Pizalla im Verdacht stand, zu einem dieser Geheimbünde zu gehören. Er hat sich mit Pizalla verbündet, und dann gelang es ihm, ein in finanzielle Schwierigkeiten geratenes Mitglied durch Bestechung zum Verrat zu bewegen. Der Geheimbund flog auf und Onkel Heinrich wurde dabei von einer Kugel in die Schulter getroffen. Sadik konnte ihn gerade noch aus Mainz nach *Falkenhof* bringen, das ein beinahe festungsartiges Geviert mit dicken, hohen Mauern und einem großen Innenhof ist. Dort saßen wir, wie Zeppenfeld und die Gendarmen meinten, die *Falkenhof* umstellten, in der Falle.«

Jana lächelte, von wehmütigen Erinnerungen heimgesucht. »Wenn es den Ballon nicht gegeben hätte, wärt ihr Zeppenfeld auch kaum entkommen.«

Gaspard horchte auf. »Ballon?«

Tobias nickte. »Mein Onkel hatte sich einen Heißluftballon anfertigen lassen, um in großer Höhe wissenschaftliche Messungen und Experimente vorzunehmen.«

»Ich bin auch mehrmals mit aufgestiegen!«, sagte Jana stolz. »Es war ein Ballon aus nachtschwarzer Seide und Taft.«

»Warum denn nachtschwarz?«

Tobias zuckte mit den Achseln. »Ein Spleen meines Onkels. Er wollte die Existenz seines Ballons einige Zeit geheim halten. Deshalb sind wir auch nur nachts aufgestiegen. Was im Nachhinein natürlich ein großes Glück war, denn so wusste niemand außerhalb von *Falkenhof* davon.«

Gaspard lachte. »Und dann seid ihr einfach in den Ballon gestiegen und habt Zeppenfeld und seinen Spießgesellen eine lange Nase gemacht, ja?«

»Na, gar so einfach war es nicht«, meinte Tobias. »Es war ein äußerst riskantes Unternehmen. Ich hatte bis dahin nur Fesselaufstiege mitgemacht. Richtig frei gefahren waren wir noch nicht. Und dann bei Nacht! Außerdem war das Gut ja von bewaffneten Gendarmen umstellt! Uns blieb jedoch keine andere Wahl. So habe ich dann mit Sadik die Flucht im Ballon gewagt. Wir haben nur wenig mitgenommen. Den Spazierstock und die Reisetagebücher meines Vaters gehörten dazu. Wir stiegen auf – und wurden unter Beschuss genommen, entkamen jedoch, ohne dass die Hülle getroffen wurde. Dann gerieten wir in ein Gewitter und hatten noch einige andere Gefahren zu bestehen, bevor wir dann mitten in einem Wald in den Baumkronen landeten. Diese Ballonfahrt war bisher das Ärgste, was ich erlebt habe!«, versicherte Tobias und dachte an Sadik. »Aber das ist eine Geschichte für sich. Doch ein Gutes hatte der Sturm nun doch: Als wir Ballast abwerfen mussten, klappte eines von den Reisetagebüchern auf und Wattendorfs Brief flatterte heraus. Leider konnte ich nur die letzte Seite retten, auf dem das erste Rätselgedicht und noch ein paar abschließende Zeilen von ihm stehen.«

»Ein Gedicht, wie Wattendorf es Monsieur Roland mit dem Koran zugeschickt hat?«, fragte Gaspard erwartungsvoll.

»Ja«, sagte Tobias, griff unter sein Hemd und zog den mehrfach gefalteten Bogen aus dem Lederbeutel, den er an einem Riemen um den Hals trug. In ihm verwahrte er nicht nur Wattendorfs Schreiben, sondern auch einen Teil ihrer Barschaft in Münzen aus Gold und Silber. Natürlich brauchte er gar nicht auf das Blatt zu sehen, denn sein Gedächtnis hatte die Worte nach dem ersten Überfliegen sofort gespeichert.

Aber auch ohne diese besondere Begabung hätte er es längst auswendig gekannt, denn im Laufe der vergangenen Monate hatte er den Brief und das Gedicht immer und immer wieder angestarrt und darauf gehofft, hinter das Rätsel zu kommen. Dennoch las er vom Blatt ab, weil es irgendwie mehr hermachte:

»Die Buße für die Nacht
Die Schande und Verrat gebar
Der Falke hier darüber wacht
Was des Verräters Auge wurd gewahr

Den Weg der Falke weist
Auf Papyrusschwingen eingebrannt
Im Gang des Skarabäus reist
Verschollenes Tal im Wüstensand

Die Beute nur wird abgejagt
Dem Räuber gierig Schlund
Wo rascher Vorstoß wird gewagt
Würgt aus des Rätsels Rund.

Und nach diesem Gedicht schrieb Wattendorf noch an meinen Vater«, sagte Tobias und las weiter:

»So, jetzt habe ich mein Wissen in deine Hände gelegt, Siegbert. Du wirst das Rätsel gewiss schnell lösen. Das Unheil, das Armin über uns gebracht und das mich in der Stunde der Versuchung hat schwach werden lassen, soll dir den Ruhm bringen, der dir gebührt. Ich bin zu krank, um noch einmal zurückzukehren. Rupert und Jean haben die Schlüssel zu den versteckten Pforten im Innern. Doch ohne dich werden sie nie herausfinden, wo sich diese Pforten für ihre Schlüssel befinden. Nur du kannst ihnen den Weg weisen, wenn du sie an dei-

nem Ruhm beteiligen willst. Dir allein gebe ich hiermit den Schlüssel zum großen Tor. Das ist meine Sühne – und sie soll deinem Stern als Forscher und Entdecker unsterblichen Ruhm bringen.

Eduard Wattendorf

Soweit also Gedicht und Brief.«

Tobias faltete den schon arg abgegriffenen Bogen wieder zusammen und steckte ihn weg. »Wie oft habe ich ihn zur Hand genommen und versucht hinter die Lösung des Rätsels zu kommen. Und genauso oft haben wir den Stock untersucht. Der Knauf ließ sich jedoch nicht bewegen, nicht vom Stock drehen. Zerbrechen wollten wir ihn nicht. Mein Gott, was haben wir gerätselt! Bis ich dann begriff, was mit der letzten Strophe gemeint war: Ein rascher Vorstoß musste gewagt werden, um dem Falken die Beute abzunehmen. Dann würgt er sie aus. Und wohin musste der Vorstoß gewagt werden? Natürlich in des *Räubers gierig Schlund!* Als ich den Finger in das aufgerissene Maul des Falkenkopfes steckte, gab das Metall unter meiner Fingerkuppe nach, Eisenstifte klappten nach innen weg, während gleichzeitig eine Sprungfeder aktiviert wurde – und der Kopf sprang aus dem Stock wie der Korken aus einer Champagnerflasche!«

Gaspard grinste. »Und im Innern des Stockes, der doch mit diesen arabischen Zeichen und Tieren wie diesem Skarabäus verziert ist, steckte die Karte!«

»Genau so war es!«, bestätigte Tobias. »Sie zeigt den Weg zum Verschollenen Tal!«

»Diese Karte ist damit der Schlüssel zum großen Tor, wie Wattendorf sich ausgedrückt hat, der Wegweiser zu diesem Tal, das auch Sadik bisher nur für ein Phantasiegebilde gehalten hat«, mischte sich Jana ein, die von dem geheimnisvollen Tal längst genauso gepackt war wie Tobias. Sadik dagegen hegte noch immer Zweifel. »Ohne diese Karte ist das, was Wattendorf Jean Roland und Rupert Burlington zugeschickt hat, so gut wie wertlos.«

Jetzt begriff Gaspard die Zusammenhänge. »Anscheinend ist es fast so schwierig, den Zugang zum Tal zu finden. Der Koran, den Monsieur Roland erhalten und achtlos verschenkt hatte, und der Gebetsteppich, den dieser Engländer bekommen hat, werden also vermutlich darüber Auskunft geben.«

Tobias nickte und sagte ärgerlich: »Wenn uns Zeppenfeld den Koran nicht doch noch im letzten Augenblick abgenommen hätte, dann wüssten wir jetzt schon mehr!«

»Und welche Gefahren haben wir in den Tagen der Revolution in Paris auf uns genommen, um den Koran zu finden!«, klagte Jana.

Tobias erinnerte sich noch ganz genau, wie der Koran aussah, der sich nun in Zeppenfelds Besitz befand. Er war so merkwürdig wie der Falkenstock. Der Korandeckel bestand aus Kupferblech. Ein wahrer Dschungel von Ranken, Ornamenten und arabischen Schriftzügen war aus dem Metall gehämmert, die jedoch unterschiedlich hoch emporragten. Diese handwerklichen Mängel und den primitiven Druck der Seiten hatte Jean Roland beanstandet. Und weil auch er von Wattendorf nichts annehmen wollte und die Sache mit dem Verschollenen Tal für das leere Geschwätz eines Geistesgestörten hielt, hatte er den Koran kurzerhand verschenkt. Zudem wäre das Buch, dessen kupferner Deckel auf der Rückseite mit schwarzem Tuch bespannt war, seinen Ansprüchen, die er an ein wertvolles Buch stellte, geschweige denn an ein Kunstwerk, bei weitem nicht gerecht geworden.

»Aber immerhin kennen wir das dazugehörige Rätselgedicht, das Wattendorf auf die erste Seite gekritzelt hat«, tröstete er sich. Und er zitierte es aus dem Gedächtnis:

»Die Buße für die Nacht
Die Schande und Verrat gebar
Der Koran darüber wacht
Was des Verräters Auge wurd gewahr

Den Führer durch die Schattenwelt
Hinter Ranken, Ornament versteckt
Das Tuch der Nacht verborgen hält
Wo ein erhabener Weg sich klar erstreckt

Muss glänzen in des Druckers Blut
Die tiefen Höh'n in Allahs Labyrinth
Dann aus dem Land der Sonnenglut
Der Plan ins Tal Gestalt annimmt.«

Gaspard kratzte sich mit dem Eisenhaken seiner Prothese hinter dem Ohr. »Also wenn ihr mich fragt, was ich von diesem Gedicht halte, so klingt das in meinen Ohren wirklich so wirr wie das Gebrabbel eines Trottels, der nicht weiß, was er von sich gibt«, gestand er.

Tobias stimmte ihm zu. »Mir ist das Gedicht auch noch ein Buch mit sieben Siegeln. Aber mit dem Rätsel zum Falkenstock erging es mir ja nicht anders – bis dann plötzlich der Geistesblitz kam. Ich zweifle jetzt nicht mehr daran, dass Wattendorf sich etwas ganz Konkretes dabei gedacht und in diesen scheinbar blödsinnig wirren Zeilen versteckt hat.«

Jana pflichtete ihm bei. »Vielleicht verbarg sich der Plan hinter dem schwarzen Tuch«, überlegte sie. »Ihr hättet den Stoff gleich vom Deckel reißen und nachschauen sollen.«

»So einfach hat Wattendorf es uns bestimmt nicht gemacht«, war Tobias überzeugt. »Denn wenn es so wäre, wie du vermutest, macht doch die dritte Strophe keinen Sinn mehr. Irgendetwas muss *in Druckers Blut glänzen,* und zwar *die tiefen Höh'n in Allahs Labyrinth,* erst dann nimmt der Plan Gestalt an.«

»Mhm, ja, du hast Recht«, räumte Jana ein und fügte zuversichtlich hinzu: »Aber dieses Rätsel werden wir genauso lösen wie das erste!«

»Aber ohne den Koran wird uns das nicht viel nützen«, befürchtete Tobias grimmig.

»Warten wir es ab«, meinte sie. »Zeppenfeld wird uns nach England folgen und alles dransetzen, um den Gebetsteppich an sich zu bringen. Zum Glück haben wir einen Vorsprung von mehreren Tagen, sodass wir wohl eher bei Rupert Burlington auf *Mulberry Hall* sein werden. Vielleicht gelingt es uns, diesmal ihm eine Falle zu stellen!«

Tobias seufzte schwer. »Schön wäre es«, sagte er, doch ohne große Hoffnung. Die Erfahrung hatte nämlich gezeigt, dass Zeppenfeld alles andere als ein einfältiger Bursche war. Im Gegenteil. Er kannte keine Skrupel und legte eine nicht minder ausgeprägte Gerissenheit an den Tag. Auch ohne die Unterstützung von gedungenen Schurken vom Schlage eines Valdek, Stenz und Tillmann war er ein extrem gefährlicher Gegner, der für jede böse Überraschung gut war!

»Was ist nun mit deinem Onkel passiert?«, fragte Gaspard.

Ein Schatten fiel über das Gesicht von Tobias. »Er war ja an der Schulter verletzt und wollte partout nicht mit uns im Ballon fliehen. Man hat ihn in Mainz eingekerkert und wird ihm den Prozess machen.«

»Elendes Tyrannenpack!«, fluchte Gaspard.

»Über einen treuen Knecht hat Onkel Heinrich uns Wochen nach seiner Verhaftung, als wir schon die Grenze zu Frankreich erreicht hatten, eine Nachricht zukommen lassen. Seinem Brief nach zu urteilen, hat er die Schussverletzung, dank Sadiks ärztlicher Kunst, gut überstanden und wird wohl mit zwei Jahren Kerker eine relativ milde Strafe erhalten, weil sich hoch gestellte Persönlichkeiten für ihn eingesetzt haben. Natürlich ist jeder Tag, den er in der Zelle sitzt und sich nicht seinen Forschungen widmen kann, ein schreiendes Unrecht. Aber wie Sadik damals sagte: ›Wer zum Löwen sagt, dein Maul stinkt, muss damit rechnen, dass er in Schwierigkeiten gerät‹«, erinnerte sich Tobias. »Und er hat Recht, wenn er sagt, dass es viel, viel schlimmer für meinen Onkel hätte ausgehen können.«

Gaspard schüttelte mit neidischer Bewunderung den Kopf. »Mein Gott, was ihr alles schon hinter euch habt – gar nicht zu reden von dem, was wohl noch vor euch liegt. Denn England wird doch bestimmt nicht die letzte Station eurer abenteuerlichen Reise sein, oder?«

Jana und Tobias sahen sich unwillkürlich an und tauschten einen viel sagenden Blick. Tobias lächelte. »Da ich ja so bald nicht nach *Falkenhof* zurück kann und Sadik noch immer hofft, in Chartoum zur Expedition meines Vaters zu stoßen, werden wir bestimmt nicht bei Rupert Burlington auf *Mulberry Hall* bleiben.«

»Ihr wollt natürlich nach Ägypten und das Verschollene Tal suchen, nicht wahr?«

Tobias grinste. »Ich kann schon an gar nichts anderes mehr denken.«

»Wie ich euch beneide!«, seufzte Gaspard und dachte an das Elend und den tagtäglichen Kampf ums Überleben.

»Na, ein Spaziergang wird es garantiert nicht«, schränkte Jana ein. »Auch wenn wir Burlingtons Gebetsteppich bekommen und das dazugehörige Rätsel lösen sollten, fehlt uns doch noch der Teil, der im Koran versteckt ist.«

»Alles zu seiner Zeit.« Damit ging Tobias großzügig über diesen doch sehr berechtigten Einwand hinweg. Wie sehr hatte er die letzten Jahre auf *Falkenhof* davon geträumt, wie sein Vater die Welt zu bereisen und Abenteuer zu erleben. Nun war dieser Traum wahr geworden, wenn auch anders, als er sich das vorgestellt hatte. Denn sie waren mit Zeppenfeld in ihrem Nacken niemals ganz Herr ihrer Entscheidungen, sondern auch Gejagte.

Für eine Weile trat nachdenkliche, ja fast sogar sorgenvolle Stille ein. Das Knirschen der eisenbeschlagenen Räder auf der steinigen Landstraße wurde nur durch den gleichmäßigen Hufschlag der Grauschimmel unterbrochen.

Ein Ort ohne Wiederkehr?

Es war Gaspard, der das Schweigen schließlich brach. Er wollte nicht länger seinen trüben Gedanken über das Leben, das ihn in Paris erwartete, nachhängen, wenn er sich erst von Jana, Tobias und Sadik getrennt hatte.

»Was soll das überhaupt sein, dieses Verschollene Tal?«, fragte er begierig, um mehr über die Hintergründe dieser geheimnisvollen Sache zu erfahren. »Du hast gesagt, dieser Scheich hätte am Lagerfeuer von einer Legende erzählt. Was glaubt ihr denn dort zu finden?«

»Eine gute Frage«, räumte Tobias mit einem kurzen Auflachen ein, »auf die ich dir keine eindeutige Antwort geben kann – leider!«

»Aber du hast doch von einer Legende gesprochen, die man an den Lagerfeuern der Beduinen erzählt«, wandte Gaspard ein.

»Richtig, aber was das Verschollene Tal angeht, so gibt es da verschiedene Versionen. Die eine weiß von Königsgräbern mit reichen Schätzen an Gold und Edelsteinen als Grabbeigaben zu berichten. Eine andere schildert dieses geheimnisvolle Tal als eine paradiesische Oase, während eine dritte, die gewiss nicht die letzte ist, diesen Ort als eine Stätte des Grauens beschreibt, als Tal ohne Wiederkehr, das jedem den Tod bringt, der sich dort hineinwagt.«

Gaspard fuhr sich über die Arme, auf denen sich unwillkürlich eine Gänsehaut gebildet hatte. »Tal ohne Wiederkehr? Ich an eurer Stelle würde fest an die erste Version glauben«, meinte er mit einem etwas gequälten Lächeln.

Jana nickte. »Das tue ich auch, aber Sadik sagt, dass es in der Wüste tatsächlich Orte gibt, die von Allah verflucht und ein Ort ohne Wiederkehr sind«, versicherte sie und sprach dabei mit leiser Stimme, als fürchtete sie, man könnte sie jenseits der dünnen Wagenwände hören.

»Das ist natürlich purer Aberglaube!«, erklärte Tobias mit fester Stimme, obwohl auch er sich ein wenig unbehaglich fühlte. Aber das musste ja keiner wissen. »Onkel Heinrich würde dir jetzt einen langen Vortrag über den logischen und wissenschaftlich nachprüfbaren Aufbau unserer Welt, ja, des gesamten Kosmos halten, in dem für Aberglauben und Täler ohne Wiederkehr kein Platz ist.«

»Also auch nicht für meine Tarot-Karten?«, fragte Jana mit leicht herausforderndem Tonfall.

Tobias zögerte, und das aus gutem Grund, wie auch Jana wusste. »Vom Kartenlegen hält er genauso wenig wie vom Hokuspokus der Astrologen.«

»Und du?« Jana sah ihn etwas spöttisch an.

Diesmal brauchte er mit seiner Antwort noch länger. Jana legte viel Wert darauf, dass man sie eine Landfahrerin nannte und nicht Zigeunerin, denn von denen stammte sie nicht ab. »Wir nennen uns fahrendes Volk, Schausteller und Gaukler, was immer du willst«, hatte sie ihm einmal auf *Falkenhof* erklärt. Dennoch war ihr Zuhause von Geburt an ein bunt bemalter Kastenwagen gewesen, mit dem sie von Ort zu Ort gefahren war. Erst mit ihren Eltern, dann unter der Aufsicht ihrer Tante und schließlich ganz allein. Als Kind hatte sie sich ihren Lebensunterhalt mit Jonglieren und Akrobatik verdient, dann aber hatte sie sich den Tarot-Karten zugewandt, von ihrer Tante Helena darin unterrichtet. Ihren Worten nach hatte sie diese bald darin übertroffen, weil sie angeblich das zweite Gesicht hatte. Die Welt des Tarots war Jana also sehr wichtig.

Tobias erinnerte sich daran, wie Jana ihm die Karten gelegt hatte. Es war ein sehr beklemmendes Erlebnis gewesen, und einige ihrer Voraussagen, über die er damals gelächelt hatte, weil er von Zeppenfelds Existenz noch nicht einmal etwas geahnt hatte, waren eingetroffen. Natürlich konnten das auch Zufälle gewesen sein. Aber dennoch...

»Nun ja, irgendwie lässt sich vielleicht doch nicht alles mit wissenschaftlicher Logik erfassen«, sagte er schließlich ausweichend.

Jana lachte über seine Antwort, die seine zwiespältigen Gefühle verriet. »Worauf du deinen spanischen Degen verwetten kannst!«

Gaspard kaute versonnen auf seiner Unterlippe. »Eines verstehe ich nicht...«

»Und das wäre?«, fragte Tobias.

»Wie ist ausgerechnet dieser Eduard Wattendorf auf das Tal gestoßen, während die umherziehenden Beduinen es seit Jahrhunderten nicht entdeckt haben?«

»Das wüsste ich auch gern«, sagte Tobias und unterdrückte ein Gähnen.

»Das Glück des blinden Huhns, das auch mal ein Korn findet«, bot Jana als Erklärung an.

Tobias grinste. »Sadik würde dazu sagen: Auch ein fauler Floh kommt viel herum, wenn er im Fell eines fleißigen Kamels sitzt.«

»Darüber zu reden und Geschichten erzählt zu bekommen finde ich ungeheuer aufregend. Aber ob ich bis nach Ägypten und durch die Wüste bis ans andere Ende der Welt reisen würde, das glaube ich nicht«, gab Gaspard nach einer langen Pause offen zu.

Tobias empfand da völlig anders. »Ja? Also ich kann es gar nicht erwarten, Cairo und den Nil zu sehen und mit Kamelen loszuziehen und den Karawanenstraßen zu folgen. Außerdem sind Ägypten und die nubische Wüste noch längst nicht das Ende der Welt«, widersprach er.

»Für mich ist die Zeit mit euch und diese Fahrt zur Kanalküste schon ein Abenteuer, das ich mir nie hätte träumen lassen. Und wenn ich es mir recht überlege, reicht mir das auch. Selbst wenn ich könnte, würde ich mich nicht auf diese tollkühne Reise einlassen, die ihr euch noch vorgenommen habt. Mich in Paris Tag für Tag durchschlagen zu müssen ist mir schon aufregend und gefährlich genug. Mich in fremde Länder wagen, wo es doch bestimmt keine so köstlich krossen Hörnchen gibt, wie der alte Louis sie in der Rue Dorneau backt, und ganz sicher auch nicht meinen Lieblingskäse mit Pilzen, den ich immer aus dem Lager von Monsieur Corniche organisiere?« Gaspard schüttelte den Kopf. »Nein, das wäre nichts für mich.«

»Wenn man in fremde Länder reist, muss man sich nun mal den dortigen Sitten und Gebräuchen anpassen, auch im Essen«, meinte Tobias belustigt.

»Ohne Hörnchen und Champignonkäse? Nein, danke!« Er sagte es mit ernstem Gesicht und im Brustton tiefster Überzeugung.

Jana, die von ihnen zweifellos am weitesten herumgekommen war und der das Reisefieber so sehr im Blute lag wie Tobias und seinem Vater, musste darüber schallend lachen.

Eine Stunde später gelangten sie in ein kleines Dorf. Einen Gasthof fanden sie dort nicht. Doch gegen ein kleines Entgelt erlaubte ihnen ein Bauer, den Sadik vor der Dorfschenke angesprochen und nach der nächsten Unterkunft gefragt hatte, die Nacht bei ihm in der Scheune zu verbringen. Sadik nahm das Angebot an, als er hörte, dass die nächste größere Ortschaft mit einem Gasthof noch gute zwei Kutschenstunden entfernt lag und die Landstraße sich auf dieser Strecke in einem schlechten Zustand befand.

Mit einem Krug Milch sowie Brot und Käse fiel ihr verspätetes Nachtessen zwar nicht gerade üppig aus, doch hungrig und durstig musste sich keiner von ihnen auf dem Scheunenboden ins Stroh legen.

Danach nahm Sadik, der gläubige Muslim, die rituellen Waschungen vor, breitete seinen kleinen Gebetsteppich abseits der anderen auf dem Bretterboden aus, stellte sich in Richtung der heiligen Stadt Mekka und verrichtete die dreizehn *rakats,* das Nachtgebet.

Mit leiser, melodischer Stimme begann er mit der obligatorischen ersten Sure, die der Muslim im Stehen spricht: *»Bismilla-hir-rah-ma-nir-ra-him. Al-ham-du lil-lal-hi rab-bil-ala-min. Ar-rah-ma-nir-ra-him. Mali-ki jau-mid-din. Ija-ka na-budu wa ija-ka nas-ta-in. Ihdi-nas si-ratal mus-ta-kim-Sira-tal la-dhina an-amta alai-him. Ghai-ril-magh-dubi alai-him walad-dallin…«*

Gaspard zupfte Tobias am Ärmel. »Sag mal, kannst du das verstehen?«, flüsterte er.

»Sicher, wie meine Muttersprache.«

»Und?«

»Sadik betet die erste Sure, genannt Al-Fatiha – die Eröffnung. Die steht am Anfang eines jeden Gebetes«, erklärte Tobias ihm leise und übersetzte den arabischen Text: »Im Namen Allahs, des Gnädigen, des Barmherzigen. Preis sei Allah, dem Herrn aller Menschen in aller Welt, dem Gnädigen, dem Barmherzigen, dem Herrscher am Tage des Gerichtes. Dir allein dienen wir und Dich allein bitten wir um Hilfe. Führe uns auf den rechten Weg, den Weg derer, denen Du Deine Gnade erwiesen hast, nicht den Weg derer, die Deinem Zorn verfallen sind und irregehen.«

»Klingt irgendwie vertraut«, meinte Gaspard und fügte hastig hinzu, als fürchtete er um seinen Ruf als abgebrühter Gassenjunge: »Nicht, dass ich in die Kirche gehe und mir das Pfaffengewäsch anhöre. Aber ab und zu organisiere ich schon mal eine Kerze und stelle sie dann vor dem Marienaltar auf. Ich meine: Kann ja nicht schaden, oder?«

Tobias verkniff sich ein Grinsen. »Nein, natürlich nicht. Dass dir die erste Sure so vertraut vorkommt, ist übrigens kein Wunder, hat die Bibel dem Koran doch in mancher Hinsicht Pate gestanden. Immerhin hat Mohammed gute sechshundert Jahre nach Christus gelebt. Im Koran finden sich daher unter anderem auch Noah, Abraham, Moses und Jesus wieder und all die mit ihnen verbundenen Geschichten.«

Sadik verneigte sich nach Mekka hin, kniete nieder, hob die Hände bis zur Höhe der Ohren, Koranverse murmelnd, fiel nach vorn nieder, setzte sich auf, beugte sich erneut nach vorn, erhob sich – und dann begann dieser Wechsel der Stellungen wieder von vorn.

»Warum macht er das?«, wollte Gaspard wissen.

»Das sind nun mal die rituellen Bewegungen, die man beim Beten als Muslim zu verrichten hat«, erläuterte Tobias mit gedämpfter Stimme. »Einen solchen Ablauf nennt man ein *rakat.*

Das Nachtgebet besteht aus dreizehn *rakats,* während das Morgengebet nur vier umfasst. Mittags sind zehn, nachmittags acht und am Abend fünf *rakats* vorgeschrieben.«

»Fünfmal pro Tag muss Sadik seinen Gebetsteppich ausrollen und all diese… Verrenkungen machen und beten?«, fragte Gaspard verblüfft.

»Ja, und vor jedem Gebet muss man sich waschen: das Gesicht und die Hände bis zu den Ellbogen sowie die Füße bis zu den Knöcheln.«

»Scheint mir für ein Wüstenvolk aber ganz schön unpraktisch zu sein«, meinte Gaspard etwas spöttisch. »Wo da doch oft das Wasser knapp ist, oder?«

Tobias schmunzelte. »Auch daran hat der Koran gedacht. Diese Waschungen darf man deshalb nämlich auch mit Sand vornehmen – und davon gibt es in der Wüste ja mehr als genug, wie du mir wohl zustimmen musst.«

Gaspard lachte leise. »Na, wenn ich an all die Waschungen denke, ob nun mit Wasser oder mit Sand, dann sind mir die paar Tropfen Weihwasser, die unsereins verspritzen muss, schon lieber.«

Tobias hatte schon die Erwiderung auf der Zunge, dass die Muslime in vielen Dingen auch Christen als gutes Vorbild dienen könnten, etwa was ihre Sauberkeit betraf. Aber er wollte Gaspard nicht verletzen, der Waschen ohne Zweifel für eine unnötige Verschwendung von Zeit und Wasser hielt und sich den Dreck auch dementsprechend selten von Kleidung und Körper wusch.

Wenig später legten sie sich schlafen. Der Tag war lang und anstrengend gewesen, und sie waren schon rechtschaffen müde gewesen, als das Gesindel sie aus dem Hinterhalt hatte überfallen und ausplündern wollen.

»Wie weit haben wir es jetzt noch bis zur Küste?«, fragte Jana in der nach Heu und Stroh duftenden Dunkelheit.

»Wenn die Straßen nicht noch viel schlechter werden, sollten wir morgen Abend in Tinville sein«, antwortete der Beduine.

»Dann tauschen wir das Rattern und Rütteln der Kutsche gegen schwankende Schiffsplanken ein«, sagte Tobias voller Vorfreude.

»Ein dummer Hahn, der glaubt, dass ihn schon der Wunsch zum Futterhändler macht«, gab Sadik wieder einmal mit dem ihm eigenen trockenen Humor eine seiner orientalischen Spruchweisheiten zum Besten. Er war eine geradezu unerschöpfliche Quelle von Weisheiten und Sprichwörtern aller Art. Viele davon entstammten jedoch nicht der traditionellen mündlichen Überlieferung oder dem Koran, sondern waren Sadiks ganz persönliche, spontane Schöpfung, wie Tobias felsenfest überzeugt war, auch wenn sein Freund das stets leugnete und sich auf irgendeinen berühmten Gelehrten oder weisen Scheich berief. Sadik hatte es ganz faustdick hinter den Ohren, daran gab es nicht den geringsten Zweifel!

»Womit du mir wohl in deiner blumigen Sprache und mit der dir eigenen feinfühligen Art zu verstehen geben möchtest«, antwortete Tobias ihm mit gutmütigem Spott, »dass ich mal wieder zu vorschnell bin und wir zuerst einmal ein Schiff finden müssen, nicht wahr?«

»Allah lässt manchmal auch ein Licht in der Finsternis aufleuchten, wo man es gar nicht erwartet!«, neckte Sadik ihn, in seinen dunklen Augen stand jedoch tiefe Zuneigung. Für Tobias hätte er sein Leben gelassen.

»Na, dann wird er sich ja auch kaum so kleinlich zeigen, uns nicht rasch ein Schiff zu schicken, das uns über den Kanal bringt«, gab Tobias schlagfertig zurück.

»Allahs Wege sind wundersam.«

»Apropos wundersam!«, rief Jana aus ihrem Strohlager rechts von Tobias. »Wie wäre es mal wieder mit einem arabischen Rätsel, Sadik? Du hast uns schon lange keins mehr gestellt.«

»Und du möchtest nicht aus der Übung kommen, ja?«

»Aiwa!«, bestätigte Jana auf Arabisch.

Sadik musste man nicht lange bitten eine Geschichte zu erzählen oder ein Rätsel zu stellen. Er liebte diese Art der Unterhaltung, wie er die Weite der Wüste und den wiegenden Gang eines guten Reitkamels liebte. »Fütterst du es, lebt es; tränkst du es, stirbt es.«

Jana und Tobias gaben wie aus einem Mund einen Laut der Entrüstung von sich und Jana sagte vorwurfsvoll: »So aus der Übung, dass du uns ein derart leichtes Rätsel stellen musst, sind wir ja nun nicht!«

»Was ist es denn?«, wollte Gaspard wissen.

»Das Feuer!«, sagte Tobias ihm die Lösung.

»Natürlich!« Man hörte, wie sich Gaspard die Hand vor die Stirn schlug.

»Das ist ein primitives Kinderrätsel!«, sagte Tobias ein wenig großsprecherisch.

Sadik lachte. »Ich wollte euch nicht um euren Schlaf bringen, aber wenn ihr meint, noch ein wirklich gewitztes arabisches Rätsel lösen zu können, bevor euch die Augen zufallen, sollt ihr die Gelegenheit dazu bekommen. Also hört zu: Gelb und rot, doch keine Seide; die Taille geschnürt, aber kein General, sie gibt dir einen Kuss, und du weinst. – Was ist gemeint?«

»Eine Haremsdame?«, riet Gaspard ins Blaue, zu träge für scharfsinnige Überlegungen.

»Es mag Haremsdamen geben, deren Kuss einem Mann die Tränen in die Augen treibt«, räumte Sadik spöttisch ein. »Aber bei nochmaligem Nachdenken wird dir unschwer einleuchten, dass deine Haremsdame nicht die gesuchte Antwort sein kann.«

»Und wenn schon. Ein ungelöstes Rätsel hat mich noch nie um den Schlaf gebracht«, sagte Gaspard offen heraus, drehte sich auf die Seite und war im Handumdrehen eingeschlafen.

Jana und Tobias dagegen rätselten in Gedanken weiter, doch die Lösung wollte sich einfach nicht einstellen. Dieses Rätsel *war* schwer!

Sadik wünschte ihnen schließlich eine gute Nacht. »Vielleicht gibt Allah euch die Erleuchtung im Schlaf. Umso mehr werdet ihr dann das Erwachen genießen«, stichelte er.

Eine geraume Weile verstrich, in der nur das gleichmäßige Schnarchen von Gaspard und das gelegentliche Rascheln von

Stroh zu hören waren. Auch Sadiks Atem klang bald tief und fest.

»Tobias?«, wisperte Jana plötzlich.

Er wandte den Kopf und versuchte Janas Umrisse in der Finsternis der Scheune auszumachen. »Weißt du es?«, flüsterte er zurück.

»Ja, ich glaube zumindest«, wisperte sie.

»Was ist es?«

»Eine Wespe! Sie ist gelb und rot, hat eine geschnürte Taille, und ihr Stich kann ganz schön wehtun. Was meinst du?«

Tobias stöhnte unterdrückt auf, dass er nicht darauf gekommen war. »Na klar, eine Wespe!... Weißt du was? Du bist wirklich toll.«

»Toll worin?«, fragte sie leise zurück, jedoch mit einem wachen, erwartungsvollen Unterton.

»Na ja, im Lösen von arabischen Rätseln...«, antwortete er, und mit gleichfalls veränderter, fast zärtlicher Stimme fügte er nach einem kurzen Moment des Zögerns noch hinzu: »... und überhaupt.«

»Danke, Tobias«, kam es ganz leise und mit viel Wärme zurück. »Du bist sehr lieb, weißt du das?«

Er gab ihr keine Antwort. Nicht mit Worten. Ihm war, als hätte er einen Frosch im Hals, und das Herz pochte laut und freudig in seiner Brust. Sein Gesicht glühte, als er einer spontanen inneren Regung folgte und seine Hand im Dunkeln ein wenig ausstreckte.

Stroh raschelte.

Zwei Hände trafen sich.

Sie tauschten einen stummen, jedoch viel sagenden Händedruck. Dann kam der Schlaf und Tobias träumte von einem Tal ohne Wiederkehr.

Tambour – die Trommel

Der Bauer hatte nicht übertrieben. Die Landstraße befand sich in einem erbarmungswürdigen Zustand und stellte nicht nur die Kutsche auf eine arge Belastungsprobe, sondern auch ihre Insassen und die Pferde. Jana, Gaspard und Tobias wurden im Wagen hin und her geworfen wie drei Kieselsteine in der Blechdose eines Bettlers, der mit dem Scheppern auf sich aufmerksam machen will. Jana holte sich an diesem Tag mehr blaue Flecken, als sie sich im ganzen ersten halben Jahr ihrer Ausbildung zur Akrobatin unter Onkel René zugezogen hatte. Die klobigen Räder unzähliger Fuhrwerke, die ihre schweren Frachten aus dem Landesinneren zu den Hafenstädtchen brachten und mit Importwaren zurückkehrten, hatten tiefe Spurrillen in den Boden gegraben. Und die heftigen Regengüsse des Frühjahrs hatten durch Auswaschungen die Rillen vertieft und ihnen noch Querfurchen hinzugefügt. Zu diesem endlosen Gerüttel und Geschüttel kam dann noch die schwüle Hitze des Hochsommers. Trotz heruntergeschobener Fenster war es kaum auszuhalten im Wageninnern, und der Platz auf dem Kutschbock war an diesem Tag sehr begehrt. Da dort jedoch nur zwei Personen bequem sitzen konnten, wechselten sie sich jede Stunde ab.

»Ist mir unbegreiflich, wie man die Wüste lieben kann!«, stöhnte Gaspard, als sie gegen Mittag eine Rast einlegten und in den Schatten alter Eichen flüchteten. Ihm rann der Schweiß in kleinen Bächen über Gesicht sowie Brust und Rücken, sodass seine Kleidung große, dunkle Schwitzflecken aufwies. »Da brennt einem ja die Sonne das Mark aus den Knochen und das Hirn aus dem Schädel!«

»In der Wüste herrscht eine andere, trockene Hitze, die viel verträglicher ist als diese Schwüle«, erwiderte Tobias, der nicht weniger unter den hohen Temperaturen litt. »Und da kann es nachts sogar empfindlich kalt werden.«

Gaspard glaubte ihm nicht, wie sein Blick verriet. »Die Wüste ist was für Kamele und Sandflöhe. *Mon dieu,* was würde ich darum geben, wenn ich mich jetzt in den kühlen Weinkeller von Monsieur Rochelle schleichen und mich da auf ein paar alte Jutesäcke hinter die Fässer legen könnte!«

»So? Was denn?«, fragte Jana, der das schwüle Wetter erstaunlicherweise nicht ganz so viel zusetzte wie Gaspard und Tobias. Doch auch ihr Gesicht glänzte schwitzig.

Gaspard grinste. »Ich würde unter Umständen noch nicht einmal eine Flasche mitgehen lassen.«

»Unter Umständen, ja?«

»Na ja, vielleicht auch nicht. Und warum auch? Der fette Rochelle würde es vermutlich noch nicht einmal merken, wenn ich zwei Dutzend Flaschen auf einmal aus den Regalen klauen würde! Aber so etwas tue ich nicht. Ich hole mir da nur, was ich brauche«, erklärte er, und das ohne jedes Unrechtsbewusstsein. »Ihr müsstet sein Weinlager mal sehen. Da liegt ein Fass neben dem anderen wie Brote in einer Bäckerei! Und die Flaschenregale reichen bis unter die Decke und füllen zwei große Gewölbe. Halb Paris könnte sich an seinem Wein einen ordentlichen Rausch antrinken.«

»Wenn du das nächste Mal im Keller von Monsieur Rochelle zu Gast bist, trinkst du hoffentlich einen Schluck auf unser Wohl«, scherzte Tobias.

»Worauf du dich verlassen kannst! Ich werde seinen ältesten Burgunder beehren – oder seinen besten Port«, ging Gaspard mit fröhlich blitzenden Augen auf diesen Scherz ein. »Ach was, ich werde eine Flasche Champagner köpfen! Für gute Freunde ist das Beste gerade gut genug, nicht wahr?«

Sie lachten schallend, und obwohl sie wussten, dass sie sich bald trennen und vielleicht nie wiedersehen würden, spürten sie, dass ihre Freundschaft sie in ihrem Herzen und ihrer Erinnerung unverbrüchlich verbinden würde.

Sadiks Sorge galt zu dieser Stunde mehr den Pferden als seinen Freunden. Und nachdem er sie hatte saufen und ein wenig zu Atem kommen lassen, ging es weiter.

Es stellte sich als weise Voraussicht heraus, dass Sadik an diesem Tag schon in aller Herrgottsfrühe zum Aufbruch gedrängt hatte, weil er die kühlen Morgenstunden hatte nutzen wollen, um schon eine gute Wegstrecke hinter sich zu bringen, bevor ihnen die Hitze zu sehr zusetzte. Wären sie später aufgebrochen, hätten sie die Hafenstadt bei Tage nicht mehr erreicht.

Die Sonne stand schon tief über der See, als sie eine bewaldete Hügelkette überquerten und Tinville auf einmal vor ihnen lag. Schon von weitem sah man, dass der Küstenort in zwei unterschiedliche Stadtviertel aufgeteilt war. Das eine gruppierte sich mit schmalen Gassen, dicht stehenden Wohnhäusern und Lagerhallen in einem unregelmäßigen U um den Hafen, während sich der andere Teil der Stadt über den dahinter ansteigenden Hang erstreckte, der nach Norden und Süden hin in ein Steilufer überging. Tinville lag sozusagen in einer weitläufigen Mulde, mit der die Laune der Natur das hoch aufragende Ufer an diesem Küstenabschnitt unterbrochen hatte.

Einen halben Kilometer vor der Stadt brachte Sadik die Kutsche bei einer Mühle zum Stehen, deren Flügel sich reglos und wie von der Hitze gelähmt vor dem Abendhimmel abhoben.

»Warum fahren wir nicht weiter?«, wollte Gaspard wissen. »Es wird bald dunkel.« Zudem war er durstig und gegen ein anständiges Abendessen hatte er auch nichts einzuwenden.

Sadik nickte. »Die Dunkelheit ist nicht nur der Komplize des Diebes, sondern auch der Freund des Fremden, der gute Gründe hat, vor der Neugier seiner Mitmenschen auf der Hut zu sein. Und diese Gründe haben wir fürwahr!«

Tobias nickte, als er in die Runde blickte. Ein bildhübsches Mädchen in Pumphosen und bunt kariertem Hemd, ein dunkelhäutiger, doch recht fremdländisch anmutender Mann in einer Lammfelljacke, ein Junge mit einer Prothese und einer Augenklappe und ein junger Mann mit einem kostbaren Degen an seiner Hüfte – das war eine Gruppe, die zweifellos Aufmerksamkeit erregen und unerwünschte Mutmaßungen über ihre Herkunft und Absichten auf sich ziehen würde. »Gut, warten wir hier, bis es dunkel ist.«

»Komisch«, murmelte Gaspard, während er seine malträtierten Knochen streckte und reckte.

Jana sah ihn an. »Was ist komisch?«

»Na, wenn man bedenkt, dass da drüben irgendwo England im Wasser schwimmt«, meinte er und blickte über die glitzernde See, die sich bis zum Horizont erstreckte, ohne dass dort jedoch Land zu sehen gewesen wäre. Der Glutball berührte dort schon fast die Oberfläche. »So weit ist es ja gar nicht...«

»Gerade mal hundertfünfzig Kilometer«, warf Tobias ein.

»... und doch ist dieses England bestimmt eine ganz andere Welt als Frankreich. Die Leute haben eine eigene Sprache und alles andere ist auch nicht so wie hier.«

Ein feines Lächeln umspielte Sadiks Mundwinkel. »Der Regen fällt auf die Hütten wie auf die Paläste und in allen wohnen nur Menschen. Es gibt viele Vögel am Himmel, und wenn auch jede Art ein anderes Lied pfeift, so hat Allah sie doch als gleiche geschaffen. Statt das Trennende herauszustreichen, sollte man immer erst das Verbindende suchen. Dann verliert auch das Fremdartige viel von seiner scheinbaren Unverständlichkeit.«

»Das Gepfeife der Engländer würde mir jedenfalls so viel sagen wie das Gekläffe eines Köters«, antwortete Gaspard mit einem unüberhörbaren Anklang von Geringschätzung. Die Feindschaft zwischen England und Frankreich hatte auch vor ihm, einem mittellosen Pariser Gassenjungen, der noch nie einem englischen Jungen begegnet war, nicht Halt gemacht. Die böse Saat der Mächtigen, die Feindschaften zwischen Völkern schürten. Dass abertausende Gleichaltrige in den Elendsvierteln von London und anderen Städten das gleiche Schicksal trugen wie er, kam ihm nicht in den Sinn.

Der Beduine musterte ihn halb mitleidig, halb verärgert. »Es gibt da ein Sprichwort bei den Sudani, das dir bei dieser Einstellung sicher gefallen wird.«

»Und wie heißt es?«, fragte Gaspard misstrauisch.

»Schlage den Fremden und triff ihn ins Herz, denn wäre etwas Gutes an ihm, so wäre er zu Hause geblieben«, zitierte Sadik.

Flammende Röte überzog Gaspards Gesicht, als er begriff, was Sadik ihm damit zu verstehen geben wollte, denn dumm war er nicht.

Tobias fand zwar, dass Sadik Recht hatte, wünschte jedoch, er hätte Gaspard dieses dumme Vorurteil fremden Völkern und Sitten gegenüber durchgehen lassen. Aber was diese Dinge betraf, vergaß Sadik gewöhnlich seine Großzügigkeit.

Um den Moment der Betroffenheit zu überbrücken, fragte er schnell: »Sag mal, Sadik, warum wolltest du eigentlich unbedingt hierher nach Tinville? Ich meine, einen allzu großen Hafen scheint es ja nicht zu haben. Wir hätten doch auch ein Stück weiter nach Dieppe hoch oder hinunter nach Le Havre fahren können. In den Häfen herrscht bestimmt ein viel stärkeres Kommen und Gehen.«

»Du meinst, in einem Korb voller Äpfel lassen sich ein paar faule Früchte leichter verstecken als auf einem Teller«, sagte Sadik mit einem Schmunzeln, als hätte es diesen unangenehmen Wortwechsel mit Gaspard vor wenigen Augenblicken nicht gegeben.

»Ja, im Prinzip schon.«

»Der Überzeugungskraft manch fabelhafter Theorien liegt oftmals ein mangelnder Kontakt mit der Unberechenbarkeit der Wirklichkeit zu Grunde«, spottete Sadik und fügte ernsthaft erklärend hinzu: »Dieppe und vor allem Le Havre sind große, wichtige Häfen, die auch von der Flotte der Kriegsmarine angelaufen werden. Dementsprechend gut organisiert und zahlreich sind auch die Sicherheitskräfte, von den Zollkuttern einmal abgesehen. Sich dort um eine illegale Passage nach England zu bemühen ist daher viel zu riskant. Wir sind Ausländer und haben bis auf Jana keine korrekten Einreisepapiere. Und in Zeiten nationaler Unruhen ist man Fremden gegenüber noch mehr voreingenommen, als das sonst schon der Fall ist.«

Gaspard räusperte sich. »So, wie es jetzt bei dir klingt, habe ich es nicht gemeint«, murmelte er betreten.

Sadik berührte ihn versöhnlich an der Schulter. »Ich weiß, du hast einfach nicht nachgedacht... und genau das ist die

Wurzel allen Übels. Der Mensch stolpert häufiger über seine Zunge als über seine Füße. Aber es ist vergessen, Gaspard«, sagte er und fuhr dann fort: »In Le Havre nimmt uns nicht einmal der Kapitän eines Schmugglerbootes an Bord, nicht in diesen Wochen.«

»Und was ist in Tinville anders, Sadik?«, fragte Jana gespannt, weshalb er ausgerechnet diese kleine Hafenstadt an der Küste der Normandie für ihre Zwecke am besten geeignet hielt.

»Erstens ist dort kein Militär stationiert, zweitens ist Tinville kein bedeutender Überseehafen und findet bei den lokalen Behörden entsprechend geringe Beachtung – und drittens kenne ich dort jemanden, der uns schnell und diskret zu unserer Passage über den Kanal verhelfen kann«, eröffnete er ihnen nun und lächelte über ihre Verblüffung.

»Du warst schon mal in Tinville?«, stieß Tobias überrascht hervor.

»Allah und die ehrgeizigen Pläne deines Vaters haben mich schon an die unterschiedlichsten Orte der Welt geführt, zu denen auch Tinville gehört«, bestätigte Sadik, während die Sonne mittlerweile wie ein roter Ball auf dem Wasser schwamm und an den Himmel verschieden dicke Schichten von Rottönen zauberte. »Aber das ist eine Geschichte für sich. Jedenfalls war uns der Besitzer des *Coq Doré* sehr zugetan und sein Schwager besitzt ein eigenes Fischerboot. Er wird uns nach England bringen.«

»Was ist das, *Coq Doré?*«, wollte Tobias wissen.

»Der *Goldene Hahn* ist ein Gasthof nicht weit vom Hafen«, erklärte Sadik. Die Sonne tauchte nun rasch ins Meer und die Dunkelheit strömte aus den Wäldern und Tälern. Auch aus den Häuserzeilen wich das letzte Licht des Tages. »Tambour wird sich meiner zweifellos erinnern und uns nach besten Kräften helfen, rasch außer Landes zu kommen.«

»Der Gastwirt heißt Tambour?«, fragte Tobias ein wenig irritiert. *»Trommel?«*

»Ja, unter anderem«, antwortete Sadik lakonisch. »So, und jetzt fahren wir in die Stadt.«

»Ist mir recht. Ich hab nämlich Hunger«, meinte Gaspard trocken.

Sadik schwang sich auf den Kutschbock und wickelte die Zügel vom Bremsstock. »Ich kutschiere, ihr bleibt im Wagen.«

Tobias salutierte. »Aye, aye, *capitaine.«*

Sadik wollte bei Dunkelheit in der Stadt eintreffen und ließ deshalb die Grauschimmel den Rest des Weges in einer sehr gemütlichen Gangart gehen. Der Himmel glühte noch eine Weile nach. Ein letztes Farbenspiel zeigte sich auf den Wolken. Dann fiel schlagartig das schwarze Tuch der Nacht über die Küste. Der einzige Lichtschein kam nun von Laternen und einem Leuchtfeuer, das in der Spitze eines kleinen Leuchtturms brannte. Er erhob sich am Ende einer L-förmigen Mole, die ein gutes Stück ins Meer reichte und den Hafen bei stürmischem Wetter vor den heranrollenden Brechern schützen sollte. Die Positionslampen der Schiffe sahen von weitem wie Glühwürmchen aus.

Am Rande von Tinville drängten sich die schäbigen und übervölkerten Behausungen der Armen und in der Hitze hing der Gestank der Fäkalien und Abfälle in unsichtbaren, atemnehmenden Schwaden zwischen den Gassen.

Glücklicherweise hatten sie diesen äußeren Saum des Elends rasch passiert. Nun dominierten die vielfältigen Gerüche aus den Küchen der Bürgerhäuser. Dann und wann zog auch ein Schwall Blumenduft an den offenen Fenstern der Kutsche vorbei. Die Straße führte abwärts ins Hafenviertel mit seinen zahllosen Tavernen, billigen Absteigen, Freudenhäusern, Kontoren, Lagerhallen sowie Werkstätten und kleinen Betrieben aller Art, die von der Fischerei und der Seefahrt ebenso lebten wie Segelmacher, Seiler und Schiffsausrüster. Hier lag über allem der Geruch, der allen Seehäfen auf der Welt eigen ist und sich aus salziger Seeluft, modrigem Seetang, altem Fisch, beißendem Pech und nassem Holz zusammensetzt.

Tobias erhaschte einen Blick auf Masten und Takelage, die sich wie filigrane Scherenschnitte vor dem Nachthimmel abzeichneten, als Sadik einen Häuserblock vor dem Hafenkai nach links in eine Gasse einbog. Sie kamen an dem Geschäft eines Schneiders und eines Händlers für nautische Instrumente vorbei, ließen den schmalbrüstigen Laden eines Flickschusters und die Werkstatt eines Schildermalers hinter sich und entdeckten in der Fensterauslage des nächsten Geschäftes das reichhaltige Angebot eines Hutmachers. Nach mehreren Mietshäusern mit recht ordentlichen Fassaden und einigen weiteren Geschäften mündete die Gasse auf einen kleinen Platz, dessen Mitte ein kleiner Brunnen und ein halbes Dutzend Platanen schmückten. Linkerhand lag das *Coq Doré,* ein massives graubraunes Gebäude. Schwere Balken durchzogen das Mauerwerk. Über dem Eingang hing ein Schild, das einen goldenen Hahn in stolzer Pose zeigte. Rechts und links davon drang Licht durch halb runde Fenster, die mit braunen Butzenscheiben versehen waren und an Schießscharten erinnerten und den kleinen, baumbestandenen Platz nur mäßig erleuchteten.

Sadik hielt jedoch nicht vor dem Eingang, sondern er lenkte das Gespann um den Gasthof herum in den geräumigen Hof, wo sich auch die Stallungen für die Pferde der Reisenden befanden, die hier abstiegen. Denn der *Coq Doré* gehörte zu den guten Häusern im Hafenviertel von Tinville.

Ein schlaksiger, struppelhaariger Stalljunge kam aus dem Anbau und griff einem der Grauschimmel ins Zaumzeug.

»Ich mache das schon, mein Junge!«, rief Sadik ihm zu. Für einen Beduinen kam die Pflege seiner Tiere nach einem langen Reisetag an erster Stelle, und er versorgte sie selbst, weil nur so sichergestellt war, dass sie alles in dem Maße erhielten, was vonnöten war, um ihre Kraft und Ausdauer zu erhalten. Wer seine Reit- und Lasttiere in der Wüste vernachlässigte, brachte sich selbst in Lebensgefahr. Und solche Gewohnheiten ließen sich nicht so leicht abschütteln wie der Staub der Straße aus seiner Lammfelljacke. »Aber du kannst in den Schankraum laufen und Tambour sagen, dass Monsieur Babeurre gekommen ist und ihn zu sprechen wünscht.«

»Babeurre?«, echote der Junge, als meinte er sich verhört zu haben, denn das bedeutete ›Buttermilch‹.

Sadik lächelte. »Ja, du hast schon richtig verstanden.«

»Wie Sie sagen, Monsieur!« Der Junge eilte durch den Hintereingang ins Haus.

Tobias stieß den Kutschenschlag auf und sprang hinaus. »Seit wann heißt du Herr Buttermilch?«, erkundigte er sich mit fröhlicher Verwunderung.

»Seit Tambour begriffen hat, dass ein gläubiger Moslem keinen Alkohol anrührt und Buttermilch für einen Beduinen immer noch der köstlichen Stutenmilch am nächsten kommt«, erklärte Sadik. »Buttermilch macht keinen zum Schwächling – und Alkohol erst recht keinen zum Mann.«

Jana und Gaspard stiegen mit müden Knochen aus der Kutsche und sahen sich im Hof um. Eine Laterne brannte über dem hohen Torbogen der Hofeinfahrt, eine zweite neben dem Hintereingang des Gasthauses.

Die Tür flog auf und schlug krachend gegen die Wand, während ein kahlköpfiger Mann zu ihnen in den Hof stürzte.

»*Mon dieu!* Der arabische Derwisch!... Salem-Ei- oder Talum-Ohrum!«, rief er überschwänglich und versuchte sich an den arabischen Gruß zu erinnern. »Irgendwas in der Art sagt man doch bei euch im Land der Wasserpfeifen und Kamelhöcker, nicht wahr?«

Sadik lachte. *»Es-salamu 'alekum!...* Der Friede sei mit Euch, Tambour!«

»Ja, leikum, leikum, Monsieur Babeurre!«, rief dieser mit fröhlicher Ignoranz der rechten Aussprache, und dann glaubte er sich der entsprechenden Antwort auf den Gruß zu erinnern. »Möge deine Nacht gut beleuchtet sein!«

»Ich glaube, du meinst *sabah en-nur!...* Dein Tag möge erleuchtet sein!«, frischte Sadik die lückenhafte Erinnerung des Gastwirtes belustigt auf. »Aber auch gegen eine gut beleuchtete Nacht habe ich nichts einzuwenden.«

Tobias verstand sofort, weshalb der Besitzer vom *Coq Doré* Tambour, also Trommel genannt wurde. Tambour war nicht viel größer als Jana, brachte aber ein Körpergewicht auf die kurzen, säulendicken Beine, das einem Hundert-Liter-Branntweinfass alle Ehre gemacht hätte. Er trug einen wahrlich fast kugelrunden Bauch wie eine Trommel vor sich her. Darüber wölbte sich ein weites, faltenreiches Hemd mit gleichfalls weiten, gebauschten Ärmeln. Um den Hals trug er eine schwere Kette, die fast die Stärke einer Ankertrosse hatte, an der ein Kreuz hing, das zu tragen kräftige Nackenmuskeln voraussetzte. In seinem Gesicht, das Tobias unwillkürlich an einen Vollmond denken ließ, blitzten überraschend große und helle Augen unter dicken, pechschwarzen Brauen. Die Nase, die einer gespaltenen Zwiebelknolle glich, gab diesem Gesicht eine zusätzlich heitere Note.

Tambour eilte mit ausgestreckten Armen auf Sadik zu, der neben ihm auf einmal so schmächtig und zerbrechlich wirkte wie ein Gazellenjunges neben einem ausgewachsenen Flusspferd, und wollte ihn an seine Brust drücken. Es lief jedoch darauf hinaus, dass er Sadik über die Wölbung seines mächtigen Bauches zog und es den Anschein hatte, als beugte sich Sadik vor, um das Kreuz des Gastwirtes zu küssen.

»Was für eine Überraschung, Monsieur Sodick-Babeurre!«, dröhnte Tambours Bassstimme über den Hof.

»Sadik«, verbesserte ihn der Beduine vergnügt, entzog sich Tambours Armen, die ihn wie die Zangen eines Hummers gepackt hatten, und stellte ihm seine Begleitung vor.

Tobias musste eine ähnlich heftige Umarmung über sich ergehen lassen, als der Dicke erfuhr, dass er in ihm den Sohn des von ihm so geschätzten Weltreisenden Siegbert Heller vor sich hatte.

Bei Janas Anblick nahm Tambours Gesicht einen beinahe verklärten Ausdruck an, und er ließ es sich nicht nehmen, sie an sich zu drücken und mit einem Kuss auf jede Wange zu begrüßen. Tobias wusste nicht so recht, ob er sich darüber freuen oder ungehalten sein sollte. »Ich bin entzückt, Mademoiselle, überaus entzückt.«

»Danke, Monsieur…« Sie zögerte, ihn mit Tambour anzusprechen.

Der Dicke lächelte liebenswürdig. »Camille Denton steht zu

meiner Person im Taufregister. Aber für meine Freunde und die Freunde meines Freundes Sadik-Babeurre bin ich Tambour«, sagte er mit einem Charme, den Tobias ihm überhaupt nicht zugetraut hätte. Der Gastwirt führte sich ein wenig so auf wie der stolze Hahn auf dem Schild. Er zwang sich, dem nicht zu viel Wert beizumessen.

»Wenn Sie es so möchten, gerne, Monsieur Tambour«, erwiderte Jana lächelnd und genauso amüsiert über das Entzücken des Gastwirtes wie über Tobias' ernste Miene und seine gerunzelten Augenbrauen.

»Tambour, meine Liebe, nur Tambour!« Er tätschelte noch einmal ihre Hand, bevor er sie mit sichtlichem Widerstreben losließ.

›Na, endlich!‹, seufzte Tobias in Gedanken.

Gaspard mit seiner Augenklappe und der primitiven Prothese dagegen beäugte Tambour voller Argwohn. Erst als Sadik mit Nachdruck darauf hinwies, dass Gaspard ihr Freund sei und sie ihm viel zu verdanken hätten, rang sich Tambour dazu durch, ihm gnädig zuzunicken. Die Hand gab er ihm jedoch nicht.

Er fand jedoch schnell wieder zu seiner überschäumenden Freude zurück. Als Sadik erst die Grauschimmel ausspannen und versorgen wollte, meldete er lautstarken Protest an und versicherte, dass sein Stalljunge Louis sich bestens um die Pferde kümmern würde. »Er sieht aus wie eine schwindsüchtige Bohnenstange, aber er hat die Ausdauer einer Stahlfeder und ein großes Herz für Pferde!«, lobte er ihn. »Deine Grauschimmel werden es bestens bei ihm haben, Sadik-Babeurre! Er wird sie trocken reiben und striegeln, bis ihm die Hände abfallen, und sie werden so reichhaltig zu saufen und zu fressen bekommen, wie es sich für vierbeinige Gäste des *Coq Doré* geziemt. Ich will bis an mein Lebensende nur noch Wasser und Brot zu mir nehmen, wenn das nicht die Wahrheit ist!«

Sadik warf einen viel sagenden Blick auf Tambours vorgewölbten Bauch. »Wasser und Brot?« Er lachte und ließ es zu, dass Louis sich der Pferde annahm. Vorsichtshalber steckte er dem Stalljungen eine Silbermünze zu, die ein strahlendes Lächeln auf dessen hageres Gesicht zauberte.

Dann gingen sie ins Gasthaus. Ihr weniges Gepäck ließ Tambour sofort auf ihre Zimmer bringen. »Ich lasse euch ein Bad richten und alles, was ihr braucht. Aber jetzt müssen wir das Wiedersehen erst einmal gebührend feiern! Mit Buttermilch für dich und Branntwein für mich! Und Mademoiselle Jana bekommt ein Glas von meinem besten Orangenlikör! Und natürlich werdet ihr Hunger haben. Ich habe heute Kaninchen auf der Karte. Ein besseres gibt es in ganz Frankreich nicht!«, versicherte er und führte sie in den gut besuchten und daher auch mit Tabaksqualm eingenebelten Schankraum. Er war in drei ineinander übergehende Räume unterteilt. In ihnen standen schwere Tische mit gut drei Finger dicken Platten und nicht minder schweren Sitzbänken. Der Schankraum war groß, die Decken wirkten wegen ihrer wuchtigen Balkenkonstruktion jedoch niedrig. Hinter der Theke ragten dem Wirt und seinen Schankmädchen aus sechs gemauerten Rundungen ebenso viele Fässer entgegen, deren Fassungsvermögen bei fünfzig Litern liegen mochte. Es gab einen großen, rauchgeschwärzten Kamin, in dem zu dieser Jahreszeit natürlich kein Feuer brannte. An den weiß gekalkten Wänden hingen Kerzenhalter mit reflektierenden Spiegeln aus poliertem Kupferblech sowie hier und da alte Waffen aus dem Mittelalter. Unter ihnen befanden sich auch eine Armbrust, eine rostige Streitaxt und ein Morgenstern, dessen hölzerne Griffstange gesplittert war.

Sie nahmen im hintersten, ruhigsten Raum an einem freien Ecktisch Platz. Ein nicht eben mageres, blond gelocktes Mädchen in Janas Alter namens Letizia, das eine hübsche Rüschenschürze über ihrem schlichten Kleid trug und unschwer als Tochter des Wirtes zu erkennen war, brachte schnell die bestellten Getränke und versicherte, dass das Essen auch nicht lange auf sich warten lassen würde, wobei sie ihrem Vater einen schnellen Seitenblick zuwarf. Sadik erhielt einen Krug Buttermilch, der kühl aus dem Keller kam, und Jana ihren Orangenlikör. Tobias hatte sich für ein Glas kühlen Weißweins entschieden, während Gaspard ganz unverfroren den Wunsch nach Branntwein geäußert hatte. Weder schien es Tambour zu überraschen, noch versuchte er ihm den Branntwein mit Hinweis auf sein jugendliches Alter auszureden. Er hatte auf den ersten Blick gesehen, dass er einen Jungen der Straße vor sich hatte, und da hatte das Alter nichts zu bedeuten.

»Auf unser Wiedersehen, Sadik-Babeurre!«, rief Tambour mit seiner vollen Bassstimme und hob sein Glas. »Auf alte Zeiten!... Und auf nicht weniger fröhliche neue Zeiten!«

Darauf tranken sie.

»Und nun erzähl, was dich Wüstenfuchs mit deinen Freunden nach Tinville geführt hat!«, forderte Tambour Sadik auf, voller Spannung, was dieser zu berichten habe. »Und warum Monsieur Siegbert nicht bei euch ist.«

»Das ist eine lange Geschichte.«

Tambour machte eine wegwischende Geste. »Ich mag Geschichten«, sagte er, und als er sah, dass seine Tochter mit einem Tablett aus der Küche geeilt kam, das mit Tellern und Schüsseln beladen war, fügte er rasch hinzu: »Und bei mir darf man auch mit vollem Mund erzählen!«

Sadik wusste, dass Tambour ihm keine Ruhe lassen würde, bis seine Neugierde gestillt war. Deshalb begann er in groben Zügen von den Ereignissen zu berichten, die zu ihrer Flucht vom *Falkenhof* und der abenteuerlichen Reise der letzten Monate geführt hatten, während sich Tobias, Jana und Gaspard mit großem Appetit über das schmackhafte Essen hermachten. Dabei ließ Sadik das Wattendorfsche Vermächtnis mit dem Spazierstock, Koran und Gebetsteppich unerwähnt, deutete jedoch an, dass Zeppenfeld ihnen wichtige Informationen abjagen wollte, die für einen Forscher und Entdeckungsreisenden einen großen Wert darstellten. Das Verschollene Tal kam ihm genauso wenig über die Lippen. Er beschränkte sich darauf, Tambour klarzumachen, dass sie sich vor einem gefährlichen Widersacher auf der Flucht befanden, der wegen gewisser Vorfälle bei Sihdi Hellers letzter Nilquellen-Expedition zudem noch Rache geschworen hatte.

»Heilige Entenbrust, warum spickst du diesen Hundesohn nicht mit deinen Messern und schaffst ihn dir damit ein für alle Mal vom Hals, anstatt vor ihm davonzulaufen wie ein tollpatschiger Decksjunge vor der Peitsche des Bootsmannes?«, polterte Tambour verwundert los, griff zur Kanne mit dem Branntwein und war so abgelenkt, dass er nicht nur seinen Becher auffüllte, sondern gleich auch den von Gaspard, dessen Augenbrauen sich dabei kaum merklich hoben. Doch er war so klug, sich nicht zu rühren und auch nichts zu sagen, noch nicht einmal »Danke«.

Sadik schob sich ein Stück Kaninchenfleisch in den Mund und ließ sich mit der Antwort Zeit. Dann sagte er auf seine bedächtige Art: »Der Fuchs ist bei seiner Höhle ein Löwe, und Zeppenfeld ist ein gerissener Fuchs, der sich einem direkten Kampf niemals stellen wird.«

Tambour zuckte mit den massigen Schultern. »Dann mache es doch so wie er. Lauere ihm auf, und dann ...« Er hielt sich die flache Hand vor die Kehle und vollführte eine unmissverständliche Bewegung.

»Wenn du in ein Dorf mit lauter Einäugigen kommst, blendest du dir dann ein Auge, damit du so bist wie sie?«, fragte Sadik an Stelle einer Antwort.

Tambour legte die Stirn in Falten. »Was haben Einäugige mit der Sache zu tun?«

Tobias verkniff sich ein Grinsen. »Sadik meint wohl, dass es sich nicht mit seiner Ehre vereinbaren lässt, sich auf das gewissenlose Niveau eines Zeppenfeld zu begeben und Gleiches mit Gleichem zu vergelten.«

»Aber dieser Hur...« Tambour legte seiner Zunge gerade noch rechtzeitig Zügel an, als sein Blick auf Jana fiel, und korrigierte sich schnell: »...dieser Hundesohn hat doch gar nichts anderes verdient!«

Sadik zuckte unbeeindruckt mit den Achseln. »Ein Beduine pflegt die Rache, mein lieber Tambour, und er hat Geduld. Es heißt bei uns: Der Beduine nimmt nach vierzig Jahren Rache und glaubt, er habe sich damit beeilt. Aber ein heimtückischer

Mord ist keine Rache, sondern die verabscheuungswürdige Tat eines Feiglings.«

Der dicke Gastwirt seufzte resigniert. »Deine Ruhe möchte ich haben!«

»Die Welt besteht aus zwei Tagen: Ein Tag ist für dich und ein Tag ist gegen dich«, erwiderte Sadik mit typisch arabischem Fatalismus. »Im Augenblick haben wir wohl den Tag erwischt, der unsere Feinde begünstigt. Deshalb bin ich mit meinen Freunden zu dir nach Tinville gekommen. Wir brauchen deine Hilfe.«

»Sag mir, was ich für euch tun kann!«, forderte Tambour ihn sofort auf.

Der Beduine nahm einen kräftigen Schluck Buttermilch, die eine sichelförmige weiße Linie auf seiner Oberlippe hinterließ. »Wir müssen schnellstens über den Kanal und zu Rupert Burlington nach *Mulberry Hall*«, erklärte er dann. »Es ist von entscheidender Bedeutung, dass Zeppenfeld und seine Komplizen uns nicht zuvorkommen. Wir müssen vor ihnen in England eintreffen. Dann können wir das größte Unheil noch abwenden.«

Tambour rieb sich das fleischige Doppelkinn. »Du wärest nicht hier, wenn ihr ordnungsgemäße Papiere hättet, nicht wahr?«

»La!«, bestätigte Sadik. »Wir sind Hals über Kopf vom *Falkenhof* geflohen. Und die Grenze nach Frankreich haben wir versteckt in Janas Wohnwagen überquert.« Er machte eine kurze Pause und setzte dann mit einem verschwörerischen Lächeln hinzu: »Aber die Erfahrung hat mich gelehrt, dass manchmal Goldstücke genauso gern entgegengenommen werden wie Papiere, besonders wenn man sowieso nicht viel von diesen Formalitäten hält und an Bord seines Schiffes sein eigener Herr ist, der sich keine Vorschriften machen lässt, was und wen er von wo nach wo bringt.«

»Du denkst dabei an meinen Schwager Denis, nicht wahr?«

Sadik nickte. »Wie ich damals hörte, fuhr er nicht immer nur zum Fischfang hinaus«, sagte er leise und spielte auf die Schmuggelfahrten des Schwagers über den Kanal an.

Tambour machte ein betrübtes Gesicht und sagte bedrückt: »Sicher, Denis hätte keine Sekunde gezögert, euch über den Kanal zu bringen. Aber er hat seine letzte Fahrt schon hinter sich.«

»Er ist tot?«, stieß Sadik ungläubig hervor.

Tambour nickte schwer. »Es war im Frühjahr, als plötzlich Nebel aufzog und so dick über der See lag, dass man meinte, man könnte dicke Stücke aus der Decke schneiden. Ein Dampfschiff rammte sein Fischerboot querab an Steuerbord und durchschnitt es, wie eine scharfe Axt einen kleinen Holzscheit spaltet. Nur zwei von seiner Mannschaft haben es überlebt. Und der Dampfer hat noch nicht einmal die Maschinen gestoppt. Es passierte so schnell, dass Joseph und Eugène hinterher noch nicht einmal zu sagen wussten, wie der Dampfer hieß und unter welcher Flagge er fuhr.«

Sadik murmelte ein kurzes Gebet, sprach Tambour sein Beileid aus, denn er wusste, wie gut er sich mit seinem Schwager verstanden hatte, und fragte nach einem Moment des Schweigens: »War er der einzige Seemann in Tinville, der sich mit Schmuggelfahrten zur englischen Küste etwas dazuverdient hat?«

»Natürlich nicht. Aber es wird nicht leicht sein, Ersatz für Denis zu finden. Ich habe eine Menge Freunde, aber ich kann nicht behaupten, dass die Fischer und einfachen Seeleute zu ihnen gehören«, gab er offen zu und machte eine vage Geste, die seinem Gasthof galt. »Wer aus armen Verhältnissen kommt und nach Jahren harter, ehrgeiziger Arbeit ein Haus wie das *Coq Doré* sein eigen nennt, ein Haus, in dem einzig der Geruch von totem Fisch aus der Küche dringen darf, von Gewürzen und Beilagen veredelt, der ist nun mal nicht bei den einfachen Tavernengängern sonderlich beliebt. Ich halte mich nicht für etwas Besseres, aber die anderen sind überzeugt, dass ich es tue – weil ich nämlich Pech und Tran und Fischschuppen und was Seeleute sonst noch so alles an ihrer Kleidung kleben haben, in meinem Schankraum nicht haben will. Wer sauber und ordentlich gekleidet ist und nicht gerade stinkt, als hätte man ihn aus einer Tonne mit Fischeingeweiden gezogen, ist mir willkommen. Doch es verirren sich nur wenige Seeleute zu mir, und dass Denis ein Fischer war, hat eher ihm geschadet als mir geholfen. Es tut mir Leid, mein Freund, aber so stehen die Dinge nun mal. Dennoch werde ich tun, was in meiner Macht steht.«

Sadik gab sich Mühe, sich seine Besorgnis nicht anmerken zu lassen. »Wir werden schon jemanden finden«, sagte er zuversichtlich. »Und wir haben ein paar Tage Vorsprung.«

»Wenn diese Revolution in Paris nicht gewesen wäre, sähe die Sache schon anders aus«, meinte Tambour. »Karl X. hat zwar am 2. August zu Gunsten seines Neffen abgedankt, was den Herzog von Orleans nun zu unserem neuen König Louis Philippe gemacht hat...«

»Die Bourbonen haben abgewirtschaftet und ausgespielt!«, warf Tobias hitzig ein. »Wir haben die Barrikadenkämpfe in Paris erlebt. Karl X. wird das Land verlassen müssen.«

Tambour warf ihm einen skeptischen Blick zu. »Ja, so steht es in den Zeitungen. Aber er hockt noch immer hartnäckig in seinem Schloss Rambouillet, umgeben von 12000 Mann Elitetruppen, junger Freund! Da kann also noch viel passieren. Die Lage im Land ist alles andere als stabil. Dementsprechend nervös sind die Leute. Die Truppen entlang der Küste, einschließlich der Hafengendarmen und Zöllner, sind alarmiert, und keiner lässt sich so genau in die Karten schauen, für welche Partei sein Herz schlägt. Und ganz besonders Fremden gegenüber sind die Leute misstrauisch.«

Sie saßen noch lange dort am Tisch, nachdem Letizia schon längst die leeren Teller und Schüsseln vom Tisch geräumt hatte, und redeten. Wenn sie auch immer wieder auf die Notwendigkeit rasch den Kanal zu überqueren, zu sprechen kamen, so drehte sich ihre Unterhaltung doch nicht allein darum.

»Wo es eine Tür und ein Schloss gibt, da gibt es auch einen Schlüssel«, sagte Sadik abschließend, als sie sich vom Tisch erhoben, um sich zu Bett zu begeben. »Morgen werden wir damit beginnen, ihn zu suchen!«

»Und wenn wir ihn nicht finden?«, fragte Tobias leise, als sie die Treppe hochstiegen.

Sadik legte ihm beruhigend die Hand auf die Schulter. »Schreite nicht über eine Brücke, bevor du zu ihr kommst.«

Tobias verzog das Gesicht, unzufrieden mit dieser Antwort, die ihm ohne praktischen Wert erschien. Deshalb sagte er ironisch: »Ich weiß: Wer der Geduld folgt, dem folgt der Sieg. Aber Zeppenfeld ...«

Sadik unterbrach ihn mit einem leichten Lächeln. »Das hast du gut behalten. Aber lernen heißt nicht nur behalten, sondern Einsichten *leben,* Tobias.«

»Und deine Antwort ist wie Wasser im Sieb!«, konterte Tobias grimmig.

Sadik lachte, doch mit seinen eigenen Waffen war er nicht zu schlagen, wie seine unverzügliche Erwiderung bewies. »Was der Esel sagt, das glaubt er, und nur der Dumme streitet sich mit der Matte, auf der er schlafen will«, wies er ihn mit sanftem Spott zurecht. »Und noch etwas: Ein freundliches Gesicht ist kostbarer als Kisten voller Gold.«

Ein wenig resigniert, aber auch mit stiller Bewunderung ließ Tobias ihm das letzte Wort. Dass er damit am besten beraten war, gehörte zu den Einsichten, die er nicht nur behalten hatte, sondern lebte. Sollte Sadik noch einmal sagen, er lernte nicht richtig!

Fünf Schwerter und eine Lerche

Der Kapitän der *Colette* gab Sadik noch nicht einmal Gelegenheit, ihm zu sagen, was er für die Passage zu bezahlen gedachte. »Kein Interesse, Monsieur. Ich halte mich an Fische. Die kann ich wieder über Bord schmeißen, wenn sie nicht in meinen Fang passen«, fiel er ihm schon nach den ersten vorsichtigen Sätzen barsch ins Wort. Und der unfreundliche, argwöhnische Blick, mit dem er Sadik und Tobias schon im ersten Moment an Bord seines Schiffes empfangen hatte, folgte ihnen nun auch, als sie es wieder über die wippende Laufplanke verließen.

»Uns über Bord zu schmeißen hätte ihm zweifellos Freude bereitet! Ein schöner Reinfall«, brummte Tobias missmutig und verschwitzt. »Das ist jetzt schon die siebte Absage in vier Tagen. Und ich sage dir, diese misstrauischen Fischer wissen spätestens seit gestern Bescheid. Dieser polternde, grobe Klotz von der *Marie-Claire,* der uns als Antwort einen Eimer Fischinnereien vor die Füße gekippt hat, hatte gestern doch bestimmt nichts Eiligeres zu tun, als sich mit seiner Heldentat vor seinen Kollegen zu brüsten. Die haben sich längst abgesprochen, dass keiner von ihnen uns mitnimmt.«

Sadik nickte. »Er hat gewusst, was wir wollten, bevor wir noch einen Fuß an Deck seines Fischerbootes gesetzt hatten«, stimmte er ihm zu.

»Diesen Hafen können wir vergessen. Hier finden wir nicht einmal jemanden, der uns in seinem Ruderboot auch nur zum Leuchtturm und zurück bringt«, sagte Tobias mit bitterer Enttäuschung und suchte den Schatten der Lagerschuppen.

Die Hitze lastete seit ihrer Ankunft ungebrochen über der Küste und die verwesenden Fischreste auf den Kais verpesteten die schwüle Luft auch noch mit einen Ekel erregenden Gestank. Er drang auch aus den Ritzen der Schuppen und den langen Netzen, die zum Trocknen und Ausbessern an Land ausgelegt waren. Tobias war in seiner Wut versucht, einem Weidenkorb, der ihm im Weg war, einen heftigen Fußtritt zu versetzen, auf dass er quer über den Kai und zwischen die Boote der Fischer ins Hafenbecken segelte. Er konnte das Verlangen gerade noch unterdrücken. Aber in ihm brodelte es. Tinville hing ihm endgültig zum Hals heraus, trotz Tambours großzügiger Gastfreundschaft. Er hatte das bedrückende Gefühl in einer Sackgasse festzustecken. Vier kostbare Tage hatten sie hier schon vertrödelt.

»Wir hätten erst gar nicht nach Tinville kommen, sondern unser Glück gleich in Le Havre versuchen sollen!«, grollte Tobias. »Wer weiß, wo Zeppenfeld jetzt schon ist!«

»Wer einen Tag älter ist, ist auch ein Jahr klüger«, erwiderte Sadik leicht gekränkt auf den kaum verhohlenen Vorwurf. »Würde Tambours Schwager noch leben, wären wir schon längst auf *Mulberry Hall* und du würdest voller Lob über Tinville und seine freundlichen Fischer sein.«

Tobias erkannte die Ungerechtigkeit seines Vorwurfes, doch in seinem Groll bedurfte es schon einiger Überwindung, um sie auch vor dem Beduinen einzugestehen. »Na ja, vermutlich hast du Recht«, murmelte er widerstrebend. Dann gab er sich innerlich einen Ruck. Was nutzte es, dem Schicksal zu zürnen, geschweige denn Sadik Vorhaltungen für etwas zu machen, was er beim besten Willen nicht einmal hatte vermuten können. Plötzlich tat es ihm aufrichtig Leid, dass er sich von seiner Enttäuschung und der Hitze dazu hatte hinreißen lassen, seinem Freund die Schuld an dieser misslichen Situation zu geben. Es war nicht nur ungerecht gewesen, sondern auch ihrer Freundschaft nicht würdig.

»Es tut mir Leid, Sadik. Bitte entschuldige, dass ich dir in meiner stinkigen Laune einen Vorwurf gemacht habe«, bat er zerknirscht und blieb dabei stehen. »Natürlich hast du nicht ahnen können, dass Tambours Schwager auf See umgekommen ist. Und du hast Recht: Wenn alles geklappt hätte, säße ich jetzt auf *Mulberry Hall* und würde Rupert Burlington in den höchsten Tönen vorschwärmen, wie umsichtig du unsere Passage hier im reizenden Tinville eingefädelt hast.«

Einen Augenblick sah Sadik ihn ernst und mit unbewegtem Gesicht an, dass Tobias schon bestürzt glaubte, ihn ernstlich verstimmt zu haben. Doch dann trat ein warmherziges Lächeln auf das Gesicht seines beduinischen Freundes.

»Unbeherrscht sein, Fehler machen und unrecht urteilen – das kann jeder und ist menschlich. Doch einen Fehler bei sich selbst zu erkennen und sich dafür zu entschuldigen – das kann nicht jeder, denn dafür braucht man Mut und Charakter. Wie schön, dass du mich nicht enttäuschst.«

Tobias machte eine verlegene Miene. »Und was tun wir jetzt?«, fragte er, daran interessiert, das Thema zu wechseln.

»Wenn die Tiere nichts mehr zu grasen finden, ziehen sie weiter«, antwortete Sadik. »Und da Tinville für uns so graslos ist wie die Sanddünen bei Abu Simbel, bleibt uns nichts anderes übrig, als unsere Zelte abzubrechen und unser Glück schnellstens in einem anderen Hafen zu versuchen.«

»Le Havre?«, fragte Tobias nur, während sie weitergingen und ihre Schritte in Richtung *Coq Doré* lenkten, wo Gaspard und Jana bestimmt schon ungeduldig auf sie warteten. Sadik hatte es für ratsamer gehalten, Jana nicht mitzunehmen. Zuerst hatte sie sich dagegen gewehrt, dann aber eingesehen, dass die zumeist sehr abergläubischen Fischer sich wohl noch abwehrender verhalten würden, wenn sie sofort wussten, dass sie auch eine junge Frau an Bord ihres Bootes nehmen sollten. Er hatte deshalb auch immer nur von drei *Personen* gesprochen, die es über den Kanal zu bringen galt.

»*Aiwa,* Le Havre«, bestätigte Sadik. Ein Blick auf den Sonnenstand verriet ihm die Tageszeit fast so genau, als hätte er eine Taschenuhr hervorgezogen. »Wir haben noch gute vier Stunden Tageslicht. Wenn wir sofort aufbrechen und die Nacht durchfahren, können wir morgen schon dort sein.«

»Dann sollten wir uns beeilen, dass wir von hier wegkommen«, meinte Tobias, der sich schon gleich viel besser fühlte, da nun endlich eine Entscheidung gefallen war. »Ich kann es gar nicht erwarten, Tinville den Rücken zu kehren!«

Wenig später betraten sie den Gasthof, der sie mit vergleichsweise kühlen Räumen begrüßte. Jana saß ganz hinten am Ecktisch, der zu ihrem Stammplatz geworden war. Tobias war erstaunt, als er sah, dass ihr ein junger Mann um die zwanzig Gesellschaft leistete. Er war von schmaler, sehniger Gestalt, besaß ein ansprechendes Gesicht und trug die derbe, aber saubere Kleidung eines Seemanns. Als er die beiden Männer eintreten sah, erhob er sich, sagte etwas zu Jana, was diese mit einem Lächeln und einem Kopfnicken beantwortete, und verließ den Schankraum mit dem wiegenden Gang eines Mannes, dessen Welt das schwankende Deck eines Schiffes ist. Er nickte ihnen kurz zu, als er an ihnen vorbeikam.

»Wer war das?«, fragte Tobias, noch bevor er Platz genommen hatte.

»Du meinst den Seemann?«, fragte Jana beiläufig zurück.

»Ja, wen denn sonst?«, brummte Tobias ein wenig ungeduldig.

Sie lächelte. »Ach, das war Moustique.«

»Moustique?«, echote Tobias. »Ein Kerl, der ›Mücke‹ heißt?«

Jana nickte. »Ja, das ist wohl sein Spitzname. Wie er richtig heißt, konnte mir auch Tambour nicht sagen, aber das ist ja auch nicht weiter wichtig. Auf jeden Fall habe ich mich gefreut, dass er mich mal wieder besucht hat.«

Tobias runzelte die Stirn. Jana war in den vier Tagen oft allein gewesen. Hatte der Kerl vielleicht ständig bei ihr gehockt, während sie sich im Hafen herumgetrieben hatten?

»Was soll das heißen, er hat dich mal wieder besucht? Wer ist dieser Bursche überhaupt?«, wollte er wissen, plötzlich ärgerlich vor Eifersucht. »Und was wollte er von dir?«

Sadik räusperte sich vernehmlich, als wollte er ihn warnen, dass er im Begriffe stand, sich ihr gegenüber genauso ungehörig zu verhalten, wie er es gerade auch ihm gegenüber getan hatte.

Doch Jana fand seine Eifersucht nur belustigend. »Ach, der Arme dachte schon an Heirat und Kinder«, antwortete sie mit einem fast mitleidigen Tonfall.

Tobias starrte sie einen Augenblick sprachlos an, und er musste erst einmal schwer schlucken, bevor er die Frage herausbrachte: »Dieser Kerl hat es gewagt, dich zu belästigen und dir einen Heiratsantrag zu machen?« Seine Stimme schwang sich in die Höhen zorniger Empörung. »Für wen hält sich dieser Heringsheini? So eine Unverschämtheit! Wieso hast du denn Tambour oder Gaspard nicht gerufen, damit er dir diese… lästige Mücke vom Hals schafft?!«

Jana lächelte. »Aber das wollte ich doch gar nicht, Tobias. Ich war doch ganz froh, dass ich etwas für ihn tun konnte«, sagte sie und in ihren Augen stand ein Ausdruck höchster Belustigung.

Tobias bemerkte es in seiner Gefühlsaufwallung nicht. »Und ich… ich habe gedacht…« Er brach ab.

Ihre Augenbrauen hoben sich, und ihre Stimme hatte einen leicht spöttischen Klang, als sie fragte: »Ja, was hast du denn gedacht?«

Sein Gesicht verschloss sich, während Sadik neben ihm einen schweren Seufzer von sich gab. »Ich habe gedacht, du und ich... also wir... wir würden ein besseres Verhältnis haben, als dass du so etwas nötig hättest!«, stieß er dann bitter hervor.

Jana sah ihn scheinbar völlig überrascht an. »Aber du hast mir nie gesagt, dass du es nicht magst, wenn ich anderen Leuten die Karten lege!«

Tobias war irritiert. »Was hat dieser Heiratsantrag jetzt mit deinem Kartenlegen zu tun?«

»Eine ganze Menge! Immerhin wollte Moustique doch wissen, ob er diese Claudette nun heiraten sollte oder nicht.«

»Er hat gar nicht dir einen Heiratsantrag gemacht, sondern dieser...?«

»So ist es. Wie kommst du denn bloß darauf, er könnte mir einen Antrag gemacht haben?« In ihren Augen blitzte es dabei vergnügt.

Tobias kam sich plötzlich wie der größte Trottel vor und wäre am liebsten im Boden versunken. Erst jetzt bemerkte er die handgemalten Tarot-Karten, die vor ihr auf dem Tisch lagen. Der Seemann hatte sich von ihr nur die Karten legen lassen! Und er hatte sich wie ein Narr aufgeführt. Er wusste nicht, was er sagen sollte. Flammende Röte überzog sein Gesicht, und er fragte sich, was an diesem Tag bloß in ihn gefahren war, dass er gleich zweimal hintereinander und in kürzester Zeit so in die Fettnäpfe trat. Wie peinlich ihm das war.

»Der übereifrige Schüler hat seine Augen schon auf die Sterne gerichtet, während er mit den Füßen noch fest im Schlamm steckt«, bemerkte Sadik nicht ohne Süffisanz, milderte diesen Rüffel jedoch, indem er keine neuerliche Pause verlegenen Schweigens aufkommen ließ, sondern sogleich fortfuhr und Jana fragte, auf welchem Schiff dieser Moustique denn fuhr.

»Auf einer Brigantine, die im Küstenhandel Häfen zwischen

Calais und Bordeaux anläuft«, erklärte Jana und berührte Tobias unter dem Tisch sanft mit ihrer Schuhspitze, um ihm zu verstehen zu geben, dass sie ihm nicht böse war. »Der Name des Schiffes ist *Alouette.*«

»Das bedeutet ›Lerche‹«, warf Sadik ein und witterte eine letzte Möglichkeit, vielleicht doch noch von Tinville aus über den Kanal zu kommen. »Ein Schiff, das so schnell segelt, wie eine Lerche fliegen kann, wäre genau das, was wir jetzt dringend gebrauchen könnten.«

Auch Tobias hörte mit wachsendem Interesse zu.

»Die *Alouette* lief am selben Tag hier im Hafen ein, an dem auch wir nach Tinville kamen«, berichtete Jana. »Als sie am nächsten Morgen schon wieder die Anker lichtete, um ihre Fahrt nach Cherbourg fortzusetzen, erhielt Moustique bis zur Rückkehr der Brigantine Landurlaub, weil er wegen dieser Claudette zu einer Entscheidung gelangen musste. Er kam schließlich zu mir und wollte von den Karten wissen, ob er sie nun heiraten sollte oder nicht. Er war sich sehr unschlüssig.«

»Woher hat er denn von dir und deinen Tarot-Karten gewusst?«, stellte Sadik die Frage, die auch Tobias auf der Zunge lag.

»Von Louis, dem Stalljungen. Aber fragt mich nicht, woher die beiden sich kennen, denn Moustique kommt nicht von hier, sondern aus Cherbourg. Das ist auch der Heimathafen der *Alouette«*, erklärte Jana. »Auf jeden Fall wollte er von den Karten wissen, ob Claudette auch die Wahrheit sagte.«

»Die Wahrheit? Worüber?«, entfuhr es Tobias verwundert.

Jana lachte trocken auf. »Na, ob das Kind auch wirklich von ihm ist!«

Tobias machte ein schockiertes Gesicht. »Er… er hat ihr ein Kind gemacht?«

»Das war ja gerade die Frage, die ihn beschäftigte. Er hat vor ein paar Monaten, als die *Alouette* mit einem Ruderschaden einmal länger im Hafen von Tinville lag, mit ihr angebändelt und wohl auch seinen Spaß mit ihr gehabt«, berichtete Jana ohne jede Scheu. Das Leben auf der Landstraße hatte sie früh gelehrt, der Wirklichkeit ohne falsches Schamgefühl ins Auge zu sehen und die Dinge bei ihrem richtigen Namen zu nennen. »Nur hat Moustique wohl den Eindruck gehabt, dass er nicht der Einzige gewesen ist, mit dem sie sich verlustiert hat.«

Tobias räusperte sich. »Also eine Käufliche!«, sagte er in einem Tonfall, als verstünde er was davon. Dabei hatte er von diesen Dingen des Lebens so viel Ahnung wie ein Küken vom Eierlegen.

»Nein, sie ist die Tochter eines rechtschaffenen Mannes und geht einer einfachen, aber ehrbaren Arbeit nach«, widersprach sie ihm. »So ein Verhalten beschränkt sich eben nicht allein auf die käuflichen Frauen.«

Sadik schmunzelte verhalten. »Was haben denn die Karten zu diesem Thema an den Tag gebracht?«

Jana sah ihm fest ins Auge. »Wer von den Karten erwartet, dass sie ihm auf alle Fragen eine klare Antwort geben und ihm einen Blick in die Zukunft ermöglichen, der erwartet zu viel. Wenn ich die Tarot-Karten schlage, dann erhalte ich im besten Fall eine *Ahnung* von der *möglichen* Zukunft.«

»Eine mögliche Zukunft deshalb, weil man etwas dagegen tun kann, dass die Vorhersage eintrifft. Denn wenn man einen Hinweis bekommen hat, in welche Richtung das eigene Leben zu treiben droht, kann man sich ja darauf einstellen und notfalls gegensteuern«, warf Tobias erklärend ein.

Sadik enthielt sich dazu jeden Kommentars. Ob jemand das zweite Gesicht haben konnte oder nicht, war eine Frage, die er nicht zu beurteilen vermochte. Er wusste jedoch, dass Jana den Leuten, die sich von ihr die Karten legen ließen, nicht irgendwelche haarsträubenden Dinge vorschwindelte, sondern dass sie dann in einer Art Trance die fremdartigen Bilder des Tarots deutete.

»Da es Moustique nur um die einfache Frage ging, ob er sich an diese Frau binden soll oder nicht, habe ich nur ein Legebild mit sieben Karten gemacht«, fuhr Jana fort. »Die erste Karte, die ich aufschlug, war das umgekehrte Bild *Vier der Kelche.* Es deutete sofort auf Schwierigkeiten hin, auf eine Bedrohung des

Gleichgewichtes. Ich war auf einiges gefasst, nicht jedoch darauf, dass mit der nächsten Karte *Fünf der Kelche* vor mir liegen würde. Diese Karte allein ist ein Hinweis auf eine große Enttäuschung. Da jedoch das Wasser auf der Karte aus den oberen vier Kelchen nach unten in den fünften fließt, hält die Karte auch Hoffnung für ein zukünftiges Glückserlebnis bereit. Um es kurz zu machen: Mit der letzten Karte deckte ich *Fünf der Schwerter* auf...«

»Hast du mir auf *Falkenhof* nicht mal gesagt, dass diese zu den am schwierigsten zu deutenden Karten im Tarot gehört?«, erinnerte sich Tobias.

Jana nickte mit ernstem Gesicht. »Richtig, weil diese Karte mit den zerbrochenen Schwertern das klassische Symbol der Niederlage ist. Es bedeutet das Scheitern von Hoffnungen, den Zusammenbruch, eine Niederlage ohne Sieger. Doch im Fall von Moustique stand die Karte auf dem Kopf – und das gibt der Karte eine andere Bedeutung, nämlich der Niederlage etwas Beschämendes, gleichzeitig aber wird dadurch angedeutet, dass das Schlimmste schon überstanden und die Wende zum Guten bereits eingetreten ist.«

»Lernen und Kraft schöpfen aus der Niederlage«, sinnierte Sadik mit leichtem Nicken.

»Ja, das ist damit gemeint«, bestätigte Jana. »Aber ihr wisst ja, dass die Bedeutung einer Karte davon abhängt, welche Karte vor ihr kam und welche ihr folgt. Es war schwer, Moustique einen konkreten Rat zu geben. Die Karten schienen mir so widersprüchlich. Nach langem Abwägen riet ich ihm, für das Kind zu sorgen, wenn es sich als seines herausstellen sollte, eine Heirat aus diesem Grund jedoch nicht ins Auge zu fassen, denn es war offensichtlich, dass er wohl seinen Spaß mit ihr gehabt hatte, sie aber nicht liebte. Auf jeden Fall sollte er sich mit seiner endgültigen Entscheidung Zeit lassen und es sich gründlich überlegen. Das war vor drei Tagen, als er kurz davor stand, zu ihrem Vater zu gehen und das Aufgebot zu bestellen.«

»Und was geschah dann?«, fragte Tobias gespannt.

Jana legte beide Hände über ihre abgegriffenen Tarot-Karten

und lächelte. »Nun, ich hörte und sah die nächsten Tage nicht die Spur von ihm und hatte ihn fast schon vergessen – bis er vor einer Stunde unendlich erleichtert ins *Coq Doré* kam.«

»Das Kind war gar nicht von ihm, sondern von einem anderen Liebhaber!«, folgerte Tobias. »Diese Person hat es zugegeben!«

Sadik verzog spöttisch das Gesicht. »Wenn sie dazu in der Lage wäre, dann wäre sie hundertmal besser als Jana mit ihren Tarot-Karten!«

Jana pflichtete ihm durch ihr Lachen bei. »Nein, zugegeben hat sie es nicht, aber Moustique hat erfahren, dass der Sohn eines Fischers bekannt gegeben hat, dass er Claudette nächste Woche heiraten wird. Wie ihm zu Ohren gekommen ist, hatte sie mit diesem Mann gleichfalls angebändelt und wohl auch ihn unter Druck gesetzt. Und während Moustique sie hingehalten hat und nicht zu ihr stehen wollte, hat der andere wohl nicht so viel Widerstand aufgebracht und ihr vor Zeugen die Ehe versprochen.«

»Sehr beschämend, in der Tat, einmal ganz abgesehen davon, dass er nie wissen wird, ob das Kind nicht vielleicht doch von ihm ist«, meinte Sadik. »Aber er hat seinen Hals aus der Schlinge gezogen und die Welt ist von einer unglücklichen Mussehe mehr verschont geblieben.«

Tobias grinste voller Anerkennung für Janas Tarot-Künste. »Stand ja alles in den Karten.«

Jana zuckte mit den Achseln. »Es ist auch viel Gefühl, viel Eingebung mit im Spiel.«

»Na, wenigstens hast dann du eine gute Erinnerung an Tinville«, sagte Sadik trocken. »Wie du unseren Gesichtern vorhin bestimmt schon angesehen hast, haben wir wieder mal kein Glück gehabt.«

Die Fröhlichkeit verschwand aus dem Gesicht von Tobias, als Sadik ihn nun wieder an ihre deprimierende Erfolglosigkeit erinnerte. »Und deshalb haben wir beschlossen, sofort zu packen und nach Le Havre aufzubrechen, um dort unser Glück zu versuchen.«

»Ich glaube nicht, dass das nötig sein wird«, erwiderte Jana ruhig. »Moustique hat mir nämlich versprochen, ein gutes Wort bei seinem Kapitän Jean-Baptiste Léon einzulegen.«

»Ist das dein Ernst?«, rief Tobias aufgeregt.

»Ja«, versicherte Jana. »Moustique meint, dass uns sein Kapitän ganz gewiss über den Kanal bringt, wenn wir nur einen guten Preis zu zahlen bereit sind.«

»Mein Gott, wenn es sein muss, wiegen wir ihn in Gold auf!«, übertrieb Tobias überschwänglich.

Sadik war von der Nachricht nicht weniger angetan, blieb jedoch erst einmal skeptisch. An die Passage glaubte er erst, wenn er an Deck des Schiffes stand und die französische Küste außer Sicht war.

»Wie glaubwürdig ist dieser Moustique?«, wollte er von Jana wissen. »Hat er einen Preis genannt? Wann wird die *Alouette* in Tinville einlaufen? Und wann und wo werden wir mit seinem Kapitän Léon zusammenkommen, um die Einzelheiten zu besprechen?«

»Einen Preis hat er nicht genannt, aber was die *Alouette* betrifft, so liegt diese schon im Hafen vor Anker. Sie ist am späten Mittag eingelaufen und wird mit der Flut heute Nacht wieder in See stechen«, teilte Jana ihnen mit. »Moustique hat mir versprochen, gegen halb zehn mit seinem Kapitän zu uns zu kommen, und ich habe nicht das Gefühl, dass er etwas versprochen hat, was er nicht halten kann. Das Treffen soll aber nicht in der Öffentlichkeit des Schankraumes stattfinden, sondern auf dem dunklen Hinterhof.«

Tobias zuckte grinsend mit den Achseln. »Hauptsache, er kommt und bringt uns endlich nach England.«

»Und wenn der Kapitän andere Pläne hat und nicht daran denkt, eine nächtliche Fahrt über den Kanal zu machen?«, gab Sadik zu bedenken.

Tobias nagte an seiner Unterlippe. »Tja, das Risiko werden wir wohl eingehen müssen. Was machen die paar Stunden mehr nach vier Tagen jetzt schon noch aus? Ich bin dafür, dass wir bis halb zehn warten.«

Jana nickte. »Die *Alouette* könnte unser Schiff sein. Ich habe ein gutes Gefühl, Sadik.«

Dieser lächelte. »Gut, dann wollen wir es so machen und darauf hoffen, dass die Lerche uns unter ihre Fittiche nimmt und hinüber an Englands Küste trägt«, sagte er, und das von Hoffnung wie Zweifeln erfüllte Warten auf den Abend und die hereinbrechende Dunkelheit begann.

Die Macht des Goldes

Um Unsinn für die so sehnlichst herbeigewünschte Überfahrt müde zu machen, spielte Jana eine ganze Stunde mit ihrem Äffchen im Hof und ließ ihn sich nach Herzenslust austoben. Danach stürzte er sich hungrig auf sein Fressen und begab sich bereitwillig in den Bambuskäfig. Es blieb noch immer eine Stunde bangen Wartens, denn es war gerade halb neun. Die wenigen Sachen, die sie zu packen gehabt hatten, lagen schon seit Stunden in der Kutsche verstaut.

Tobias war voller Unruhe, konnte keine fünf Minuten still sitzen und zählte die Minuten, die so quälend langsam verstrichen. Dagegen war Sadik die Gelassenheit in Person. Er hockte auf seinem kleinen Gebetsteppich und las im Koran. Als Tobias wieder einmal von seinem Bett aufsprang, zum Fenster ging und zum x-ten Mal den Deckel seiner Taschenuhr aufklappen ließ, sah der *bàdawi* vom Koran auf.

»Er kommt – oder er kommt nicht, Tobias. Also lauf nicht ständig wie ein kopfloses Huhn herum, sondern beschäftige dich mit etwas, was dich ablenkt«, riet er ihm. »Nimm ein Buch zur Hand. Ein Buch...«

»...ist wie ein Garten, den man in der Tasche trägt«, beendete Tobias den Satz für ihn und verzog dabei das Gesicht. »Ich weiß, aber im Augenblick ist mir verdammt nicht nach einem Spaziergang durch irgendeinen Garten zu Mute!«

»Versuche es. Du wirst sehen, wie rasch dann die Zeit vergeht.«

»Jetzt lesen? Wo so viel auf dem Spiel steht?« Heftig schüttelte Tobias den Kopf. »Unmöglich!«

»Du hast es ja noch gar nicht versucht.«

»Ich *weiß,* dass es nicht funktionieren wird.«

Sadik seufzte. »Eigensinn ist die Energie der Dummen«, zog er ihn auf.

»Und besser ein Stummer, der verständig ist, als ein Redender, der aufdringlich ist!«, antwortete Tobias ihm schlagfertig.

Ein vergnügtes Lächeln umspielte Sadiks Mundwinkel. »Wenn mich nicht alles täuscht, zitierst du da eine Weisheit von Scheich Abdul Kalim, den ich überaus schätze. Nur ziehe ich seine Originalfassung deiner Variante vor, in der nicht von ›aufdringlich‹ die Rede ist, sondern von ›töricht‹.«

Tobias grinste ertappt. »Und wenn schon! Du drehst dir deine Sprüche doch auch immer so zurecht, wie du sie gerade brauchst. Gib es doch zu!«

»Scheich Abdul Kalim würde dazu sagen: ›Das Wohlergehen des Menschen beruht im Bewahren seiner Zunge‹«, entgegnete Sadik mit leichtem Spott. »Und ein weiser Mullah hat einmal zu mir gesagt, als ich etwa so jung war wie du: ›Zwei Schilfrohre trinken aus einem Bach, und doch kommt dabei nicht dasselbe heraus. Denn das eine ist hohl, das andere ist Zuckerrohr.‹«

Tobias stemmte die Fäuste in die Hüfte.

»Reizend, Sadik! Da hast du mal wieder prächtig tief in deinen Bauchladen sinniger Sprüche gegriffen. Ein bisschen sehr tief, wie mir scheint. Zumindest hast du mich bis jetzt noch nie mit einem hohlen Rohr verglichen!«

»Es kommt immer darauf an, was man aus Dingen macht, die einem nicht gefallen«, meinte Sadik herausfordernd.

»Wie meinst du das?«, fragte Tobias und merkte gar nicht, wie geschickt der Beduine ihn in ein freundschaftliches Streitgespräch verwickelte und so von Kapitän Léon und der *Alouette* ablenkte.

Sadik antwortete ihm mit einer kleinen Geschichte. »Es war einmal ein Affe, der warf nach einem hungrigen Derwisch eine schwere Kokosnuss. Er traf ihn damit auch am Bein. Doch statt auf den Affen zu schimpfen und verärgert zu sein, nahm er die Nuss, labte sich an der köstlichen Milch, aß das frische Kokosfleisch und bearbeitete die Nuss, sodass er einen praktischen Becher hatte.«

Tobias lachte. »Mir ist ein Rätsel, woher du all diese Geschichten und Weisheiten herholst, Sadik.«

Sadik lächelte. »*Allah kherim!*... Allah ist großzügig und er hat mir die Gabe geschenkt, nicht nach dem faden Reichtum des Geldes zu streben, sondern nach dem des Wissens. Dazu fällt mir übrigens die Geschichte mit dem Nilpferd ein...«

Natürlich wollte sich Tobias diese Geschichte nicht entgehen lassen und es blieb nicht bei dieser einen. Jana und Gaspard gesellten sich kurz darauf zu ihnen, was dazu führte, dass Sadik ihnen noch mehrere arabische Rätsel stellen musste.

Erst als ein dumpfes Donnergrollen in der Ferne über die Küste rollte, brach der Bann. Mit Verwunderung und dann Erschrecken bemerkte Tobias, dass sie im Zimmer schon in völliger Dunkelheit saßen.

Er sprang auf. »Um Gottes willen! Wir sitzen hier und reden und verpassen darüber vielleicht Moustique und Kapitän Léon!«, rief er und riss seine Taschenuhr heraus.

»Noch ist Zeit«, beruhigte ihn Sadik. »Es ist nicht später als zehn nach neun.«

»Stimmt!«, stieß Tobias nach einem Blick auf das Ziffernblatt ungläubig hervor. »Mein Gott, woher kannst du ohne Uhr die Zeit so genau bestimmen?«

»Allah kherim«, antwortete Sadik nur mit einem geheimnisvollen Lächeln, steckte den Koran ein und rollte seinen Gebetsteppich ein.

Gaspard und Tobias hatten es eilig, aus dem Zimmer und in den Hof zu kommen. Jana jedoch wartete auf Sadik. Als sie die Treppe hinuntergingen, fragte sie: »Kann man so etwas lernen, Sadik?«

»Was?«

»Na, so ein genaues Gefühl für die Zeit zu haben.«

»O ja!«, beteuerte er ernst.

»Und was muss man dafür tun?«

Er blieb stehen und sah sie verschmitzt an. »Genau hinhören und die Schläge der Kirchturmuhr mitzählen«, verriet er ihr sein großes Geheimnis. »In der Wüste funktioniert das natürlich nicht ganz so gut, weil da Glockentürme doch so selten sind wie Kamele in Tinville.«

Jana lachte noch, als sie in den Hof kamen. Ihr liefen die Tränen über die Wangen. Doch als Tobias und Gaspard sie nach dem Grund fragten, sagte sie ihnen nicht die Wahrheit, sondern erzählte ihnen einen Witz, den sie angeblich von Moustique gehört und gerade Sadik erzählt hatte. Tobias und Gaspard fanden ihn recht lustig, verstanden jedoch nicht, wieso Jana darüber so sehr lachen konnte, dass ihr die Tränen über die Wangen liefen.

Die Kutsche stand schon im Hof bereit. Tobias und Gaspard holten nun die Grauschimmel und spannten sie ein. Erneut kam ein Grollen aus der Ferne.

»Scheint ein Gewitter aufzuziehen«, sagte Jana sorgenvoll. »Für eine Abkühlung käme es ja gerade richtig. Aber ob dann auch die *Alouette* ausläuft?«

»Ein Gewitter bringt meist auch Wind«, meinte Tobias. »Und solange kein Sturm aufkommt, ist das in Ordnung. Wir wollen ja nicht über den Atlantik, sondern nur nach England hinüber, und das ist doch ein Katzensprung von gerade mal achtzig, neunzig Seemeilen.«

»Ertrinken kann man auch im Dorftümpel«, pflichtete Jana ihm bei.

Um kurz vor halb zehn wies Sadik Gaspard an, in die Kutsche zu steigen und dort zu bleiben, es sei denn, er würde ihn rufen. Louis hatten sie, wie es mit Tambour abgesprochen war, weggeschickt und die Laterne über dem Torbogen gelöscht. Jetzt brannte nur noch die neben dem Hintereingang, jedoch mit heruntergedrehter Flamme.

»Bitte lass sie kommen«, murmelte Tobias, als er mit Sadik auf die Männer von der *Alouette* wartete.

»Moustique hält bestimmt Wort!«, glaubte Jana, war aber innerlich so aufgeregt wie er. Auf ihre Menschenkenntnis konnte sie sich normalerweise verlassen, aber vor einem Irrtum war sie natürlich auch nicht gefeit.

Um zwanzig vor zehn, als Tobias schon fast mutlos war, hörten sie jenseits der Mauer Schritte von zwei Männern.

»Sie sind es!«, flüsterte Tobias mit vor Aufregung heiserer Stimme. »Sie *müssen* es sein!«

»Wenn Allah will, dass wir noch rechtzeitig über den Kanal kommen, dann wird er uns seine Helfer auch zur rechten Zeit schicken«, antwortete Sadik leise.

Im nächsten Moment traten zwei Gestalten durch das Tor in den Hof. Es waren die Männer von der *Alouette*, denn Sadik erkannte Moustique sofort wieder. Der Mann an seiner Seite, bei dem es sich um Kapitän Jean-Baptiste Léon handeln musste, war das genaue Gegenteil von ihm: nämlich breit und kantig wie ein Kleiderschrank, jedoch einen Kopf kleiner. Er schien nur aus Brustkorb, Schultern und einem Schädel zu bestehen, der scheinbar ohne Hals wie ein Findling auf seinem Oberkörper saß. Trotz der schwülen Hitze trug er einen langen, dunklen Seemannsrock, der mit Messingknöpfen versehen war und vor der Brust weit aufklaffte. Auch mit aller Gewalt hätte er ihn nicht zu schließen vermocht. Eine dunkelrote Baskenmütze saß schief und mit einer gewagten Neigung zum rechten Ohr hin auf seinem Kopf. Sein Haar war schwarz, straff nach hinten gekämmt, dem Geruch und Schimmer nach mit Pomade gefügig gemacht und im Nacken zu einem Zopf geflochten.

Sadik beugte sich zu Jana hinüber. »Du hast das alles möglich gemacht, aber Männer sind komisch, wenn es darum geht, mit einer Frau einen Handel zu schließen, besonders Kapitäne. Die haben nie gern Frauen auf ihrem Schiff. Deshalb lass mich das machen. Du hältst dich besser zurück«, sagte Sadik leise zu ihr, während sie sich aus dem tiefen Schatten der Stallungen lösten und den beiden Männern über den Hof entgegengingen.

»Ich weiß«, raunte Jana zurück. »›Lieber tausend Feinde als ein schlaues Weib‹, nicht wahr? Oder wie heißt die andere arabische Weisheit: ›Die Weiber sind die Fallstricke des Satans!‹ Komisch, dass Männer offenbar so schnell zu Fall kommen können. Spricht nicht gerade für ihr Selbstvertrauen, oder? Nur schade, dass mir niemand die Sprüche verrät, die sich die arabischen Frauen über die Männer gebildet haben. Ich könnte glatt den einen oder anderen dazusteuern, etwa den hier: ›Der Mann hat die Arroganz eines störrischen Kamels und den Gerechtigkeitssinn einer einäugigen Zicke.‹ Nun ja, man könnte gewiss noch daran arbeiten, aber für den Anfang kommen diese Weisheiten der Wirklichkeit doch sehr nahe, findest du nicht auch?«

Sadik stockte kurz und schluckte, fand jedoch keine Zeit, um ihr zu antworten.

Moustique und sein untersetzter, bulliger Begleiter blieben vor ihnen stehen.

»Capitaine Léon?«, sprach Sadik ihn an.

Dieser gab ihm keine Antwort, sondern warf Moustique einen stummen, fragenden Blick zu.

»Ja, das sind sie, *mon capitaine«,* bestätigte der junge Seemann. »Und das sind ihre Freunde... Monsieur Sadik und Monsieur Heller.« Aus seinem Mund klang Tobias' Name wie ›Eller‹, denn das H sprach der Franzose nicht.

»Über den Kanal, ja?«, fragte Léon sie knapp und blickte Sadik dabei forschend ins Gesicht.

»Ja«, antwortete Sadik ebenso knapp, der sofort spürte, dass dieser kantige Kerl mit dem von Wind und Wetter gezeichneten Gesicht vor ihm kein Freund der Geschwätzigkeit war.

»Was habt ihr auf dem Kerbholz?« Die Frage kam so schroff und so beleidigend, wie der ganze Mann ungeschlacht wirkte.

»Nichts.«

»*Ridicule!*... Lächerlich!«, schnaubte Léon ungehalten. »Wer nichts auf dem Kerbholz hat, muss nicht bei Nacht und Nebel über den Kanal.«

»Sofern er ordentliche Papiere besitzt und nicht jemanden im Nacken sitzen hat, der in einer *privaten* Fehde noch eine offene Rechnung begleichen zu müssen meint«, erwiderte Sadik.

»Das klingt schon einleuchtender«, knurrte Léon und fragte: »Wohin nach England?«

»Irgendwo an die Küste zwischen Brighton und Portsmouth«, antwortete Sadik.

Capitaine Jean-Baptiste Léon zog einen dicken Holzspan aus der Rocktasche, schob ihn sich zwischen die Zähne und kaute darauf herum. Er überlegte, und dabei wanderte das Spanholz in seinem Mund von rechts nach links und wieder zurück. »Ist machbar«, sagte er schließlich, fügte jedoch einschränkend hinzu: »Sofern wir uns über die Bezahlung einigen können.«

»Nennen Sie mir Ihren Preis, Capitaine Léon!«, forderte Sadik ihn auf.

Dieser lachte trocken auf. »Nennen Sie mir die Summe, die Ihnen die Passage wert ist!«

Das Donnern wurde lauter und ein Blitz spaltete den Himmel im Nordosten mit einem Speer aus blau-weiß gezacktem Licht. Ein Wind kam auf.

Sadik zog eine Goldmünze hervor. Er schnippte sie ihm zu. »Eine pro Kopf«, bot er ihm an.

Léon fing die Münze mit der linken Hand auf, wog sie kurz in der Hand, spuckte das Holz aus und biss auf die Münze. Er schien mit dem Ergebnis zufrieden, denn sein grimmiger Ausdruck wich einem freudig überraschten Ausdruck. »Für eine Passage auf einem stinkenden Fischkutter würden zwei von der Sorte vielleicht reichen. Aber ich habe eine Brigantine unter Segel und ich muss einen höllisch großen Umweg segeln. Zudem wird es nicht gerade eine ruhige Überfahrt werden. Ich werde meiner Mannschaft was auf ihre normale Heuer draufzahlen müssen, weil wir uns im Gewitter über den Kanal wagen.«

Moustique zog spöttisch die Mundwinkel hoch.

»Drei müssen es schon sein, wenn Sie mit der *Alouette* nach England wollen«, stellte Léon seine Forderung.

»Neun Goldmünzen? Ich will Ihre Brigantine nicht kaufen! Ich biete Ihnen fünf!«, feilschte Sadik.

»Für fünf Goldstücke bringe ich Sie vielleicht nach Marseille, wenn das Wetter gut und Ihre Papiere in Ordnung sind, aber nicht bei Nacht und Unwetter an die englische Küste! Aber weil ich ein großes Herz habe, werde ich mich mit acht zufrieden geben.«

»Wer hat denn davon gesprochen, dass wir mit der *Alouette* um die Welt segeln wollen? Hier geht es um einen Katzensprung von gerade hundert Seemeilen!«, antwortete Sadik bissig. »Aber damit Sie sich früh zur Ruhe setzen können, biete ich Ihnen sechs Goldstücke an, *capitaine* Léon. Sechs und keinen Centime mehr!«

»Sadik! Um Himmels willen!«, flüsterte Tobias ihm erschrocken zu. »Du wirst doch nicht wegen zwei läppischer...«

»Schweig!«, zischte Sadik.

Mit einer Geste der Geringschätzung warf Léon dem Beduinen das Goldstück vor die Brust. Dann wandte er sich erbost Moustique zu und schnauzte ihn an: »Warum hast du mich überhaupt hierher geführt, du Trottel? Hast du nicht gesagt, sie wüssten, was sie wollen?«

Moustique blickte betroffen. »Ja, *mon capitaine,* aber sechs Goldstücke sind doch wirklich...«

Léon fuhr ihm grob ins Wort. »Du hast Recht, für das, was die Leute bieten, bekommen sie gerade mal eine Fahrt im Ruderboot über die Seine. Vergeudete Zeit! Wir hätten jetzt schon auf See sein können! Lass uns gehen!« Er sah Sadik an. »Oder haben Sie es sich vielleicht doch noch anders überlegt?«

»Sechs Goldstücke, *capitaine* Léon«, blieb Sadik bei seinem letzten Angebot.

Tobias musste an sich halten, seinem älteren Freund nicht einfach in den Rücken zu fallen und damit herauszuplatzen, dass er seine acht Goldstücke bekommen werde, wenn das sein Preis sei. Es kostete ihn ein Höchstmaß an Selbstbeherrschung, seine Panik und auch seine Wut auf Sadik nicht zu zeigen.

Léon zuckte mit den Achseln. »Wie Sie meinen, *mon ami.*

Dann wird die *Alouette* eben ohne Sie und Ihren Kindergarten lossegeln.« Damit wandte er sich um, packte Moustique am Arm und ging davon.

»Bist du von Sinnen?«, brach es nun gedämpft, aber nichtsdestotrotz heftig aus Tobias heraus. »Wie kannst du bloß wegen zwei lächerlicher Goldstücke alles aufs Spiel setzen? Wir sind doch nicht auf einem Basar, wo...«

»Die ganze Welt ist ein Basar«, erwiderte Sadik ruhig.

»Himmel, wir müssen über den Kanal!«, sagte Tobias ganz verzweifelt. »Und das war unsere beste Chance! Wir waren schon so gut wie drüben!«

»Keine Sorge, wir kommen über den Kanal – und zwar an Bord der *Alouette«,* versicherte Sadik gelassen.

Tobias schüttelte fassungslos über die scheinbare Naivität seines Freundes den Kopf. »Dass ich nicht lache! Willst du das Schiff vielleicht entern?«

Léon und Moustique hatten in dem Moment das Tor erreicht, denn sie waren ohne die Eile gegangen, mit der sie gekommen waren. Bevor Sadik noch etwas antworten konnte, gab der Kapitän der *Alouette* einen ärgerlichen Laut von sich. Es schien, als würde er Moustique Vorhaltungen machen. Dann warf er beide Arme in einer theatralischen Geste gen Himmel, drehte sich kopfschüttelnd um und kehrte zu Sadik, Jana und Tobias zurück.

»Also gut, ich nehme euch für sechs Goldstücke mit, obwohl ich da eigentlich gleich noch zuzahlen könnte. Noch mehr solcher Geschäfte, und ich kann auf meinem eigenen Schiff um eine Heuer nachfragen«, grollte er. »Bedankt euch bei Moustique. Er hat sich für euch ins Zeug gelegt, und wenn ich ihm nicht noch einen Gefallen schuldig wäre, hättet ihr meinetwegen nach England schwimmen können.«

Moustique schwieg dazu, seine Miene jedoch verriet, dass er nichts mit der Sinneswandlung zu tun hatte und *capitaine* Léon log.

»Wir wissen Ihre Großzügigkeit sehr zu schätzen«, antwortete Sadik gelassen und mit ausdruckslosem Gesicht, und als

Léon die Hand nach dem Geld ausstreckte, fügte er mit derselben aufreizenden Ruhe hinzu: »Sagen Sie uns, wo wir an Bord gehen können. Wenn wir an Deck Ihres Schiffes stehen, zahle ich Ihnen gern die sechs Goldstücke.«

Léon warf ihm einen ärgerlichen Blick zu. »Es gibt eine stille Bucht zwei Meilen nördlich von hier. Moustique kennt den Weg. Er wird Sie dort hinbringen. Halten Sie sich am Strand bereit. Die *Alouette* ist segelbereit und wird sofort auslaufen, sowie ich an Bord bin. Wir werden Sie mit dem Beiboot abholen – in etwa einer Stunde.« Er sah Moustique mit scharfem Blick an. »Also beeil dich und vertrödel die Zeit nicht mit unnützem Geschwätz!« Das war eine unmissverständliche Warnung.

Moustique beeilte sich mit seiner Versicherung, die er jedoch gegen den Rücken seines Kapitäns sprach. Léon hatte sich nämlich abrupt umgedreht, da es seiner Meinung nach nichts mehr zu bereden gab, und verließ den Hof mit energischen Schritten.

Ein wenig hilflos wandte sich Moustique zu Jana, Sadik und Tobias um. »Er hat so seine Eigenheiten«, sagte er entschuldigend und zuckte dabei mit den Schultern.

»*Aiwa,* den Eindruck machte er mir auch«, erwiderte Sadik mit spöttischer Untertreibung und forderte ihn auf, schon auf den Kutschbock zu klettern. Sie konnten sofort aufbrechen, sowie sie sich von Tambour verabschiedet hatten.

»Wieso bist du dir so sicher gewesen, dass Léon noch einmal zurückkehren und auf dein letztes Angebot von sechs Goldstücken eingehen würde?«, fragte Tobias leise.

»Seine Augen«, antwortete Sadik. »Die Augen sind der Spiegel der Seele, und Gold entlarvt den Charakter. *Capitaine* Jean-Baptiste Léon ist ein gieriger Mann, der der Verlockung des Goldes nicht widerstehen kann. Sechs Goldstücke sind ein kleines Vermögen, und er ist kein Mann, der sich ein solches wegen eines stolzen Prinzips durch die Finger gehen lässt.«

»Ich muss zugeben, dass ich vor Wut fast geplatzt wäre und dich für völlig übergeschnappt hielt«, gab Tobias zu.

»Ich weiß, aber du hast dich gut im Griff gehabt«, lobte Sadik ihn. »Du machst Fortschritte.«

»Nur Fortschritte?«, wiederholte Tobias enttäuscht. »Ich dachte, ich hätte mich bewundernswert beherrscht!«

»Dass man sich die Tugend der Selbstbeherrschung aneignet, ist nicht das eigentliche Ziel, sondern das Mittel zum Zweck. Das Ziel ist erst erreicht, wenn man die Selbstbeherrschung eines Tages nicht mehr nötig hat«, belehrte Sadik ihn. »Aber in deinem Alter wäre das zu viel verlangt. Und nun lass uns zu Tambour gehen und Abschied von ihm nehmen.«

Dieser machte aus dem Abschied eine wild bewegte Szene. Sie wäre der Bühne eines jeden Provinztheaters, das sein Publikum mit Rührstücken unterhält, würdig gewesen. Dass ihn immer wieder der Abschiedsschmerz übermannte und er meinte, sie der Reihe nach noch ein drittes und viertes Mal an sich drücken zu müssen, hatten sie zweifellos seiner Schwärmerei für Jana zu verdanken. Tobias bemerkte sehr wohl, dass er Sadik und ihn schnell wieder freigab, um sich umso intensiver Jana widmen und ihr noch einen Abschiedskuss auf die Wangen schmatzen zu können. Sie ließ es jedoch wortlos und mit einem Lächeln über sich ergehen, das viele Deutungsmöglichkeiten zuließ. Später gestand sie ihm, dass sie ihm trotz seines Hangs, sie zu tätscheln, nicht böse sein konnte und dass er ihr Leid täte, weil er sich mit so einer Leibesfülle selbst um viele Freuden des Lebens brachte, worauf Tobias rot wurde und froh war, dass Unsinn sich in seinem Käfig bemerkbar machte und Janas Aufmerksamkeit auf sich lenkte.

Tambour gab ihnen noch einen Proviantkorb mit, der bis zum Rand mit Köstlichkeiten gefüllt war. Er nahm ihnen allen das Versprechen ab, Tambour und das *Coq Doré* in Tinville nicht zu vergessen – ein Versprechen, das sie ihm guten Gewissens geben konnten, denn sie hatten Gründe genug, diese vier Tage in der Hafenstadt nicht zu vergessen.

Sadik drängte zum Aufbruch. Er nahm neben Moustique auf dem Kutschbock Platz und lenkte die Kutsche nach dessen Anweisungen, während Gaspard die letzten Meilen gemeinsamen Weges im Wagen mit Tobias und Jana verbrachte. Es war abgemacht, dass Gaspard die Kutsche nach Paris zurückbrachte, was dieser sich ohne weiteres zutraute, und für eine feste Stellung im Zeitungsverlag von Monsieur Roland war gleichfalls gesorgt. Irgendwann würde man sich auch wiedersehen, wie Jana und Tobias von Herzen beteuerten. Doch wann würde das sein? In wie vielen Jahren?

So herrschte wegen der bevorstehenden Kanalüberquerung und der baldigen Trennung eine gleichermaßen aufgeregte wie traurige Stimmung und sie redeten nicht viel.

Indessen zog das Gewitter näher. Ein frischer Wind fuhr durch die Straßen und wirbelte Staub und Abfälle die Gassen hinunter und um die Ecken. Und dann prasselten die ersten dicken Tropfen so laut wie Kieselsteine auf das Dach der Kutsche.

Jana und Tobias sahen sich an, und beide dachten dasselbe – nämlich dass die Überfahrt kaum ein reines Vergnügen sein würde!

Pegasus und Regulus

Ein sandiger Weg führte in die schmale, einsame Bucht hinunter. Die Kutsche rumpelte über dicke Wurzeln und Felsbrocken, die den zweifellos selten befahrenen Weg wie dicke Adern durchzogen.

Sadik hielt die Grauschimmel am kurzen Zügel, denn auf den letzten hundert Metern wies der Hang doch eine starke Neigung auf.

Das Unwetter fegte über Küste und See und ließ die Nacht hinter einem dichten Regenschleier verschwimmen. Zumindest war der Regen warm, Allah sei Dank!

Moustique streckte die Hand aus und deutete zum Strand, wo sich in der regengetränkten Dunkelheit die schemenhaften Umrisse von vier Gestalten neben einem Boot abzeichneten. »Da sind sie!«, rief er erleichtert, als hätte er befürchtet, Léon könne es sich noch einmal anders überlegt und sie kurzerhand versetzt haben.

Sadik nickte nur, hatte er die Männer und das Beiboot der *Alouette* doch schon längst bemerkt. Er ließ die Kutsche am Fuß des Hangs ausrollen, zog dann die Bremse an und wickelte die Zügel um die Halterung, in der die Peitsche steckte. Es trennten sie noch gut fünfzig Schritt von der Brandungslinie, wo die Männer der *Alouette* auf sie warteten. Es war jedoch nicht ratsam, sich mit der Kutsche weiter vorzuwagen, wollte er nicht riskieren, dass sich die Räder tief in den Sand eingruben.

»Sag ihnen, dass wir sofort kommen und sie sich schon bereithalten können!«, sagte Sadik zu Moustique, der darauf mit einem Nicken antwortete und gar nicht schnell genug zu seinen Kameraden kommen konnte.

Tobias stieß den Kutschenschlag auf und sprang hinaus. Der Regen klatschte ihm ins Gesicht. »Eine ruhige Überfahrt bei klarer Nacht wäre ja wohl auch zu viel verlangt gewesen«, sagte er grimmig und zerrte seinen Umhang vom Sitz.

»Immerhin hat das Gewitter auch sein Gutes«, meinte Jana fast fröhlich. »Es erfrischt und der Wind bringt die *Alouette* bestimmt schneller über den Kanal.«

»Auf ein paar Stunden mehr wäre es mir nicht angekommen«, seufzte Tobias und fragte sich besorgt, ob ihn wohl die Seekrankheit heimsuchen würde.

»Es soll Menschen geben, die verhungern, weil ihnen die Farbe des Tellers nicht gefällt, auf dem ihnen das Essen serviert wird«, spottete Sadik.

Tobias seufzte nur und zerrte das Paket mit seinen persönlichen Sachen aus der Kutsche. Tambour hatte ihnen gewachstes Papier und präpariertes Segeltuch geschenkt, das wasserundurchlässig sein sollte. Darin hatte er die wertvollen Reisetagebücher seines Vaters eingepackt, die er bei ihrer Ballonflucht von Gut *Falkenhof* mitgenommen hatte, damit sie Zeppenfeld nicht in die Hände fielen. In dieses steife Segeltuch hatte Jana auch Unsinns Bambuskäfig gehüllt. Seinen kostbaren spanischen Degen hatte Tobias vorher noch in eine alte Pferdedecke gewickelt, wie sie es auch mit der Muskete getan hatten, die sie mitnehmen wollten. Die zweite Muskete und die Flinte blieben in der Kutsche bei Gaspard, damit er sich zur Wehr setzen konnte, sollte man ihn auf dem Rückweg bedrohen.

Vom Strand kamen ungeduldige Rufe.

»Machen wir es kurz«, sagte Sadik, trat zu Gaspard und legte ihm beide Hände auf die Schultern. Er sah ihm fest in die Augen. »Halte dich an unsere Abmachung, Gaspard. Fahre nur tagsüber und suche dir lange vor Einbruch der Dunkelheit ein anständiges Quartier für die Nacht. Geld hast du genug bekommen.«

»O ja, mehr als genug, Sadik«, pflichtete Gaspard ihm mit belegter Stimme bei und dachte an den kleinen Lederbeutel mit Münzen, den der Beduine ihm am Nachmittag zugesteckt hatte.

»Wir wollen keine großen Worte machen, Gaspard«, fuhr Sadik fort. »Was es zu besprechen gab, haben wir lang und breit getan. Du bist ein tapferer junger Mann, dem wir viel zu verdanken haben – von dem das Kostbarste deine Freundschaft ist. Möge Allah stets seine schützende Hand über dich halten.«

»Und über dich, Sadik«, antwortete Gaspard bewegt, als der Beduine ihn kurz, aber herzlich umarmte.

Tobias hatte einen Kloß im Hals, als er sich von Gaspard verabschiedete, und als Jana ihm einen Kuss gab und ihm noch einmal versicherte, dass sie sich irgendwann bestimmt wiedersehen würden, hatte Gaspard Tränen in den Augen.

Dann klemmten sie sich ihre wenigen Gepäckstücke unter den Arm und stolperten durch den nassen Sand zum Beiboot der Brigantine.

Die vier Seeleute, die in der Gewitternacht mit ihren klatschnassen Haaren und den langen Messern an den breiten Gürteln alles andere als einen Vertrauen erweckenden Eindruck machten, erwarteten sie schon voller Ungeduld.

»Es wird Zeit, dass wir zur *Alouette* hinüberkommen!«, rief Moustique ihnen zu.

»Eile treibt die Kamele nicht«, murmelte Sadik, während er

Jana und Tobias ins hochbordige Beiboot folgte. Es verfügte über einen kleinen Mast. Dieser steckte jedoch nicht in seiner Mastspur am Boden, sondern lag segelumwickelt und mittschiffs vertäut, sodass er die Duchten halbierte.

Kaum hatten sie ihre Sachen verstaut und auf den harten Brettern Platz genommen, als die Seeleute das Boot auch schon ins tiefe Wasser schoben. Als es ihnen schon bis zu den Knien reichte, schwangen sie sich geübt über das Dollbord. Einer übernahm das Ruder, während die vier anderen zu den Riemen griffen und zu pullen begannen.

Tobias und Jana blickten zum Strand zurück und versuchten Gaspards schmale Gestalt in der Dunkelheit auszumachen. Doch die Regenschleier, die der Wind über den Strand wehte, ließen sie gerade noch die groben Konturen der Kutsche wahrnehmen. Dann verließen sie auch schon den relativen Schutz der Bucht und die Kutsche verschmolz mit dem Hang zu einem dunklen Streifen, in dem es keine Einzelheiten mehr zu erkennen gab.

Das Boot tanzte nun auf den Wellen. Gischt spritzte am Bug auf und flog Jana und Tobias, die weit vorn saßen, in den Rücken. Ihnen war, als hätte jemand unverhofft einen Eimer Wasser über sie ausgegossen, und bei diesem einen blieb es nicht.

Die Brigantine lag beigedreht und in respektvoller Entfernung von der Küste. Die Männer mussten sich kräftig ins Zeug legen, um bei der aufgewühlten See auch Fahrt über Grund zu machen. Die Linien des Zweimasters mit dem schlanken Aufbau auf dem Achterdeck wirkten elegant und wiesen darauf hin, dass es ein schnelles Schiff war, wenn Kapitän und Mannschaft ihr Handwerk verstanden. Tobias war von ihrem Anblick begeistert und vergaß für einen Augenblick sogar die unangenehmen Wassergüsse, die nun mit schöner Regelmäßigkeit über sie niedergingen. Kein Wunder, dass die Seeleute ihnen diese Plätze so weit vorn zugewiesen hatten!

Die *Alouette* machte aus der Entfernung und zumal bei Nacht tatsächlich den Eindruck eines stolzen und prächtigen Schiffes. Doch Sadik war skeptisch. Einem Mann wie Jean-Baptiste

Léon traute er kein Schiff zu, das ohne Makel war – schon gar nicht eines von der Größe einer Brigantine. Es musste schon einen Grund geben, warum die *Alouette* nur im Küstenhandel unterwegs war, statt die Meere zu befahren.

Die Antwort fand er, als sie auf wenige Bootslängen herangekommen waren und auf die Jakobsleiter zuhielten, die in Lee von der Bordwand hing.

»Ein Seelenverkäufer«, murmelte er leise und gar nicht überrascht vor sich hin. Noch nicht einmal die Dunkelheit konnte das heruntergekommene Aussehen der *Alouette* völlig kaschieren. Sein scharfes Auge fiel auf die zahlreichen Stellen am Rumpf, wo großflächig und wenig sorgfältig Planken ausgetauscht worden waren. Er glaubte sogar, den Geruch von verrottetem Holz wahrnehmen zu können, was aber wohl doch auf Einbildung beruhte.

Viermal krachte das Beiboot gegen die Bordwand, ohne dass es einem von ihnen gelang, der Jakobsleiter habhaft zu werden. Beim fünften Versuch bekam Moustique sie endlich zu fassen. Es war wie ein Tanz auf Eiern, sich im Boot aufzurichten und nicht die Balance zu verlieren. Tobias kletterte voran, gefolgt von Jana, die sich den Bambuskäfig über die Schulter gehängt hatte, und Sadik. Als er an der Bordwand hochkletterte, fand er sein Urteil über den schlechten Zustand der Brigantine bestätigt. An manchen Stellen waren die Bordplanken so weich, dass er seinen Fingernagel mit Leichtigkeit ins Holz bohren konnte. Es überraschte ihn nun nicht mehr, dass Léon es vorzog, mit seiner *Alouette* in Küstennähe zu bleiben.

Als er sich über die Bordwand schwang und endlich an Deck stand, genügte ein weiterer Blick auf die allgemeine Unordnung und die zerschlissenen Segel, von denen einige Flickenteppiche aus Segeltuch zu sein schienen, um seine geheimen Befürchtungen zu bestätigen. Aber er beruhigte sich mit dem Gedanken, dass es sich bei diesem Gewitter glücklicherweise ja nicht um einen ausgewachsenen Sturm handelte, wie er ihn mehr als einmal mit Sihdi Roland auf ihren Reisen rund um Afrika und um das Kap der Guten Hoffnung nach Sansibar und

Madagaskar erlebt hatte, und der englische Kanal war, auch wenn man ihn nicht unterschätzen sollte, nicht der Atlantik oder der Indische Ozean. Diese kurze Reise sollte die *Alouette* also noch schaffen.

Auch Tobias entging der schäbige Zustand des Schiffes bei näherem Hinsehen nicht, was seine Begeisterung für die Brigantine mit den eleganten Linien stark dämpfte. »Von wegen Lerche!«, murrte er enttäuscht. »Von nahem sieht sie eher wie eine arg zerzauste Eule aus!«

Jana lachte leise auf, und es klang ein wenig gezwungen.

Léon trat auf sie zu, während das Beiboot am Heck der Brigantine hochgehievt und dort an ihren Davits festgemacht wurde. Er konnte nicht schnell genug seine sechs Goldstücke einheimsen. Als er sie unter Deck verbannen wollte, erhob Sadik heftigen Einspruch.

»Wir bleiben lieber an Deck. Mich hat die Erfahrung gelehrt, dass man bei unruhiger See unter Deck schneller seekrank wird«, sagte er.

Léon lachte geringschätzig. »Landratten! Aber stehen Sie meinen Männern bloß nicht im Weg herum. Gehen Sie nach achtern!«

»Ein ganz liebreizender Bursche«, meinte Tobias sarkastisch, als der kurzbeinige Klotz von einem Kapitän außer Hörweite war.

»Ja, und er passt so trefflich zu seinem Schiff«, sagte Jana.

»Es war schon immer so, dass man Benehmen am besten von denen lernen kann, die keines haben«, vermochte Sadik auch dem grobschlächtigen Verhalten von Léon noch seine guten Seiten abzugewinnen.

Sie begaben sich auf das Achterdeck, wo ihnen die etwa brusthohen Deckaufbauten etwas Schutz boten. Doch dem Regen waren sie auch hier ausgesetzt.

Scharfe Kommandos schallten über das Deck und die Männer sprangen in die Wanten und enterten auf. Es war schon bewundernswert, wie sie in luftiger Höhe über die Rahen balancierten und die Segel loswarfen. Das Segeltuch knallte wie

Musketenschüsse im Wind und blähte sich. Sofort schwang das Schiff herum und nahm Fahrt auf. Über Backbordbug laufend, schnitt die Brigantine wenig später durch die schaumgekrönten Wellen. Der leicht böige Wind kam aus Nordost bis Südost, sodass die *Alouette* vorerst nicht zu kreuzen brauchte, sondern fast vor dem Wind lief.

»Wie lange werden wir für die Überfahrt benötigen?«, wollte Jana wissen.

Sadik warf einen Blick über die vorbeirauschende See. »Wenn wir diese Geschwindigkeit beibehalten können, erreichen wir die Küste lange vor dem Morgengrauen – was Kapitän Léon sicherlich sehr recht sein wird, uns natürlich auch.«

Da die *Alouette* gute Fahrt machte, sich von ihrer besten Seite zeigte und nicht Übelkeit erregend in der See rollte, hielt es Sadik nun doch für vertretbar, sich unter Deck zu begeben. Es war ratsam, die nassen Sachen vom Leib zu bekommen und gegen trockene Kleidung auszutauschen.

Léon wies ihnen die Messe zu. Und nachdem sie sich umgezogen hatten, zog Tobias ein Kartenspiel hervor und schlug vor, sich auf diese Weise die langen Nachtstunden zu vertreiben. Obwohl Sadik eigentlich vom Kartenspiel so wenig hielt wie vom Alkohol und es vorgezogen hätte, im Koran zu lesen, leistete er ihnen doch Gesellschaft. Denn zu zweit, das wusste er, machte das Kartenspiel nicht so viel Freude.

Die dritte Stunde des neuen Tages war schon vorbei, als der Wind spürbar an Kraft und stürmischer Launenhaftigkeit zunahm. Die See wurde rauer und die *Alouette* erzitterte immer öfter unter Sturzseen und schweren Brechern, die über das Vorschiff niedergingen.

Tobias war glücklich und stolz, dass er dennoch nicht seekrank wurde, was man von Unsinn jedoch nicht sagen konnte. Jana hatte ihn aus dem Käfig genommen, nachdem er sich erbrochen hatte, und nun klammerte er sich an sie und gab klägliche Laute von sich.

Sadik schüttelte den Kopf. »Ein seekranker Affe. Allah möge verhindern, dass jemals an einem Feuer der Beduinen bekannt wird, dass ich eine Kabine mit einem seekranken Affen geteilt habe!«, sagte er, denn in seiner Heimat galt der Affe als das Abbild des Teufels und war so verabscheuungswürdig wie das Schwein. Dass er Unsinn überhaupt tolerierte, lag daran, dass Sihdi Heller ihm versichert hatte, dass dieser Makak mit dem weißen Schweif bei dem asiatischen Volk der Laoten die Verkörperung des Gottes Wischnu darstelle und daher ein außerordentlicher Glücksbringer sei.

»Lass uns noch mal an Deck gehen«, schlug Tobias vor, der des Kartenspiels längst überdrüssig war, »und uns ein bisschen frische Luft um die Nase wehen.« Er grinste schelmisch, denn dass über ihnen an Deck nicht nur ein laues Lüftchen wehte, war nicht zu überhören. Der Wind heulte nämlich vernehmlich in Rigg und Wanten.

»Ich bleibe mit Unsinn besser hier unten!«, sagte Jana. »Er ist auch schon so verängstigt genug.«

»Ist in Ordnung. Wir bleiben auch bestimmt nicht lange.«

»Nein, nicht anzunehmen«, pflichtete Sadik ihm bei, als die *Alouette* aus einem Wellental aufstieg und ein Brecher gegen die Bordwand hämmerte.

Sie stiegen den Niedergang hoch, und ehe sie noch wussten, wie ihnen geschah, umspülte schäumendes Salzwasser ihre Füße, bevor es über das schräg geneigte Deck schoss und gurgelnd durch die Speigatten abfloss. Sie hielten sich an der Kante der Niedergangskappe fest, um nicht das Gleichgewicht zu verlieren.

»Heilige Sturzflut!«, entfuhr es Tobias, als sein Blick auf die aufgewühlte See fiel. Die sich auftürmenden Wogen schienen nach dem Schiff zu greifen und es in die Tiefe ziehen zu wollen, wenn die *Alouette* in ein Wellental hinabschoss. Doch jedes Mal richtete sie den Bug aus den Wassermassen, erklomm den nächsten anrollenden Wellenberg und stürzte gleich wieder in einen gierigen Schlund der See hinab. Es war ein gleichermaßen erschreckendes wie faszinierendes Schauspiel.

Der Regen, der in wahren Fluten herabgestürzt war, hatte aufgehört, während der Wind jedoch an Stärke zugenommen hatte. Er jagte die Wolken vor sich her wie ein Hirtenhund die Ausreißer aus der Schafherde. Immer wieder zeigten sich große Lücken in der Wolkendecke. Dann funkelte ein kalter Sternenhimmel zu ihnen herunter.

»Mir reicht es!«, rief Tobias gegen das Heulen des Windes an, als erneut ein Brecher donnernd über das Vorschiff niederging und das Deck unter Wasser setzte. »Gehen wir wieder hinunter, Sadik. Da unten herumgeworfen zu werden erscheint mir doch als das kleinere Übel.«

»*Stana!*... Warte!«, rief Sadik und hielt ihn am Arm fest.

»Was ist?«

»Fällt dir nichts auf?«

Tobias schüttelte den Kopf. »Auffallen? Was soll mir denn auffallen?«, fragte er verständnislos.

»Wir segeln über den Steuerbordbug.«

Tobias warf einen zweiten, aufmerksameren Blick auf das Deck. Richtig, es war stark nach Steuerbord geneigt, sodass die Backbordreling wie bei einer Wippe dementsprechend hoch aufragte. Aber er begriff nicht, weshalb Sadik ihn darauf hinwies. »Ja, du hast Recht, wir segeln im Augenblick über Steuerbordbug. Aber was ist daran so besonders?«

»Dass der Wind von Backbord kommt!«, antwortete Sadik grimmig. »Schau zu den Segeln hoch. Fällt dir an der Segelstellung etwas auf?«

Tobias schüttelte erneut den Kopf und fand Sadiks Benehmen höchst seltsam – aber auch beunruhigend, denn er wusste, dass der Beduine ein genialer Beobachter mit einer extremen Wahrnehmungsgabe war. »Tut mir Leid, aber ich verstehe noch immer nicht, worauf du hinauswillst«, gab er zu.

»Als wir losgesegelt sind, kam der Wind aus Nordost bis Südost. Deshalb brauchte die *Alouette* auch nicht zu kreuzen, sondern konnte vor dem Wind und über Backbordbug segelnd direkt auf die Küste zuhalten«, erklärte Sadik ihm. »Jetzt aber liegt die Brigantine über Steuerbordbug und der Wind kommt fast querab von Backbord.«

»Der Wind hat wohl gedreht«, nahm Tobias an.

»Um hundertachtzig Grad? Unmöglich!«

»Ja, aber... auf was willst du hinaus?«

»Dass dieser Sohn eines räudigen Schakals heimlich den Kurs geändert hat und wieder auf die französische Küste zuhält!«, stieß Sadik zornig hervor.

»Nein! Das kann er nicht machen!«, rief Tobias erschrocken.

»Aber er tut es, Allah ist mein Zeuge!«

»Bist du dir sicher?«, fragte Tobias bestürzt.

»So sicher, wie man sich nur sein kann. Er betrügt uns, und um das sagen zu können, brauche ich noch nicht einmal einen Kompass. Gerade habe ich einen Blick auf die Sterne erhascht. Hoch oben zu unserer Rechten habe ich das Sternzeichen des Regulus des Großen Löwen gesehen. Dabei müssten dort Pegasus, Wassermann und Atair stehen, wenn wir auf die englische Küste zuhalten würden. Nein, die Sternenbilder beweisen eindeutig, dass Léon glaubt, uns ein einsames Stück französischer Küste für englische Gestade verkaufen zu können!«

Tobias wurde es flau im Magen. »Und was tun wir jetzt?«

»Ich werde ihn zur Rede stellen!... Notfalls werde ich ihn zwingen den Kurs zu wechseln und zu seinem Wort zu stehen!«, antwortete Sadik mit kühler Entschlossenheit.

Kapitän Léon stand auf dem Achterdeck beim Rudergänger. Ihm war nicht entgangen, dass seine beiden Passagiere an Deck gekommen waren und einen schnellen Wortwechsel geführt hatten.

Sadik und Tobias bewegten sich vorsichtig über das Deck zwischen Backbordschanzkleid und Deckaufbauten, sich stets festen Haltes versichernd.

Léon trat ihnen einige Schritte entgegen. »Was suchen Sie bei diesem Seegang hier oben?«, schnauzte er sie mit unverhohlener Unfreundlichkeit an. »Sehen Sie zu, dass Sie wieder unter Deck kommen, bevor Sie über Bord gehen! Sie sind hier nur im Wege, das habe ich Ihnen doch schon einmal gesagt!«

Sadik fixierte ihn und erwiderte kühl: »Wenn Sie Ihr Schiff wieder auf den richtigen Kurs bringen, so wie es vereinbart war, werden wir Sie nicht länger belästigen.«

Léon konnte sein Erstaunen, dass man sein Manöver durchschaut hatte, nicht verbergen. Doch er hatte sich schnell wieder unter Kontrolle, kniff die Augen zusammen und bellte empört: »Erzählen Sie mir nicht, wie ich mein Schiff zu segeln habe! Ich habe die *Alouette* immer auf dem richtigen Kurs! Und jetzt gehen Sie!«

»Die Brigantine segelt auf südwestlichem Kurs, *capitaine!* Und in der Richtung mag vielleicht Cherbourg liegen, niemals aber die englische Küste!«, widersprach Sadik scharf. »Und ich habe Ihnen nicht sechs Goldstücke dafür bezahlt, dass Sie uns von einer einsamen französischen Bucht zu einer anderen bringen!«

»Unsinn!«, fauchte Léon. »Es hat alles seine Richtigkeit.«

»Dann scheinen die Sterne über Nacht ihre Plätze am Himmel vertauscht zu haben«, antwortete Sadik mit beißendem Spott. »Ein Blick auf den Kompass wird es ja zeigen.«

»Wir lassen uns nicht von Ihnen betrügen!«, warf Tobias nun erbost ein.

Léon verstellte Sadik den Weg. »Keinen Schritt weiter, du dreckiger Heide!«, herrschte er ihn an und stieß einen scharfen Pfiff aus.

Sadiks Hand ging zum Messer. Doch seine Hand griff ins Leere. Als er seine Kleider gewechselt hatte, hatte er sein kostbares Messer aus der Scheide gezogen, sorgfältig vom Salzwasser gesäubert und unten in seinen Kleidersack gelegt, damit es nicht durch die Kajüte flog und jemanden verletzte. Denn die Scheide, die innen mit Holz ausgeschlagen war und sich dort schlecht reinigen ließ, hatte er an seinem geflochtenen Ledergürtel gelassen, den er gleichfalls zum Trocknen mit Hose und Jacke in der Messe über eine Seekiste gelegt hatte.

Tobias hörte ein Sirren hinter sich. Alarmiert drehte er sich um. Im selben Augenblick sah er einen Mann an einem Tau auf sich zufliegen. Aus den Augenwinkeln bemerkte er zudem mehrere Gestalten, die aus der Takelage auf das Deck und das Dach der brusthohen Aufbauten sprangen.

Der Mann streckte die Beine aus und traf Tobias mitten vor

die Brust. Er wollte aufschreien, doch aus seiner Kehle drang nur ein atemloses Krächzen. Gleichzeitig wurde er, wie von einem Schmiedehammer getroffen, nach hinten geschleudert. Dabei riss er Sadik mit zu Boden, dem Léon noch einen Faustschlag versetzte.

Tobias schlug mit dem Kopf hart auf die Decksplanken. Er spürte noch einen stechenden Schmerz und wie ein Gewicht, das ihm wie eine Tonne vorkam, ihn zu Boden presste. Er konnte weder schreien noch Atem holen. Dann explodierte der Schmerz hinter seinen Augen und er versank in einer Schwärze, in der alle Sinne ausgeschaltet waren. Er sah und hörte nichts mehr, und der Schmerz war vorbei, wie sich auch die *Alouette,* Léon und die aufgewühlte See in schwarze Stille aufgelöst hatten.

Die einzige Chance!

Mit lautem Knall wurde eine Tür zugeschlagen und ein Riegel von außen vorgeschoben. In Tobias' Kopf klang es wie der Kanonendonner eines Kriegsschiffes, das aus dutzenden von Stückpforten eine Breitseite abgefeuert hatte. Ohne sich dessen bewusst zu sein, verzog er das Gesicht und stöhnte.

»Tobias!... Tobias!... Bitte, komm doch endlich zu dir!«

Eine vertraute Stimme durchdrang die dröhnende und abgrundlose Schwärze. Sie erreichte ihn nur ganz schwach und war wie ein Flüstern im Wind, aber immerhin nahm er sie wahr.

»Alle Arzneien dieser Welt reichen nicht aus, um ihrer Gifte Herr zu werden. Aber keine Sorge, seine Ohnmacht ist nur von kurzzeitiger Dauer. Das größere Übel harrt unser erst noch – und zwar jenseits der verschlossenen Tür.«

Eine weitere Stimme. Diesmal klarer. Sadik?

Sadik!

Léon! Der Kurswechsel der *Alouette*! Er hatte sie betrogen! Aber sie mussten doch nach England!

Die Erinnerung setzte wieder ein. Tobias kam zu sich. Und das Erste, was er spürte, war kaltes Wasser, das ihm über das Gesicht lief. Er öffnete die Augen. Benommen blickte er in Janas besorgtes Gesicht, das sofort einen erleichterten Ausdruck annahm. Sie hielt ein feuchtes Tuch in der Hand. War das nicht ihre Bluse, die sie zum Trocknen über die Sitzbank gelegt hatte?

»Endlich!«, rief sie.

Sadik kam in sein Blickfeld. »Allah sei Dank, dass du wieder bei dir bist und einen Schädel hast, der so hart ist wie eine Kokosnuss. Hast du dir beim Sturz irgendetwas gebrochen?«, fragte er mit ernster Sorge, beugte sich über ihn und tastete ihn ab.

Tobias stellte fest, dass er auf dem Boden lag, und setzte sich vorsichtig auf. Jetzt nahm er auch die Bewegungen der *Alouette* wieder bewusst wahr. Noch immer heulte der Wind im Rigg, wenn auch nicht mehr so laut wie zuvor. Auch das Auf und Ab des Schiffes erschien ihm weniger stürmisch. War er lange bewusstlos gewesen?

»Nein... nein, ich glaube nicht«, erwiderte er benommen und fasste sich an die Brust. Sie schmerzte ein wenig, wo ihn der Tritt des Seemanns getroffen hatte. Doch Rippen waren bei diesem brutalen Zusammenprall zum Glück nicht gebrochen. Sonst hätte er wohl bei jedem Atemzug rasende Schmerzen gehabt. »Mir brummt nur der Schädel.«

»Kein Wunder«, meinte Sadik, der eine kleine Schürfwunde am rechten Kinn davongetragen hatte. Sie rührte von Léons Ring her, als der Kapitän seinen Sturz mit einem Faustschlag buchstäblich nachdrücklich beschleunigt hatte.

Tobias sah sich um. Sie befanden sich noch immer achtern in der Offiziersmesse. »Was ist passiert?«, fragte er. »Ich meine, nach diesem hinterhältigen Überfall an Deck.«

»Sie sind im Dutzend über uns hergefallen. Léon hat sofort unsere Taschen durchwühlt und uns alles Geld abgenommen, das wir bei uns hatten...«

Tobias tastete nach seinem Brustbeutel, in dem er einen Gutteil ihres Geldes sowie Wattendorfs Brief verwahrt hatte. Er war weg. Das machte ihn wütend, obwohl der Verlust keine Katastrophe war. Léon hatte zwar eine erhebliche Summe erbeutet, die gut und gern der Jahresheuer seiner ganzen Mannschaft entsprach. Aber den Hauptteil der Goldmünzen, die Onkel Heller ihnen mitgegeben hatte, trugen Sadik und er unter ihrer Kleidung, versteckt in einem schmalen Leinengürtel. Das war Sadiks Idee gewesen, und er hatte zwei von diesen dünnen Stoffgürteln angefertigt, als sie mit Jana von einem Volksfest zum anderen gezogen waren. Manchmal hatte er diesen Gurt unter seiner Leibwäsche als lästig empfunden. Jetzt jedoch war er froh, dass er sich von Sadik zu dieser Sicherheitsvorkehrung hatte überreden lassen. Und dass Léon diesen schmalen Leibgurt nicht gefunden hatte, verriet ihm das vertraute Gewicht der Goldmünzen auf seiner Haut.

»Ja, den hat er dir vom Hals gerissen«, bestätigte Sadik. »Dann hat er seinen Männern den Befehl erteilt, uns wieder unter Deck zu bringen und hier einzuschließen.«

»Und was ist mit unseren anderen Sachen?«, wollte Tobias wissen.

»Sie haben sie hastig durchwühlt, aber bis auf die Muskete und Tambours Fresskorb haben sie nichts mitgenommen«, erklärte Jana. »Sie hatten es sehr eilig, wieder an Deck zu kommen. Ich hörte Léon nach ihnen brüllen.«

»Und mein Degen?«, fragte Tobias schnell.

Sie lächelte. »Das Bündel mit dem Degen und auch den Sack mit den Reisetagebüchern habe ich schnell unter die Bank geschoben. Sie sind ihnen nicht aufgefallen. Zu dumm, dass ich nicht auch noch an die Muskete gekommen bin. Aber die lag mit dem Korb gleich neben der Tür, und da habe ich es nicht mehr geschafft.«

»Du hast keinen Grund dir Vorwürfe zu machen. Du hast getan, was du konntest – und zwar gut«, sagte Sadik.

Tobias stimmte ihm zu. »Immerhin sind wir nun nicht ganz unbewaffnet.«

Sadik nickte. »Mein Messer haben sie, Allah sei gepriesen, ebenfalls übersehen. Aber das verbessert unsere Situation nur unwesentlich.«

»Sollen sie nur kommen!«, stieß Tobias wütend und zum Kampf entschlossen hervor, während er sein Bündel unter der Sitzbank hervorzog und die lange Kordel löste, die um die Pferdedecke gewickelt war. Darunter kam sein Degen zum Vorschein, den er sich nun eiligst umgürtete. »Sie werden sich blutige Köpfe und noch einiges andere holen! Wenn dieser stinkende Schweinehund von Kapitän meint, er hätte leichtes Spiel mit uns und wir wären ihm wehrlos ausgeliefert, dann wird er die Überraschung seines Lebens erleben!«

»Mach dir doch nichts vor, Tobias! Wir *sind* ihm ausgeliefert«, widersprach Sadik ihm mit ernüchternder Härte. »Was können wir denn schon gegen solch eine Übermacht ausrichten? Ja, an Land, irgendwo im freien Gelände, sähe das natürlich anders aus. Aber hier auf der *Alouette,* eingesperrt in diesen Raum, kommen wir mit einem Degen und einem Messer nicht weit. Nicht mal an Deck! Für einen Messer- und Degenkampf ist es hier unten viel zu eng. Nicht aber für einen Schuss mit der Muskete. Also gib den unsinnigen Gedanken auf, wir könnten das Schiff kapern.«

»Aber irgendetwas *müssen* wir unternehmen!«, beharrte Tobias mit halb trotziger, halb verzweifelter Miene.

»Richtig«, stimmte Jana ihm bedrückt zu. »Die Frage ist nur, was wir denn noch tun *können*?«

»Wir müssen sehen, dass wir hier herauskommen!«, meinte Tobias, sich gegen die Erkenntnis zur Wehr setzend, dass sie in einer Falle saßen, aus der es scheinbar kein Entkommen gab. »Und dann...« Er ließ den Satz unbeendet, denn was dann geschehen sollte, wusste er natürlich nicht zu sagen. Wohin sollten sie von der *Alouette* auch fliehen? Ihnen bliebe doch nur die sturmgepeitschte See.

»Ich hätte gewarnt sein müssen«, haderte Sadik mit sich selbst, während er zur Tür ging und prüfte, ob er sie aufbrechen konnte. Aber so heruntergekommen die Brigantine auch war, ihr Erbauer hatte einst große Sorgfalt aufgewandt, und das Holz unter Deck zeigte noch keine Anzeichen von Morschheit, sondern widersetzte sich kraftvoll der stochernden Klinge seines Messers.

»Ach, wer hätte denn so etwas auch nur ahnen können«, sagte Jana beklommen, selbst nicht frei von Gewissensbissen. Denn hätte sie Moustique nicht die Karten gelegt oder doch wenigstens den Mund darüber gehalten, dass sie und ihre Freunde ein Schiff suchten, das sie heimlich über den Kanal brachte, dann wäre das alles nicht passiert. »Ich bin ein Unglücksrabe…«

Sadik ließ ihren Einwand nicht gelten. »Unglücksrabe? Dummes Zeug. Dich trifft nun wahrlich keine Schuld! Wenn der Schatten krumm ist, kann der Stock nicht gerade sein. Léons Verhalten im Hof des *Coq Doré* hätte mir eine Warnung sein sollen. Ich hätte an Deck bleiben müssen!« Er seufzte und schüttelte den Kopf. »Der gewöhnliche Mensch bereut seine Sünden, der Auserwählte seine Unachtsamkeit.«

Trotz ihrer bedrückenden, ja geradezu beängstigenden Lage konnte sich Jana einer gewissen Belustigung, die jedoch mehr Galgenhumor als natürliche Fröhlichkeit war, nicht erwehren. »Wie tröstlich, dass du dich für einen Auserwählten hältst«, bemerkte sie. »Das lässt uns hoffen, dass dir doch noch die rettende Idee kommt, wie wir aus dem Schlamassel mit heiler Haut herauskommen können.«

»Jeder, den keine Grenzen einengen und der unter Allahs Himmel seinen Weg frei wählen kann, ist ein Auserwählter«, gab Sadik ernst zur Antwort. »Somit ist ein *bàdawi* schon durch Geburt auserwählt.«

»Die Beduinen – der Hochadel der Wüste, ja?«

Tobias hatte eine gereizte Bemerkung auf der Zunge, kam jedoch nicht mehr dazu, sie auszusprechen. Denn in dem Moment wurden draußen die beiden Riegel zurückgeschoben und die Tür zur Messe ging auf.

Sadik wich zur Seite, sein Messer in der Hand.

Es war Moustique, der in der Tür erschien. »Nicht!«, stieß er mit angstgeweiteten Augen hervor, als Sadik blitzschnell bei ihm war, ihn packte und ihm die Klinge an die Kehle setzte. »Ich komme, um euch zu helfen!«

»Dann beeil dich uns davon zu überzeugen, solange du dazu noch in der Lage bist!«, zischte Sadik drohend. »Unsere Geduld mit Seeleuten, die uns einen Gefallen tun wollen, ist im Augenblick nämlich arg strapaziert. Was habt ihr mit uns vor?«

Tobias hatte augenblicklich blankgezogen, war hinter Moustique vorbei zur Tür gesprungen und spähte nun in den Gang hinaus. »Niemand zu sehen!«, raunte er.

»Los, sprich!«, forderte Sadik den Seemann noch einmal auf.

»Ich weiß es nicht. Es steht noch nicht fest. Sie sind sich noch nicht einig. Léon ist dafür, euch einfach über Bord zu werfen. ›Ein verdammter Heide, eine diebische Zigeunerin und ein junger Bursche, der bestimmt seine Gründe hat, warum er sich mit solchem Pack abgibt. Niemand wird nach ihnen fragen!‹ Das waren seine Worte, und die meisten sind seiner Meinung«, stieß Moustique fast ohne Atem zu holen hervor, die Augen grotesk zur Klinge hin verdreht.

»Und wer ist dagegen?«, fragte Sadik.

»Ein paar von der Freiwache«, redete Moustique hastig weiter. »Aber er wird sie auch noch auf seine Seite bekommen. Er redet gerade in der Back mit ihnen.«

»Wo?«, fragte Sadik knapp.

»Im Vorschiff, wo wir, die einfache Mannschaft, unser Quartier und unsere Messe haben. Deshalb konnte ich mich ja auch zu euch schleichen. Der Sturm hat endlich nachgelassen, sodass die Freiwache wieder unter Deck gehen konnte. Deshalb müsst ihr die Gelegenheit nützen. Viel Zeit habt ihr nicht. Wenn Léon sie erst einmal auf seine Seite gebracht hat, was ihm mit ein paar Silbermünzen letztlich genauso gelingen wird wie bei den anderen, die ihm geholfen haben euch zu überwältigen, dann ist es zu spät.«

»Zu spät wofür?«

»Um das Beiboot zu Wasser zu lassen und zu fliehen!«, erklärte Moustique.

Jana sah ihn ungläubig an. »Fliehen? Mit dieser Nussschale? Das ist doch Selbstmord!«

»Nein, es ist eure einzige Chance, euer Leben zu retten!«, beschwor Moustique sie. »Das Beiboot ist solide, hochbordig und nicht so leicht zum Kentern zu bringen. Und es hat ein Segel! Ihr könnt vor dem Wind segeln. Dann erreicht ihr in ein paar Stunden die Küste. Wenn ihr es nicht tut, werden sie euch holen. Und mit Messer und Degen werdet ihr sie nicht davon abhalten können, euch zu den Fischen zu schicken. Dafür sind sie schon zu weit gegangen.«

Sadik lockerte seinen Griff. »*Aiwa,* er hat Recht«, stellte er lapidar fest.

Tobias erbleichte und das Entsetzen stand in seinen Augen – wie er es auch in denen von Jana las. »Wir sollen mit dem Beiboot da hinaus? Aber das ist doch... Wahnsinn!«

Sadik nickte. »Mag sein. Aber es ist zweifellos unsere einzige Chance, dem Biss der Schlange zu entkommen, die uns schon so gut wie in ihrem Maul hat. Bleiben wir, ist unser Schicksal besiegelt. Können wir uns jedoch des Beibootes bemächtigen, können wir unser Leben vielleicht retten.« Er machte eine kurze Pause und fügte dann entschlossen hinzu: »Lieber soll mich der Löwe fressen, als dass mich die Hyäne auseinander reißt!«

Jana schluckte schwer. »Es macht mir Angst, aber wir haben tatsächlich keine andere Wahl. Ich... ich will nicht sterben, nicht ohne alles versucht zu haben.«

Tobias spürte, wie eine Gänsehaut seinen Körper überzog. Ihm wurde fast übel bei der Vorstellung, sich mit so einem winzigen Boot auf die See hinauswagen zu müssen. Doch auch er vermochte sich der Einsicht nicht zu verschließen, dass ihnen nur noch die Wahl zwischen dem sicheren Tod von Léons Hand und der Flucht mit dem Beiboot geblieben war. Unter diesen Umständen konnte einem die Entscheidung nicht mehr schwer fallen. Sie ergab sich quasi von selbst.

»Also gut, wagen wir es«, sagte er mit krächzender Stimme. »Es ist ja nur ein Katzensprung nach England, nicht wahr?« Er versuchte dabei zu grinsen. Doch was er zu Stande brachte, war eine Grimasse der Angst. Doch sie machte ihn nicht kopflos, auch wenn sein Herz jagte.

»Gut, wir sind uns also einig«, sagte Sadik rasch und konzentrierte sich auf die praktische Ausführung dieses lebensgefährlichen Vorhabens. »Wie kommen wir jetzt an das Boot?«

»Ihr müsst schnell sein«, sagte Moustique mit gepresster Stimme.

»Wer hätte das vermutet«, murmelte Jana sarkastisch.

»Kein Derwisch wird schneller sein als wir!«, versicherte Sadik, der wusste, zu welchen Leistungen der Mensch im Angesicht des drohenden Todes fähig war – sofern die Angst ihn nicht lähmte, was das andere Extrem war.

»Auf dem Achterdeck ist jetzt niemand, ausgenommen Antoine, der am Ruder steht. Aber er wird euch nicht aufhalten, denn ich weiß, dass ihm die Sache auch nicht recht gefallen hat, obwohl er später gewiss seinen Anteil einstreichen und den Mund halten wird. Bei so einem Wetter lässt er das Ruder zudem nicht aus der Hand, auch wenn wir das Schlimmste überstanden haben, so wie es aussieht. Von ihm habt ihr also nichts zu befürchten. Aber er wird natürlich laut schreien und die anderen alarmieren – unter anderem auch mich. Es bleibt euch also nicht viel Zeit, um zum Heck zu kommen und ins Boot zu springen.«

»Aber es dauert doch ganz schön lange, das Boot zu Wasser zu lassen«, wandte Tobias ein.

Moustique schüttelte den Kopf. »Das Boot zu Wasser lassen? Unmöglich. Die Zeit habt ihr nicht! Das würdet ihr niemals schaffen.«

»Und wie kriegen wir das Boot dann …«

Moustique fiel Jana ins Wort. »Ihr müsst die Haltetaue kappen! Ich werde euch dabei helfen und das Bugtau übernehmen, während ich so tue, als wollte ich eure Flucht verhindern. Das Tau am Heck muss einer von euch kappen – und zwar gleichzeitig mit mir, sonst kentert das Boot noch in der Luft und ihr nehmt Léon die dreckige Arbeit ab.«

Jana erschauderte.

»Das mit dem Hecktau übernehme ich!«, sagte Sadik mit einer Stimme, die jede Diskussion darüber ausschloss.

»Wenn ich schreie ›Verfluchter Heide!‹, ziehe ich das Messer durch!«

Sadik nickte. »Verstanden.«

»Ihr dürft jetzt aber keine Sekunde länger warten!«, drängte Moustique. »Léon kann jeden Augenblick mit Beignet und Debuse, das ist unser Erster, zurückkommen, und dann ist es zu spät.«

»Wir sind bereit!«, sagte Sadik und nahm seinen Kleidersack auf, der seine wenigen Habseligkeiten enthielt. Schnell stopfte er noch die nassen Sachen von Jana und Tobias hinein. »Wie gut, dass wir mit leichtem Gepäck reisen.«

Tobias klemmte sich das Paket mit den Reisetagebüchern unter den Arm, während Jana nach dem Bambuskäfig griff, in dem Unsinn hockte, offensichtlich todelend und mit einem herzerweichenden Ausdruck in den kleinen Augen, der Jana für einen Moment ihre Angst vergessen und sie wünschen ließ, sie könnte etwas für ihn tun.

»Fertig?«, fragte Sadik knapp.

Jana und Tobias nickten.

»Dann wollen wir unser Leben in Allahs Hand legen«, murmelte er, während Moustique schon die Tür zum Gang öffnete.

Als sie den Niedergang erreicht hatten, drehte sich Moustique noch einmal zu ihnen um. »Gebt mir eine Minute Vorsprung! Und nehmt dann den Weg an der Steuerbordseite entlang, am besten geduckt, dann bemerkt man euch nicht sofort. Ich werde dort stehen, mit dem Rücken zu euch. Rennt mich über den Haufen.«

Sie nickten, stumm und mit angespannten Gesichtern.

»Es tut mir Leid… und viel Glück«, murmelte Moustique, schlich den Niedergang hoch und entschwand ihren Blicken.

Die Minute, die sie da am Fuß der steilen Treppe verharrten, erschien Tobias endlos. Angestrengt lauschten sie auf die Geräusche, die von Deck zu ihnen drangen: auf das Knarren und

Ächzen von Sparren und Spanten, das Singen des Windes im Rigg, das Rauschen der See und das harte Klatschen, wenn die *Alouette* in eine hohe Welle eintauchte. Stimmen waren keine zu hören.

»Mein Gott, bringen wir es hinter uns!«, keuchte Tobias, als er meinte, die Spannung nicht länger ertragen zu können.

»Du übernimmst die Spitze, Tobias, und du bleibst ihm dicht auf den Fersen. Ich halte euch den Rücken frei«, bestimmte Sadik die Reihenfolge. »Und lasst euch von nichts und niemandem aufhalten! Seht zu, dass ihr so schnell wie möglich ins Boot kommt. Sowie ihr im Boot seid, klammert ihr euch an eine feste Strebe, am besten legt ihr euch flach auf den Boden und haltet euch an den Duchten fest. Wer aus dem Boot geschleudert wird, ist verloren! Habt ihr verstanden?«

»Ja«, hauchte Jana.

Auch Tobias brachte einen ähnlichen Laut heraus. Er sah Jana an, wollte ihr noch etwas sagen, was sie unbedingt wissen musste, wie er in diesem Moment meinte. Es durfte nicht ungesagt bleiben, da doch die Möglichkeit bestand, dass sie vielleicht gleich getrennt wurden und den Tod in der nachtkalten See fanden. Aber er bekam kein Wort heraus und es blieb auch keine Zeit mehr.

»Dann los!« Sadik schlug Tobias auf den Rücken und dieser stürmte den Niedergang hoch, gefolgt von Jana.

Im Rückblick erschien es Tobias so, als hätte sich sein Blickfeld in diesem Moment so stark verengt, dass alles, was sich rechts und links von ihm befand, zu einem schwarzen Nebelschleier verschwamm. Ihm war, als rannte er durch eine schmale Röhre, die nicht viel breiter war als er selbst. Und die Bilder, die von diesem Wettlauf mit der Zeit in seinem Gedächtnis haften blieben, waren bruchstückhaft. Er erinnerte sich später jedoch ganz deutlich daran, dass er plötzlich nicht mehr die Geräusche der See und des Schiffes vernahm, sondern nur noch das Hämmern seines rasenden Herzens. Wie eine gigantische Trommel schien dieses *Wum-wum… Wum-wum… Wum-wum* alles andere zu übertönen.

Er rannte um sein Leben über ein schräg geneigtes Deck. Rutschte, fing sich, rannte weiter. Das Schanzkleid zu seiner Linken und die lang gestreckten Deckaufbauten zu seiner Rechten waren wie die Wände eines Tunnels – in dem plötzlich eine Gestalt vor ihm aufragte. Moustique! Er stieß ihm aus dem Lauf heraus seinen Ellenbogen in den Rücken, sah ihn nach vorne stürzen, hörte jedoch keinen Schrei, wie er auch nicht den Schrei des hageren Rudergängers hörte, obwohl er sah, wie dieser ihn fassungslos anstarrte und dann den Mund aufriss. Er flog förmlich an dem Mann vorbei. Sein Blick suchte das Beiboot, das am Heck der *Alouette* in den Davits hing, fand es und blieb starr darauf gerichtet. Er sprang auf das Schanzkleid und hechtete ins Boot. Ein stechender Schmerz jagte vom Knöchel aus durch sein linkes Bein, als er am Bug zwischen zwei Duchten stürzte, und der Schmerz ließ diese unsichtbare Glocke, die ihn von allen anderen Wahrnehmungen abgeschirmt zu haben schien, jäh zerplatzen. Nun hörte er wieder das Rauschen der See, den Wind und wütendes Geschrei. Er wollte den Kopf heben, doch in dem Moment landete Jana neben ihm im Boot, und der Affenkäfig traf ihn wie der Huf eines ausschlagenden Esels am Hinterkopf.

Tobias schrie auf und sackte in sich zusammen. Sein Gesicht tauchte in das Wasser, das sich auf dem Boden gesammelt hatte.

»Festhalten!«, gellte Sadik.

Tobias hob den Kopf. Vor seinen Augen drehte sich alles und er glaubte sich übergeben zu müssen. Er sah auf einmal das Gesicht von Moustique und ein Messer mit langer Klinge. Instinktiv umklammerte er die vordere Ducht.

»Verfluchter Heide!«, schrie Moustique und kappte das Bugtau.

Im selben Augenblick durchschnitt Sadik das Tau am Heck. Blitzschnell rammte er danach das Messer in die Bordwand, da nicht mehr die Zeit war, es in die Scheide zurückzustecken, und umklammerte die Ruderpinne.

Und das Beiboot stürzte in die Tiefe.

Sturmfahrt

Das Beiboot stürzte mit einer gefährlichen Buglastigkeit und einer starken Neigung nach Steuerbord der schäumenden Hecksee der Brigantine entgegen. Geistesgegenwärtig warf sich Jana auf die andere Seite. Mit der linken Hand hielt sie sich am Dollbord fest, während sie mit der rechten den Bambuskäfig unter ihren Leib zog. Den Bruchteil einer Sekunde später klatschte das Boot in die Wellen, und ein Schwall Wasser schlug auf der Steuerbordseite in das winzige Gefährt und durchnässte sie wieder bis auf die Haut.

»*Allah jil-anak,* Léon!... Allah verfluche dich!«, brüllte Sadik, sicherte schnell das Messer und brachte das Boot mit einem knappen Ausschlag der Ruderpinne mit dem Bug vor den Wind.

Tobias war noch wie benommen, insbesondere von dem Schlag, den Jana ihm mit dem Käfig versetzt hatte, und blickte zur *Alouette* hinüber, die sich rasch von ihnen entfernte. An ihrer Heckreling drängten sich die Männer. Dann blitzte etwas auf, begleitet von einem scharfen Knall. Man schoss auf sie! Doch sie waren schon zu weit entfernt, als dass die Kugel sie noch hätte erreichen können. Und grimmiger Triumph erfasste ihn. Er drohte ihnen mit der Faust, und obwohl er wusste, dass sie ihn nicht würden hören können, brüllte er ihnen einen lästerlichen Fluch nach, in dem fast alle groben Schmähungen vorkamen, die er in den Stallungen vom *Falkenhof* und in den Wochen auf den Volksfesten aufgeschnappt hatte.

Jana, die sich zitternd aufgerichtet hatte, schloss sich ihm an, während Unsinn zu ihren Füßen kreischte, was aber mehr dem Umstand zuzuschreiben war, dass er bis zum Bauch im Wasser saß.

»Wir müssen den Mast aufstellen und das Segel setzen!«, schrie Sadik und lenkte ihre Aufmerksamkeit auf die Tatsache, dass sie ohne Segel ein hilfloser Spielball der Wellen waren. Im

Boot lagen zwar auch zwei Riemen, aber gegen die gewaltige Kraft der Wellen, die sich noch immer meterhoch auftürmten, konnten auch zwei geübte Ruderer wenig ausrichten.

»Ich komme!«, rief Tobias.

»Bleib, wo du bist! ... Jana, du musst solange die Ruderpinne übernehmen!«

»Ich habe noch nie ein Boot gesteuert, aber ich werde es versuchen, Sadik!«, schrie sie zurück, und es tat ihr gut, so laut in den Wind zu brüllen. Es befreite sie ein wenig von der ungeheuren Spannung und der Angst, die noch immer in ihr saßen.

»Du wirst es nicht versuchen, du wirst es machen – und zwar richtig, weil es sonst das Letzte gewesen ist, was du in deinem jungen Leben getan hast!«

Jana kroch zu Sadik ans Heck. Er übergab ihr das Ruder und zeigte ihr, wie sie das Boot auf Kurs halten musste. Er beschwor sie, so gut es ihr möglich war, darauf zu achten, dass der Bug immer in Windrichtung zeigte. »Stemm dich gut ab und halte dich fest!«

Dann kämpften Tobias und Sadik mit dem Wind und den Wellen um den Mast. Mehr als einmal schien es, als würden die Naturgewalten die Oberhand behalten. Stehen konnten sie nicht. Sie wären unausweichlich über Bord gegangen, denn das Boot tanzte wie ein Korken auf den Wellen, zumal Jana noch kein Gefühl hatte, wie stark die jeweiligen Ausschläge mit der Ruderpinne sein mussten, um den Kurs zu korrigieren.

So mussten sie knien, und das war kaum eine ideale Stellung, um auf einem schwankenden Untergrund mit einem Steckmast zu ringen, dem der Wind und die Gesetze der Schwerkraft einen völlig anderen Weg aufzwingen wollten als sie.

Beinahe wäre er ihren Händen entglitten. Er knallte auf das Dollbord und tauchte mit dem oberen Drittel in die See. Tobias und Sadik hatten das entsetzliche Gefühl, als hätten plötzlich ein dutzend unsichtbare Hände unter Wasser nach ihrem Mast gegriffen, die ihnen das segelumwickelte Rundholz nun entreißen wollten.

Tobias' Finger krallten sich um die Leine, mit der das Segel am Mast festgezurrt war, während er sich mit den Knien gegen die Planken stützte. Halb hing er über den Bootsrand hinaus. Sadik schrie ihm eine Warnung zu. Wenn eine Welle sie jetzt auf der anderen Seite querab erwischte, würde er über Bord gehen.

Sein Gedanke galt jedoch allein dem elenden, störrischen Mast. Wenn er ihnen von der See entrissen wurde, waren sie so gut wie verloren. Denn ständig schwappte Wasser über das Heck ins Boot. Nur wenn es ihnen gelang, den Mast aufzurichten und mit dem Segel Fahrt vor dem Wind zu machen, konnten sie sozusagen auf oder doch zumindest mit den Wellen reiten.

Mit aller Kraft zerrte Tobias an der Leine, und eher unbewusst drückte Jana die Ruderpinne in diesem Moment nach Backbord, sodass das Boot ein wenig nach Steuerbord herumschwang. Damit verringerte sich der Winkel zwischen Boot und Mast, der an Steuerbord in einem Winkel von fast neunzig Grad über das Dollbord ins Wasser hinausragte, dramatisch.

Auch Sadik erkannte das Glück des Augenblicks. »Pack die Spitze!«, schrie er. »Jetzt!«

Tobias beugte sich noch einmal weit über das Dollbord, schlang seinen rechten Arm um das vordere Ende des Mastes, der ihm entgegenkam, und riss ihn mit aller Kraft aus dem Wasser.

Sadik lachte kehlig. »Sich schinden bringt Segen!... Und nun noch einmal, Leichtmatrose Tobias!«, rief er, total durchnässt und einen blutigen Kratzer auf der Stirn, doch in den Augen einen Blick des Stolzes.

»Das nächste Mal ziehst *du* den verdammten Mast wieder aus dem Wasser!«, erwiderte Tobias, spürte jedoch, dass Selbstvertrauen und die Hoffnung stärker wurden als die Angst.

»Hoch mit dem Zahnstocher!«

Das war noch immer leichter gesagt als getan. Diesmal gingen sie jedoch vorsichtiger zu Werke. Ein zweites Mal würde es ihnen vielleicht nicht gelingen, den Mast noch einmal in letzter Sekunde zu bergen.

Als das Boot ein tiefes Wellental hinabschoss, waren sie in dieser erschreckend tiefen Wasserschlucht für einige Sekunden dem Wind entzogen. In diesem Moment schafften sie es, den Mast in seine Halterung zu rammen.

»Leinen los!«, brüllte Sadik.

»Was meinst du, was ich tue!«, schrie Tobias zurück. »Bestimmt nicht Seemannsknoten üben!«

Sadik lachte. »Kümmere du dich um das Segel, ich übernehme wieder das Ruder ... Wir werden es schaffen, Freunde!«

Das Segel schlug wie wild hin und her. Es knatterte wie Musketenschüsse, und Tobias hatte bis dahin nicht gewusst, wie weh es tat, von einem Ende wassergetränkten Segeltuchs am Arm getroffen zu werden. Doch dann fuhr der Wind hinein und blähte es.

Augenblicklich spürte Sadik die Kraft, die auf das Ruder einwirkte. Endlich ließ sich das Boot richtig steuern. Nun hatten sie eine gute Chance, die Küste von England zu erreichen.

Es blieb jedoch eine nervzehrende, gefährliche Sturmfahrt. Für ein Schiff von der Größe der *Alouette* hatte sich die See vergleichsweise beruhigt. Die Wogen türmten sich nicht mehr haushoch auf. Doch für ein Beiboot bargen auch Wellen von immerhin noch gut drei, vier Metern Höhe tödliche Gefahren.

Ihre Aufmerksamkeit durfte nicht einen Augenblick nachlassen und ständig mussten sie Wasser aus dem Boot schöpfen. Es war zermürbend, denn die Zeit wurde in solch einer Situation, wo eine starke Bö das Segel zerfetzen und den Mast splittern oder ein besonders schwerer Brecher das Boot unter sich begraben konnte, zu etwas sehr Relativem. Sie bestand eigentlich nur aus einer endlosen Kette kritischer Augenblicke.

Und je länger die Sturmfahrt dauerte, desto stärker wurde die körperliche und seelische Erschöpfung. In der ersten Stunde, nachdem es ihnen gelungen war, den Mast aufzustellen, hatten sie sich trotz der allgegenwärtigen Gefahr in einer fast euphorischen Stimmung befunden. Sie hatten sich sogar scherzhafte Bemerkungen zugerufen, denn sie sahen, wie gut das Boot unter Segel mit der aufgewühlten See fertig wurde.

Doch die Nacht war lang und forderte ihren Tribut. Sie froren in den nassen Sachen, dass ihnen die Zähne klapperten, ihre Finger wurden steif, und ihr erschöpfter Körper rebellierte gegen den permanenten Druck, sich nicht einmal für wenige Minuten entspannen und gehen lassen zu dürfen, sodass sich nach der euphorischen Phase eine Zeit der Verzweiflung anschloss.

Hatte es überhaupt Sinn, dass sie so verbissen um ihr Leben kämpften? Würde es sie früher oder später nicht doch erwischen? Was war, wenn sich der Wind mittlerweile gedreht hatte und sie der Küste überhaupt nicht näher kamen? Trieb sie der Wind vielleicht aufs offene Meer hinaus?

Die merkwürdigsten Gedanken gingen ihnen durch den Sinn, vermischten sich mit Erinnerungen an vergangene schöne Erlebnisse und weckten Bedauern über verpasste Gelegenheiten, dies nicht gesagt und jenes nicht getan zu haben.

Als der Tag heraufdämmerte, war die See noch immer aufgewühlt, ja, der Wind nahm nun sogar wieder an Stärke zu, und da sie nicht einen trockenen Faden mehr am Leib trugen, war ihnen so kalt, als wären sie eisigem Winterwetter ausgesetzt. Auch Unsinn litt, obwohl Jana die alte Pferdedecke um den Käfig gewickelt hatte.

Grau und bewölkt zog der neue Tag herauf und nirgends zeigte sich ein Schiff, das sie aus Seenot hätte erretten können. An so einem Tag blieben auch die mutigsten Fischer im Hafen.

»Es kann nicht mehr weit sein!«, versicherte Sadik, während sich das Boot wieder einen Wellenberg hochkämpfte.

Tobias umklammerte die Schot des Segels mit Händen, die fast völlig taub waren. »Das hast du nun schon so oft gesagt, dass ...«

»Tobias! ... Sadik! Da vorn!«, schrie Jana, als sie den Kamm erreichten. Und dann kippte ihre Stimme förmlich über: »Land! ... Da drüben ist Land! ... Die Küste!«

Fast wäre Tobias aufgesprungen. Doch er unterdrückte diesen ersten gedankenlosen Impuls. Zudem hätte er auch gar nichts gesehen, denn nun tauchte das Boot wieder hinab. Doch auf dem Kamm der nächsten Welle reckte er den Kopf, spähte aufgeregt in die Richtung, in die Jana wie wild deutete, und fand ihre Entdeckung bestätigt. »Mein Gott, es stimmt!... Da liegt Land voraus, Sadik!... Die Küste!... England!... Wir haben es geschafft!«, stieß er ebenso glücklich wie fassungslos hervor, dass ihre stürmische nächtliche Odyssee mit dem Beiboot endlich ein Ende hatte. Ein Schauer ging durch seinen Körper, diesmal jedoch nicht, weil ihm kalt war.

»Allah sei gepriesen!«, rief Sadik, dessen Gesicht von der Anstrengung der letzten Stunden stark gezeichnet war.

Die Küste lag im Dunst des Morgennebels und sie flogen nun nahezu auf diesen dunklen Streifen zu, der schnell an Größe und Konturen gewann.

»Brandung!«, rief Tobias warnend, als er den weißen Riegel schäumender Brandungswogen entdeckte.

»Dann haltet euch bereit und gut fest! Nach dem, was wir die letzten Stunden hinter uns gebracht haben, werden wir uns doch jetzt nicht von dieser Brandung zum Beidrehen zwingen lassen! Wer weiß, wie lange wir noch segeln müssten, um eine ruhigere Bucht zu finden!«, rief Sadik ihnen mit wilder Entschlossenheit zu, die zermürbende Segelpartie hier und jetzt zu einem Ende zu bringen.

Jana und Tobias suchten einen festen Halt und starrten mit angstgezeichneten Gesichtern auf die hoch steigende Brandung, deren Donnern zu einem erschreckenden Getöse anschwoll, je näher sie kamen.

Wie ein Pfeil schoss das Beiboot mit prall gefülltem Segel auf diese Barriere schäumender Wogen zu.

»Kopf runter und festhalten!«, brüllte Sadik, um den Brandungslärm zu übertönen. *»Allah kherim!«* Und mit lauter Stimme begann er die erste Sure zu beten.

Der Bug bohrte sich in die weiße, wirbelnde Wand. Tobias hörte, wie Holz barst. Es musste der Mast sein. Doch er konnte nichts mehr sehen, ja nicht einmal mehr atmen. Denn überall war Wasser, tonnenschwer. Erst presste es ihn nieder, dann zerrte es an ihm und schien ihn aus dem Boot saugen zu wollen.

Wo war Jana?… Sadik?… Er hörte seine Stimme nicht mehr. Hatte ihn der Mast getroffen und aus dem Boot geschleudert? Das durfte nicht sein! Ihm wurde die Luft knapp. Seine Lungen schmerzten immer stärker. Als würde jemand Nadeln hineinstechen. Er brauchte Luft! O Gott, er erstickte! War das ihr Boot, das sich drehte?

Er glaubte, jeden Augenblick ersticken zu müssen.

Und dann gab die See das Boot frei.

Mastlos trieb es im flachen Wasser auf den Strand zu.

Verstört richtete sich Tobias auf. Ihm war, als hätte er ein Wunder erlebt. Merkwürdigerweise hatte er den Eindruck von friedlicher Stille. Das Donnern der Brandung hinter ihnen kam ihm wie ein Flüstern vor.

Vor ihm rappelte sich Jana auf, hustete, versicherte sich, dass Unsinn noch lebte und sagte mit verwunderter Stimme: »Das Paradies kann es schlecht sein, so dreckig, wie der Strand aussieht. Und für die Hölle hätte sich der Teufel bestimmt auch mehr einfallen lassen. Also müssen wir es tatsächlich geschafft haben.«

Sadik lag quer und reichlich verrenkt im Heck des Bootes. Er zog sich schwerfällig und mit schmerzenden Gliedern hoch, grinste breit und sagte mit dem ihm eigenen trockenen Humor: »Von wegen Pechvogel! Du siehst, Jana, Unglücksrabe darf man sich erst dann nennen, wenn man von Beruf Sargmacher ist und die Menschen aufhören zu sterben.«

»Du hast Recht, Jana«, sagte Tobias und spürte das Verlangen, lauthals zu lachen und Jana und Sadik in seine Arme zu schließen. Er war völlig erledigt, fühlte sich jedoch gleichzeitig wie neugeboren. »Wir befinden uns weder im Himmel noch in der Hölle, sondern an einem wunderbaren *englischen* Morgen in der erlesenen Gesellschaft unseres auserwählten Beduinen!«

ZWEITES BUCH

Im Dschungel von Mulberry Hall

August – September 1830

»*Als wollte man einen Stein kochen!*«

Drei Tage nach ihrer glücklichen Landung an der englischen Küste bei Middleton erreichten sie kurz vor Sonnenuntergang den herrschaftlichen Landsitz von Rupert Burlington.

Mulberry Hall lag im Herzen der waldreichen Grafschaft Surrey, eine gute Tagesreise südwestlich von London.

Hatten sie sich nach der nächtlichen Sturmfahrt im Beiboot der *Alouette* völlig ausgelaugt gefühlt und geglaubt, das Schlimmste hinter sich gebracht zu haben, so wurden sie nun eines Besseren belehrt. Es schien, als wäre das lebensgefährlichste und strapaziöseste Abenteuer nicht auf stürmischer See und unter skrupellosen Schmugglern zu finden, sondern vielmehr an Land und auf vier Kutschenrädern.

Die letzten beiden Tage hatten sie fast ausschließlich in Postkutschen verbracht. Dementsprechend schmerzten ihnen die Knochen, als sie endlich nach Farnham gelangten. Während die Postkutsche nach einem Wechsel der Pferde ihre Fahrt nach London über Guilford und Woking fortsetzte, mussten sie sich in Farnham eine private Mietdroschke nehmen, um die letzten Meilen nach *Mulberry Hall* zurückzulegen.

Sie hatten geglaubt, nach der Fahrt von Paris an die Küste und diesen beiden zermürbenden Tagen in robusten Postkutschen den Staub der sommertrockenen Landstraßen, den unangenehmen Geruch verschwitzter, muffiger Polster und den äußerst derben Fahrstil der Kutscher gewohnt zu sein. Doch die letzten fünf Meilen bildeten einen unerwarteten Höhepunkt, auf den sie jedoch gern verzichtet hätten. Dass die Mietdroschke erbärmlich schlecht gefedert war und jede Unebenheit des Bodens mit der hämischen Freude eines bockenden Esels an ihre Insassen weitergab, war schon schlimm genug. Aber der Kutscher setzte allem die Krone auf. Er jagte die

Droschke mit einer Rücksichtslosigkeit aus der Stadt und über die Straße, dass auch ein recht furchtloser Mann wie Sadik es mit der Angst zu tun bekommen konnte. Mehr als einmal riss der Mann auf dem Bock die Kutsche so brutal in eine Kurve, dass sich die Räder auf einer Seite in die Luft hoben. Und er fuhr so nahe an der Böschung, dass immer wieder hervorstehende Sträucher und Äste von Bäumen wie Peitschen gegen den kastenförmigen Aufbau der Kutsche schlugen, was ihm jedoch nicht im Mindesten bedenklich schien, im Gegenteil, er sang dabei noch lauthals und frohgemut äußerst deftige Tavernenlieder. Sie waren von der Art, die auch weniger zart besaiteten Geschöpfen des weiblichen Geschlechtes als Jana die Schamröte ins Gesicht getrieben hätte.

»Ist der Kerl denn verrückt geworden?«, schrie Tobias entsetzt, als die Kutsche auf dem schmalen Waldweg zwischen den Bäumen hin und her schlingerte wie ein sturzbetrunkener Seemann zwischen den Hauswänden einer engen Hafengasse.

»Wenn er so weitermacht, schafft der Kerl glatt, was Léon nicht gelungen ist – nämlich uns umzubringen!«

»Vielleicht hat Zeppenfeld ihn ja angeheuert, um uns aus dem Weg zu räumen. Und wenn das so ist, stehen seine Chancen diesmal wirklich nicht schlecht«, versuchte Jana einen Scherz.

»Wer mit seinem Unglück nicht zufrieden ist, den überkommt ein noch schlimmeres«, meinte Sadik. »Immerhin droht uns hier nicht die Gefahr des Ertrinkens.« Im nächsten Moment krachte die Kutsche in ein Schlagloch. Sadik wurde zur Seite geschleudert wie eine willenlose Puppe, schlug mit dem Kopf gegen die Seitenwand und fand sich mit schmerzverzerrtem Gesicht am Boden zwischen den Sitzbänken wieder. Vor seinem Gesicht sprang Unsinn im Bambuskäfig verstört hin und her und kreischte protestierend.

»Bist du jetzt zufrieden?«, fragte Tobias sarkastisch.

Sichtlich benommen richtete sich Sadik im schwankenden Gefährt auf. »Allah muss ihm den Verstand geraubt haben!«, stöhnte er.

»Wenn er je einen gehabt hat! So fährt nur ein Irrsinniger!«, keuchte Jana, hob den Käfig auf und bemühte sich vergeblich, ihr kleines Äffchen zu beruhigen.

»Wir müssen ihn dazu bringen, dass er anhält!«, rief Tobias. »Lieber gehe ich den Rest zu Fuß, als dass ich noch eine Meile mit diesem Verrückten in der Kutsche fahre!«

»*Aiwa,* der am Ertrinken ist, fürchtet nicht mehr die Kälte«, pflichtete Sadik ihm bei. Mittlerweile war auch er zu der Erkenntnis gekommen, dass sie etwas unternehmen mussten, wenn sie *Mulberry Hall* mit heilen Knochen erreichen wollten. »Ein lebender Hund ist besser als ein toter Löwe.« Er hämmerte mit der Faust gegen die Wand, um sich beim Kutscher bemerkbar zu machen.

Dieser reagierte jedoch nicht. Lauthals grölte er seine anrüchigen Zoten in Liedform in den Wald, der wie ein grün-brauner Schatten an den Fenstern der Kutsche vorbeihuschte, ließ seine Peitsche knallen und hatte offenbar einen im wahrsten Sinne des Wortes mörderischen Spaß.

Sie klopften und schrien im Chor, ohne dass sich der Kutscher dazu bewegen ließ, ihnen eine Antwort zu erteilen, geschweige denn das wahnwitzige Tempo zu mäßigen.

Schließlich nahm Sadik das wahrlich lebensgefährliche Wagnis auf sich, den Kutschenschlag bei rasender Fahrt einen Spalt zu öffnen, den Kopf hinauszustrecken und gegen den grölenden Gesang des Kutschers anzuschreien: »Anhalten, Mann!... Halten Sie an!... Wenn Sie die Kutsche nicht sofort zum Stehen bringen, hole ich Sie mit der Schrotflinte vom Bock!... Haben Sie mich verstanden?... Wir schießen Ihnen von innen die Kutsche in Stücke und Sie mit!... Allah ist mein Zeuge!«

Sie besaßen überhaupt keine Schusswaffe, aber er hoffte, dass der Kutscher sich nicht mehr so genau an ihr Gepäck erinnerte.

Einen Augenblick sah es so aus, als wollte der Mann auch diese Drohung ignorieren. Denn er stellte ihnen ein neues Lied vor, in dem es um eine dralle Sixpence-Sally aus der East End Alley ging. Doch während er sie noch an den ersten Erlebnissen von Sallys wechselvollem Liebesleben teilhaben ließ, zügelte er schon den feurigen Apfelschimmel und ließ die Kutsche schließlich gemächlich ausrollen.

»Es geschehen wahrlich noch Zeichen und Wunder«, seufzte Jana, packte ihren Bambuskäfig und ihr Kleiderbündel, stieß den Schlag auf und stürzte geradezu fluchtartig hinaus ins Freie, als fürchtete sie, der Kutscher könne es sich noch einmal überlegen und im nächsten Augenblick erneut zur Höllenfahrt ansetzen.

Sadik und Tobias folgten ihr auf dem Fuße und nicht weniger begierig, der Kutsche und seinem selbstmörderischen Fahrer zu entfliehen.

»Warum haben Sie mich denn hier halten lassen? Ich dachte, Sie wollten nach *Mulberry Hall*?«, fragte der Kutscher verwundert.

»Sie müssen wohl ein anderes *Mulberry Hall* im Sinn gehabt haben als wir«, antwortete Sadik bissig. »Unseres liegt jedenfalls nicht auf einem Friedhof.«

Der Kutscher, ein hagerer Mann mit einem Stoppelbart und einer tief in die Stirn gezogenen Ballonmütze aus Lederresten, schüttelte verständnislos den Kopf. »Friedhof? Gibt hier keinen Friedhof nicht. Nur so 'nen Familienacker der Ryhalls und der Burlingtons auf *Mulberry Hall,* und das *Mulberry Hall,* das ich kenne, liegt da gleich hinter der Biegung.« Er deutete die Straße hoch, die durch den Wald führte und nach gut hundert Metern eine scharfe Linkskurve machte.

Sadik seufzte und murmelte leise: »Sich einem Dummkopf begreiflich zu machen ist so aussichtslos, als wollte man einen Stein kochen!« Er zog seinen Geldbeutel hervor und entnahm ihm eine Münze, mit der der Kutscher gut bezahlt war.

Schon wollte er das Geldstück dem Mann zuwerfen. Der Kutscher hatte jedoch beim Klang der Münzen seine Mütze vom Kopf gerissen und hielt sie ihm nun hinunter. »Werfen Sie es nur hier hinein, Mister!«

Sadik tat es.

Tobias und Jana erschraken, als sie dem Fahrer in die Augen

blickten, die nun nicht mehr im tiefen Schatten der Mütze lagen: Sie trugen den milchigen Schleier der Blindheit!

Als Sadik aufschaute, bemerkte auch er es. »*Jah-salam!*... Um Gottes willen!... Sie sind ja blind, Mann! Was hat ein Blinder auf dem Kutschbock einer Mietdroschke zu suchen?«

Der Kutscher steckte das Geldstück ein, nachdem er es befühlt und für einen angemessenen Lohn befunden hatte, und lachte kehlig. »Blind? Ich seh noch ganz ordentlich, Mister. Was ist schon dabei, wenn für mich jeden Tag Nebel ist? Ich finde hier jede Straße auch mit verbundenen Augen und hören tue ich so gut wie 'ne Fledermaus.«

»Bei Ihrem Gegröle auf dem Kutschbock hören Sie doch nicht einmal den Hufschlag des Pferdes«, meinte Tobias mit grimmigem Spott.

»Hauptsache, ich höre mich, Mister. Wenn ich singe, höre ich am Klang und Widerhall, wie nahe ich den Bäumen bin und so. Das macht mir keiner nach!«, erklärte der fast blinde Kutscher mit dem Stolz des Einfältigen.

»Dem Himmel sei gedankt!«, meinte Jana und redete dann beruhigend auf Unsinn ein, der noch immer von der wahnwitzigen Fahrt verstört war.

»'nen schönen Tag noch!«, rief ihnen der Kutscher fröhlich zu, stimmte wieder seine schlüpfrige Sixpence-Sally-Ballade an und brachte das halsbrecherische Kunststück fertig, die Kutsche halb auf der Straße, halb zwischen Büschen und Bäumen zu wenden. Dann raste er wieder unter lautem Gesang nach Farnham zurück.

»Jetzt verstehe ich auch das blöde Grinsen der beiden Männer, die uns vor der Taverne zugeschaut haben, wie wir in die Kutsche dieses Kerls gestiegen sind!«, ärgerte sich Tobias und schulterte seinen Seesack. »Der war ja so blind wie ein Maulwurf unter Tage!«

Sadik nickte mit finsterer Miene. »Das ist wie mit dem Affen, der in den Spiegel schaute und sich für eine grazile Gazelle hielt!«

Jana hob das Kinn und zog die Augenbrauen hoch, als wollte

sie etwas zur Ehrenrettung der Affen sagen, ließ Sadiks Vergleich dann jedoch unkommentiert. Sie war viel zu froh, der Höllenfahrt entronnen zu sein und nur ein paar blaue Flecken davongetragen zu haben, um sich mit Sadik über Affen und Intelligenz in die Haare geraten zu wollen.

Sie gingen die Straße hoch, die zu beiden Seiten von dichtem Mischwald gesäumt wurde und über der schon die langen Schatten des scheidenden Tages lagen.

»Warst du schon mal bei Rupert Burlington auf *Mulberry Hall*?«, wollte Tobias von Sadik wissen.

Dieser verneinte. »Ich traf ihn nur einmal mit deinem Vater in London im Hafen. Mir ist sein Familiensitz genauso fremd wie dir. Doch es soll sehr ansehnlich sein, wie dein Vater andeutete. Aber mehr als ein paar Worte hat er darüber nicht verloren. Du weißt ja, wie dein Vater ist.«

Tobias verzog das Gesicht und sagte mit einem Anflug von Bitterkeit: »Ja, wichtig sind für ihn nur seine wissenschaftliche Arbeit und seine Expeditionen. Alles andere ist ihm wenig Aufmerksamkeit wert. Und das schließt mich, seinen Sohn, mit ein.«

»Aber nicht, weil er gefühllos wäre und dich verletzen will, sondern weil er sich dessen gar nicht bewusst ist«, erklärte Sadik sanft. »Er ist ein Mann, der von seinen Träumen und seiner Arbeit besessen ist und dafür auch sein Leben geben würde.«

Tobias warf ihm einen Blick zu, in dem ebenso viel Stolz wie Schmerz lag. »Du meinst, große Menschen werfen viel Schatten, ja?«

»*Aiwa,* in der Tat«, bestätigte er ernst.

Jana wurde bewusst, dass sie noch weniger über den Mann wusste, den sie aufzusuchen gedachte, als über Tobias' ruhelosen Vater. Deshalb fragte sie: »Und was ist dieser Rupert Burlington für ein Mensch?«

»Nun…« Sadik zögerte, zuckte dann mit den Achseln und sagte mit einem leichten Lächeln: »Er ist einfach durch und durch Engländer und eine interessante Persönlichkeit, das ist mal sicher. Er hat seine Marotten, die er in seiner Heimat zweifellos intensiver pflegen kann als auf einer Reise durch die Wüste. Doch da hat er sich als ein Mann von Charakter, Ausdauer und Selbstbeherrschung erwiesen. Er müsste jetzt Mitte Vierzig und noch immer Junggeselle sein, sollten sich seine Ansichten über die Ehe in den letzten Jahren nicht grundlegend geändert haben.«

»So? Und was sind das für Ansichten?«, hakte Jana sofort nach.

Sadik schürzte ein wenig die Lippen, als genösse er es, Rupert Burlingtons Betrachtungen zur Ehe von sich zu geben. »Wenn mich nicht alles täuscht, äußerte er sich einmal in dem Sinne, dass ein Mann, der später einmal ohne Reue auf sein Leben zurückblicken wolle, gut beraten sei, sich die ersten fünf Jahrzehnte der Herrschsucht und Launenhaftigkeit heiratswütiger Frauen zu entziehen. Eine erst dann eingegangene Ehe mit einer jungen Frau wäre mit der Abgeklärtheit des Alters und dem Wissen, den besten Teil des irdischen Daseins nicht vergeudet zu haben, erheblich leichter zu ertragen.«

Tobias grinste unwillkürlich.

»Ach, was du nicht sagst!«, sagte Jana gedehnt und mit sarkastischem Unterton. »Das klingt bei dir ja fast so, als ob du keine Schwierigkeiten hättest, für seine reichlich verquere und selbstsüchtige Ansicht Verständnis aufzubringen.«

Sadik lächelte. »Sihdi Burlington vertritt einen Standpunkt, der meinem Volk nicht ganz fremd ist«, gab er mit fröhlichem Spott in der Stimme zu. »Scheich Abdul Kalim sagte schon, als man ihn mit jungen Jahren zur Heirat aufforderte: ›Heiraten? Hole ich mir selbst einen Sack voll Schlangen in mein Zelt?‹ Und sie war immerhin die bildhübsche Tochter eines anderen reichen Scheichs.«

Jana verdrehte gequält die Augen. »Dann wünsche ich ihm und Mister Burlington eine Frau, die so denkt wie er und sich die ersten fünf Jahrzehnte ihres Lebens der Tyrannei und Selbstherrlichkeit der stammhalterwütigen Männer entzogen hat! Und nicht einmal so eine Frau hätten sie verdient!«

Sadik schmunzelte. »Scheich Kalim hat längst ein halbes

Dutzend Frauen, Jana.« Und süffisant fügte er hinzu: »Man sagt bei uns, es sei der Rauch der Frauen, der die Männer erblinden lässt. Und ein kluger Mann schützt sich dagegen, so gut es eben geht.«

Tobias lachte. »Aber Rupert Burlington scheint die große Ausnahme zu sein, ja? Erzähl uns doch etwas über seine *anderen* Marotten!«, forderte er ihn verschmitzt auf.

»Er liebt das Ungewöhnliche und pflegt einen Hang zu dramatischen…«, begann Sadik, kam jedoch nicht weiter, denn in dem Moment hatten sie den Ausgang der Kurve erreicht und sahen vor sich auf der linken Seite ein hohes schmiedeeisernes Tor, das in eine übermannshohe Backsteinmauer eingelassen war. Rechts vom Tor zog sich die Mauer, die mit Glasscherben bewehrt und stellenweise von dichtem Efeu überrankt war, parallel zur Straße entlang, so weit sie blicken konnten, während sie links vom Tor nach zwanzig Schritten einen scharfen Knick machte, sich von der Straße entfernte und im Wald verschwand.

»Der Kutscher hat tatsächlich gewusst, wo er war!«, stellte Tobias überrascht fest, während sie ihre Schritte beschleunigten. Die Dämmerung brach herein. Bald würde es dunkel sein.

In das Gitterwerk des Tores war ein Wappen eingelassen, in jeden Flügel eine Hälfte. Es zeigte links einen Löwen und rechts daneben einen Turm. Darunter prangte ein Schild mit gekreuzten Lanzen. Der Löwe und die Lanzen waren mit goldener Farbe vom schwarzen Schmiedeeisen abgesetzt.

Jenseits des Tores erstreckte sich ein großer, freier Platz, der mit feinem Sand von fast goldener Farbe bedeckt war. Am anderen Ende dieses Platzes erhoben sich zwei beachtliche Gebäude aus rot-braunen Ziegelsteinen. Das rechte war eindeutig als das Haus des Torhüters zu erkennen, obwohl es dafür beinahe ein wenig zu groß geraten schien. Doch womöglich erfüllte er ja auch noch die Aufgaben eines Verwalters oder wohnte mit diesem unter einem Dach. Das Gebäude links davon diente jedoch keinen Wohnzwecken, war es doch im Stil einer zweistöckigen Lagerhalle mit flachem Giebeldach und einem großen Tor errichtet. Unter dem Giebel war ein großes Fenster in Form einer Rosette aus buntem Glas in das Mauerwerk eingelassen. An seiner Hinterfront ragte ein Schornstein mehrere Meter über das Dach hinaus.

»Was das wohl sein mag?«, fragte Tobias unwillkürlich beim Anblick dieses Gebäudes, das auf das Gelände einer Fabrik gepasst hätte, nicht jedoch auf das eines herrschaftlichen Anwesens.

»Vielleicht die Stallungen«, nahm Jana an.

Tobias schüttelte den Kopf. »Nein, die liegen doch dahinter, dort drüben bei den Remisen.« Er deutete zu einem weiteren Gebäude, das hinter den beiden Backsteinbauten neueren Datums lag und deutlich als Stallungen mit angrenzenden Unterstellplätzen für Gästekutschen zu erkennen war. »Und seit wann hat ein Pferdestall einen Schornstein?«

»Hat Sadik nicht gesagt, Mister Burlington hätte eine Menge Marotten?«

Tobias zuckte mit den Achseln. »Was meinst du, Sadik?«

»Ich meine, dass weder Grund noch Eile für großes Kopfzerbrechen besteht, da Sihdi Burlington uns diese Frage, sollte sie uns auch noch in fünf Minuten bewegen, gleich selbst beantworten kann«, sagte er mit der ihm eigenen Gelassenheit, trat zum rechten Stützpfeiler des Tores und betätigte den Klingelzug.

Der helle und zugleich doch volle Ton einer kleinen Bronzeglocke klang über den Platz, hinüber zu den Gebäuden, hinter deren Fenstern schon Licht brannte.

Tobias ertappte sich dabei, dass er nicht so sehr an den Gebetsteppich dachte, den Wattendorf nach *Mulberry Hall* geschickt hatte, sondern an ein weiches wohliges Federbett und viele Stunden tiefen, friedlichen Schlafes.

»*Königin Elizabeth lässt bitten!*«

Die Tür des Wohnhauses ging auf und ein älterer, stämmiger Mann mit dem massigen Kopf eines Stiers kam zum Vorschein. Er trug die Kleidung eines Mannes, der nicht ständig darauf gefasst sein musste, sich bei körperlicher Arbeit zu beschmutzen. Umso seltsamer wirkte an ihm sein extrem kurz geschnittenes Haar. Es war kaum halb so lang wie die Borsten einer Bürste, wie man sie beim Waschen derber, schmutziger Wäsche benutzte. Und genauso borstig sah das Haar des Mannes auch aus.

Er machte ein paar Schritte auf das Tor zu. Dann glaubte er, schon genug gesehen zu haben. »Macht, dass ihr verschwindet!«, rief er ihnen barsch zu und machte eine entsprechende Handbewegung.

»Entschuldigen Sie, Mister…«, begann Sadik höflich.

Borstenkopf fiel ihm ins Wort, kam dabei aber näher. »Du kannst dir deine Puste sparen, Entschuldigungen inklusive. Gebettelt wird hier nicht!«, beschied er. »Und wenn ihr vor Einbruch der Dunkelheit noch den nächsten Gasthof erreichen wollt, solltet ihr hier nicht eine Sekunde länger verplempern. Im *Feathers* in Farnham gibt man auch Zigeunern Quartier, sofern sie im Voraus bezahlen.«

Jana blitzte ihn an. »Wofür halten Sie uns?«, rief sie empört.

Borstenkopf blickte auf den Bambuskäfig mit dem kleinen Affen in ihrer linken Hand und sah sie dann mit genauso viel ehrlichem Erstaunen wie Ärger an. »Sicherlich nicht für die Königin von Saba, Mädchen«, sagte er dann spöttisch. »Also macht keinen Ärger und verschwindet!«

Tobias musste zugeben, dass sie für die Augen eines englischen Torhüters ein recht merkwürdiges Trio abgaben und wenig Vertrauen erweckend aussahen. Sadik mit seiner getönten Haut und seinem fremdländischen Aussehen, Jana in ihrer auch nicht eben dezenten Kleidung und mit Unsinn unter dem Arm und er mit verknitterten Sachen, einem Degen an der Seite und einem Seesack über der Schulter. Zudem tauchten sie auch noch zu Fuß vor dem Tor von *Mulberry Hall* auf. Da musste auch ein weniger misstrauischer Mensch als dieser knurrige Borstenkopf seine falschen Schlüsse ziehen.

»Sie unterliegen einem wenn auch verständlichen, so doch kapitalen Fehler, der für Sie gewiss nicht ohne Konsequenzen bleibt, wenn Sie uns das Tor weisen, Mister! Denn meine Freunde und ich werden auf *Mulberry Hall* erwartet, auch wenn Sie diesbezüglich gewisse Schwierigkeiten haben, sich das vorzustellen, was wir Ihnen jedoch nachzusehen bereit sind, sind doch auch die Umstände von nicht ganz gewöhnlicher Art«, erklärte Tobias, bewusst etwas geschraubt und förmlich in der Wortwahl. Und im Tonfall deutete er die leicht herablassende, unterschwellig aber gereizte Haltung eines befehlsgewohnten Mannes der herrschenden Klasse an, der einem Bediensteten auf feine Art zu verstehen gab, dass er kurz davor stand, ihn zu verärgern und sich selbst in ernsthafte Schwierigkeiten zu bringen.

Es war keine schlechte Imitation. Denn Borstenkopf, der sich schon abgewandt hatte und im Begriff stand zum Haus zurückzukehren, blieb augenblicklich stehen und schaute ihn erst verblüfft und dann verunsichert an.

»Sie behaupten, auf *Mulberry Hall* erwartet zu werden?«, fragte er.

»Das ist keine Behauptung, sondern eine Tatsache«, korrigierte Tobias ihn mit demselben Anflug von Arroganz, wie er sie sonst auf den Tod nicht ausstehen konnte. Doch was blieb ihm in dieser Situation anderes übrig? Er wollte nicht die Nacht im Wald verbringen oder zu Fuß nach Farnham zurückmarschieren müssen. »Mister Burlington...«

»Ha!«, rief Borstenkopf triumphierend, als hätte er ihn endlich eindeutig der Lüge überführt. »Auf *Mulberry Hall* gibt es keinen Mister Burlington!«

»Jah-salam!«, murmelte Sadik verständnislos. »Das ist unmöglich! Ich weiß, dass dies hier Sihdi Burlingtons Landsitz ist und...«

»Nein, einen *Mister* Burlington gibt es hier nicht, sondern nur einen *Lord* Burlington! Und wenn Sie mit Seiner Lordschaft bekannt wären, hätten Sie das gewusst!«, hielt ihnen Borstenkopf schroff vor.

Sadik war so überrascht, dass Rupert Burlington ein Lord war, wie Jana und Tobias. Letzterer fasste sich jedoch rasch. »Unter Königen gibt man nichts auf Titel. Und jetzt melden Sie unserem *Freund* Rupert endlich, dass Scheich Sadik Talib, der König der Beduinen, in Begleitung von Seiner Exzellenz Tobias Heller von Falkenhof und Prinzessin Jana zu Alouette seine oft wiederholte Einladung zu einem Besuch auf *Mulberry Hall* angenommen hat!«, herrschte er ihn nun an.

Borstenkopf fiel die Kinnlade herunter und seine Augen wurden groß. »Scheich Sarik Balib?«, fragte er verblüfft.

»Scheich Sadik Talib, König der Beduinen«, verbesserte Tobias ihn scharf, während es um Sadiks Mundwinkel kaum merklich zuckte.

»Und… und…«

»Exzellenz Tobias Heller von Falkenhof«, half Tobias ihm auf die Sprünge, »sowie Prinzessin Jana zu Alouette. Können Sie das behalten? Ein blinder Kutscher reicht uns für heute. Da können wir auf einen schwerhörigen Torhüter als Abendgabe sehr gut verzichten!«

Die Erwähnung des blinden Fahrers hatte fast noch mehr Wirkung als ihre Phantasietitel. Borstenkopf sah sie plötzlich ernstlich verstört an. »Sagen Sie bloß, der alte Corky hat Sie von Farnham…?«

Tobias fiel ihm ungeduldig ins Wort. »Seinen Namen hat er uns nicht genannt, doch was seinen Fahrstil angeht, wäre als Spitzname wohl eher so etwas wie ›Der blinde Totengräber auf dem Kutschbock‹ angebracht. Wir haben es jedenfalls vorgezogen, die Fahrt zu unterbrechen, solange wir dazu noch in der Lage waren, und den Rest des Weges zu Fuß zurückzulegen.«

Er schien nun tatsächlich geneigt zu glauben, dass sie zu Lord Burlington wollten und von diesem auch erwartet wurden. »Bitte kommen Sie mit mir! Ich werde Lord Burlington Ihre Ankunft melden«, sagte Borstenkopf und öffnete ihnen nun endlich das Tor. Dann wandte er sich um und rief: »Scipio!... *Scipio!*«

Ein junger Mann in Arbeitskluft erschien im Tor des anderen Backsteingebäudes. »Ja, Mister Hegarty?«

»Ich muss vermutlich noch mal zum Herrenhaus hoch. Also sieh zu, dass *Lisette* gleich fahrbereit ist!«, trug Borstenkopf alias Mister Hegarty ihm auf.

»Kein Problem!«, lautete die Antwort des Mannes und er verschwand wieder im Innern des hallenartigen Gebäudes.

»Siehst du, es ist doch ein Stall«, raunte Jana an Tobias' Seite.

»Ja, und ein ganz schön spleeniger«, gab dieser leise zurück.

»Bis zum Herrenhaus sind es von hier noch gute zwei Meilen«, erklärte Borstenkopf, während sie ihm zum Haus folgten. »Ich schicke rasch Hermes los, um Sie dort anzumelden, damit man sich schon auf Ihr Eintreffen einstellen kann. Wenn Sie bitte solange warten würden.«

Jana runzelte die Stirn. »Wenn Sie erst einen Boten losschicken, um uns anzumelden, wird es schon längst Nacht sein, bis der Bote wieder vom Herrenhaus zurück ist!«, wandte sie ein.

Hegarty schüttelte den Kopf. »Nein, es dauert nicht mal zehn Minuten, bis ich weiß, ob Seine Lordschaft bereit ist Sie zu empfangen. Denn Hermes ist ein geflügelter Bote – und zwar im wahrsten Sinne des Wortes!«

Hermes stellte sich als Brieftaube heraus, die Augenblicke später aus dem Taubenschlag hinter dem Haus in den Abendhimmel aufstieg und zum Herrenhaus flog. An ihrem Bein trug sie einen breiten Metallring, der Hegartys Nachricht enthielt.

»Eine gute Idee«, sagte Tobias anerkennend, als die Taube hinter den Bäumen verschwand.

»Dein großspuriger Auftritt war auch keine üble Idee«, bemerkte Jana belustigt. »Prinzessin zu Alouette klingt gar nicht mal so schlecht.«

»Dass du mich zum Scheich ernannt hast, fand ich ja recht schmeichelhaft«, sagte Sadik schmunzelnd. »Aber diesen König der Beduinen hättest du dir sparen können. Beduinen sind so frei wie der Wind, Tobias, und dulden keinen anderen Herrscher über sich als Allah. Sogar ein Scheich besitzt noch nicht einmal die Macht, um seinem Stamm Befehle zu erteilen. Deshalb gibt es bei uns auch keine gekrönten Häupter.«

»Dann ist doch jeder *bàdawi* ein König der Wüste, oder?«, hielt Tobias ihm verschmitzt vor.

Sadik lachte. »*Aiwa,* das will ich gelten lassen.«

»Aber sag mal, warum hast du nicht gewusst, dass Rupert Burlington ein leibhaftiger Lord ist?«, wollte Tobias wissen.

»Ganz einfach, weil weder er noch dein Vater diesen Titel je erwähnt haben«, antwortete Sadik. »Es verwundert mich gar nicht. Denn Äußerlichkeiten waren ihm nie wichtig. In vielen Dingen hegt er eben eine ganz eigene, manchmal nicht leicht nachvollziehbare Einstellung.«

»Ja, wie die zur Ehe«, bemerkte Jana spitz.

Sadik lächelte. »Daran dachte ich eigentlich weniger ...«

»Was wiederum mich nicht verwundert, Sadik«, erwiderte Jana, und es machte ihr ein Vergnügen, sich mit ihm einen scharfzüngigen Wortwechsel zu liefern.

Hegarty nutzte die Zeit des Wartens, um die Laternen vor den beiden Backsteingebäuden und am Tor zu entzünden, denn das Tageslicht schwand nun rasch. Wenige Minuten später kam aus der Richtung, in die Hermes entschwunden war, eine andere Brieftaube zurück. Sie war im Gegensatz zu Hermes, dessen Gefieder von grauer, gedeckter Farbe gewesen war, fast weiß, sodass man sie am abendroten Himmel schon von weitem ausmachen konnte.

Tobias sah, wie Hegarty tief Atem holte und fast bestürzt rief: »Königin Elizabeth lässt bitten! ... Es ist also alles wahr, das mit dem Beduinenkönig und ... O Gott!«

»Wie bitte?«, fragte Jana.

Borstenkopf räusperte sich, verlegen und sichtlich betroffen, sie drei völlig falsch eingeschätzt zu haben. »Oh, diese Taube heißt Königin Elizabeth«, erklärte er nun sehr beflissen. »Mister Parcival Talbot, das ist der Butler Seiner Lordschaft, schickt sie immer dann, wenn die Herrschaft ganz besondere Gäste erwartet, die Seiner Lordschaft sehr am Herzen liegen.« Er machte eine Pause, schluckte schwer und sagte dann: »Es tut mir aufrichtig Leid, König… Mein Gott, ich dachte wirklich, verehrte Prinzessin… Ich meine, Exzellenz…« Hilflos wandte er sich von einem zum andern und wusste nach dem dritten Anlauf immer noch nicht, wie er sich bei ihnen für sein Verhalten entschuldigen sollte. Er machte ein ausgesprochen komisches Gesicht in seiner Fassungslosigkeit und Ratlosigkeit.

»Die Welt ist nichts als ein Schaukelspiel«, half Sadik ihm nun mit begütigendem Tonfall aus der Klemme, »wo man kommt und geht und wo sich Fehler mit großen Taten abwechseln. Belassen wir es dabei, Mister Hegarty, dass Sie heute einen Ihrer weniger glücklichen Tage hatten, und bringen Sie uns jetzt bloß noch zum Herrenhaus, womit dann alles vergessen wäre.«

»Natürlich! Gewiss! Sofort, Exzellenzen!« Er eilte zum benachbarten Gebäude, aus dem schon seit einiger Zeit merkwürdige Geräusche zu ihnen auf den Vorplatz drangen. Er riss das Tor weit auf. Warmer Lichtschein flutete aus dem Gebäude in die Dunkelheit, die sich indessen über das Land gelegt hatte.

Jana, Sadik und Tobias rechneten ganz selbstverständlich damit, dass der junge Mann ein Pferd namens Lisette eingespannt hatte und dass Hegarty nun eine Kutsche aus dem reichlich seltsamen Backsteinstall zu ihnen auf den Platz hinauslenken würde.

Doch dem war nicht so.

Jana war die Erste, die sah, was sich aus dem Gebäude bewegte, begleitet von einem scharfen Zischen, das so klang wie das einer gereizten Riesenschlange kurz vor dem Angriff. Jana schrie auf und hätte fast den Bambuskäfig umgestoßen, als sie unwillkürlich zwei Schritte zurückwich.

Auch Sadik und Tobias hatten das Gefühl, als bliebe ihnen für einen Augenblick vor Schreck das Herz stehen.

»Allah, der Barmherzige, stehe uns bei!«, entfuhr es dem Beduinen im ersten Moment fassungsloser Verstörung.

Lisette

»Was für ein Ungetüm!«, schoss es Tobias durch den Kopf, und seine erste Reaktion bestand darin, sich seines Degens an der linken Hüfte mit einem schnellen Griff zu versichern. So etwas hatte er noch nie zuvor in seinem Leben gesehen!

Bei dem Ungetüm, das sie alle erschreckte, handelte es sich um ein hohes, kastenförmiges Gefährt, das nun aus der Backsteinhalle auf sie zurollte. Mit einer Kutsche hatte es nur gemein, dass es auf Rädern lief sowie einen Fahrersitz und hoch oben über dem geschlossenen Kasten von mehr als Manneshöhe Bänke für die Fahrgäste hatte. Es hatte zudem vorn und hinten jeweils zwei Laternen, die helles Licht verströmten, was besonders geschliffenes Glas verriet. Damit erschöpften sich jedoch die Gemeinsamkeiten.

Eigentlich hatten auch schon die Räder dieses seltsamen Wagens, der mit Holz verkleidet und ganz in Weiß mit goldenen Zierleisten gehalten war, mit denen einer Kutsche keine Ähnlichkeit. Denn diese hier bestanden aus Eisen und waren so breit wie zwei Paar Schuhe nebeneinander gestellt! Zudem gab es von ihnen nur *drei* an der Zahl. Zwei saßen rechts und links an der Hinterachse, während vorn nur ein Rad in der Mitte existierte. Es befand sich unter einer Art Vorbau, der ein wenig an einen Kutschbock erinnerte, jedoch gepolsterte Bänke aufwies und von einem leicht gewölbten Dach geschützt wurde. Von dem Mittelrad sah man jedoch kaum mehr als die Hälfte, wurde es doch von einer reichlich verzierten und mit Goldfarbe bemalten Haube, die einer weißgoldenen Käseglocke ähnelte und zum Boden hin offen war, halb verborgen. Von diesem vorderen Rad, dessen Abdeckung zu beiden Seiten mit Federn versehen war, führt eine lange Stange zum Fahrersitz hoch. Auf diesem thronte Borstenkopf Hegarty. Sein Platz lag noch höher als die vordere überdachte Sitzbank, die von dem Gestänge und einem Kasten, in dem der Fahrer seine Beine stecken hatte, in zwei Hälften unterteilt wurde. Auf die Lenkstange war horizontal und im rechten Winkel zu ihr eine zweite, armlange Eisenstange montiert. Die beiden Enden waren mit geriffelten Griffstücken versehen. Hegarty dirigierte dieses Gefährt, das wie von Zauberhand gezogen oder geschoben über den Sand zu rollen schien, mit Hilfe dieser Lenkstange.

»Heilige Mutter Gottes, was… was ist das für ein Koloss?«, stieß Jana hervor.

»Ich… ich weiß nicht!« Tobias' Stimme klang vor Aufregung ganz belegt.

»Wo ist das Pferd?«, wollte Sadik verstört wissen. »Irgendetwas muss es doch *ziehen!*« War das, was er sah, so etwas wie eine englische Fata Morgana?

Hinter einer kleinen Wand, die sich im Rücken der hintersten, oberen Sitzbank bis gut über Kopfhöhe möglicher Fahrgäste erhob, ragte ein Rohr empor, und aus diesem Rohr stieg plötzlich eine Rauchwolke, begleitet von einem scharfen Heulton.

Tobias fiel es im selben Moment wie Schuppen von den Augen. »Eine Dampfmaschine!… Das ist eine Dampflokomotive!«, stieß er hervor, und diese Erkenntnis war so erleichternd, dass er laut auflachte. Und er hatte im ersten Moment doch wahrlich zum Degen gegriffen, als müssten sie sich eines Drachens aus Eisen erwehren!

»Aber wo sind denn hier Schienen?«, rief Jana. Sie hatte schon von diesen dampfgetriebenen Maschinen gehört, die mit einem Bauch voll feuriger Kohle und einem Kessel voll Dampf so wahnwitzig schnell wie ein Pferd im vollen Galopp über eiserne Schienenstränge dahinschossen. Aber zu Gesicht bekommen hatte sie diese Ungetüme, die vielerorts für ausgemachtes Teufelswerk gehalten wurden, noch nie. Einmal ganz abgesehen davon, dass sie nicht glauben mochte, dass man mit der Kraft von so etwas… nun ja, so etwas *Luftigem* wie Dampf irgendetwas Schweres fortbewegen konnte, das mehr wog als eine Hühnerfeder. Und nun schob sich dieser Koloss auf Eisenrädern auf sie zu!

»Ich weiß es nicht«, sagte Tobias, kaum weniger durcheinander als sie. »Aber ganz offensichtlich funktionieren diese Lokomotiven auch ohne Schienen. Ich meine, wir sehen es ja, nicht wahr? Oder hält das einer vielleicht für einen Spuk?« Und gedämpft setzte er noch hinzu: »Dann säße wohl kaum jemand wie Borstenkopf auf dem Steuersitz, meint ihr nicht auch?«

Jana konnte sich ein Grinsen nicht verkneifen. »Da ist was dran«, räumte sie ein.

Auch Sadik entspannte sich ein wenig. Dass Sihdi Burlington sich eine dieser neuartigen Dampfmaschinen zugelegt hatte, sah ihm ähnlich. Dennoch hätte es ihn auch nicht verwundert, wenn sich herausgestellt hätte, dass sich im Innern des Gefährts kein Dampfkessel, sondern ein halbes Dutzend kräftiger Männer befand, die das gold-weiße Ungetüm mit ihrer Muskelkraft vorwärts bewegten. Ja, das war etwas, was er sich ganz hervorragend vorstellen konnte. Das kam gleich hinter einer vorgespannten Karawane von Lastkamelen.

»Irgendwie habe ich mir Lokomotiven anders vorgestellt«, sagte Tobias laut.

»Das ist keine Lokomotive, sondern ein Dampfstraßenwagen!«, teilte ihnen Borstenkopf von seinem erhöhten Sitz aus mit und brachte den Wagen vor ihnen zum Stehen.

»Dampfstraßenwagen?... Sie meinen, so etwas wie eine Kutsche, die überallhin fahren kann, wohin mal will, nur eben mit Dampfkraft?«, fragte Tobias nach.

»So ist es!«, bestätigte Hegarty voller Stolz. »*Lisette* ist so schnell wie ein gutes Pferd im flotten Trab. Wenn man sie ordentlich befeuert, hält sie auch lange durch. Von London nach Birmingham und zurück – ein Kinderspiel. Und nun steigen Sie bitte auf, damit ich Sie zum Herrenhaus bringen kann.«

Tobias war begeistert, eine Fahrt mit solch einem unglaublichen Gefährt zu machen, während Jana sich schon ein wenig zögerlich gebärdete, ihm dann aber die Treppe zu den erhöhten Sitzbänken folgte und neben ihm Platz nahm. Den Käfig nahm sie auf ihren Schoß und hielt ihn so fest, als suchte sie Halt an den Bambusstangen.

Sadik warf einen skeptischen Blick zu ihnen hoch und schüttelte dann den Kopf. »Ich ziehe es vor, neben diesem ... Dampfstraßenwagen herzugehen«, sagte er, voller Misstrauen gegenüber dem seltsamen Gefährt.

»Sie werden nicht mit uns Schritt halten können!«, warnte ihn Borstenkopf.

»Das werden wir ja sehen«, meinte Sadik und murmelte geringschätzig und so leise, dass nur Jana und Tobias ihn verstehen konnten, vor sich hin: »Dieser plumpe Koloss soll sich so schnell vorwärts bewegen können wie ein gutes Pferd im schnellen Trab? Eher kann ein Kamel Seide sticken, als dass diese *Lisette* mich außer Atem bringt!«

»Fahren Sie!«, rief Tobias Borstenkopf zu. »Scheich Sadik Talib geruht, statt den weichen Polstern dieses ... Dampfstraßenwagens die Ehre zu geben, dem Sand des Weges den Vorzug zu geben. Ganz wie wir ihn kennen, unser furchtloser König der Wüste ...«

Jana kicherte unterdrückt, während Sadik ihm einen grimmigen Blick zuwarf und losmarschierte.

Lisette setzte sich in Bewegung, jedoch so behäbig, dass Sadik mit raschem Schritt schnell ein dutzend Wagenlängen Vorsprung gewann.

»Kann so ein Dampfstraßenwagen explodieren?«, fragte Jana besorgt, als Borstenkopf über ihnen irgendwelche Hebel betätigte und sie daraufhin wieder ein bedrohlich klingendes Zischen und Fauchen vernahmen.

Tobias zögerte. »Nun ja ... solche Dampfkessel stehen natürlich unter ungeheurem Druck, sonst würde es ja auch gar nicht funktionieren«, erinnerte er sich dessen, was ihm Onkel Heinrich über Dampfkraft beigebracht hatte. Doch weil er fand, dass seine Antwort kaum dazu geschaffen war, Jana Mut zu machen, fügte er hastig hinzu: »Aber ich verstehe von diesen Sachen nicht sehr viel.«

»Ich noch weniger«, raunte Jana ihm zu. »Vielleicht war es dumm, dass wir hier eingestiegen sind. Überhaupt finde ich, dieses Schneckentempo ist es wahrhaftig nicht wert, dass wir so ein Risiko auf uns nehmen – nämlich mit diesem Ungetüm jeden Moment in die Luft zu fliegen!«

»Tja, vielleicht hast du Recht«, antwortete Tobias wankelmütig, den das langsame Dahinkriechen bedenklich stimmte, da er es für ein Zeichen konstruktiver Schwächen hielt. »Aber wenn Lord Bur...« Er unterbrach sich, denn *Lisette* begann sich anzustrengen und spürbar Fahrt aufzunehmen. Und sofort fasste er neues Zutrauen. »Schau mal! Wir werden wirklich schneller!«

»Ja, das sehe ich«, sagte Jana und machte dabei ein Gesicht, das nicht gerade Verzückung über diesen Tatbestand ausdrückte.

»Und da ist Sadik!«

Der Beduine schaute sich um, sah *Lisette* im Schein ihrer vier Laternen aufholen und beschleunigte sofort sein Tempo.

Als sie ihn einholten, hatte er schon sein schnellstmögliches Schritttempo angeschlagen. Es war noch kein Laufen, als hielte er das für unter seiner Würde. Aber Gehen konnte man das auch schon nicht mehr nennen. Tobias fand, dass ihr arabischer Freund eine etwas ulkige Figur abgab.

Borstenkopf hatte den Mund nicht zu voll genommen. *Lisette* legte weiter im Tempo zu, und zwar kräftig. Und was man auf dem Rücken eines Pferdes zu Beginn der Fahrt gerade noch als eine gemächliche Gangart bezeichnet hätte, entwickelte sich rasch zu einem sehr flotten Trab. Ja, es fehlte gar nicht mehr viel zum Galopp!

Nun blieb Sadik gar nichts anderes übrig, als in den Laufschritt zu fallen und sich anzustrengen. Eine der Laternen warf ihren hellen Schein auf sein verkniffenes Gesicht. Seine Miene brachte deutlich seinen Ingrimm darüber zum Ausdruck, dass er sich tatsächlich gezwungen sah, mit diesem schweren Koloss um die Wette zu rennen.

Sadik erkannte schnell, dass er diesen Wettlauf verlieren würde. Doch jetzt einfach so aufzugeben hieße das Gesicht verlieren.

Tobias ahnte, was in Sadik vorging. »Wie weit ist es noch bis zum Herrenhaus, Mister Hegarty?«, rief er nach oben.

»Oh, noch etwa anderthalb Meilen. Aber *Lisette* bringt es auf eine Spitzengeschwindigkeit von fast achtzehn Meilen!«, lautete die stolze Antwort von Borstenkopf. »In ein paar Minuten sind wir da!«

»Achtzehn Meilen, damit kannst du bestimmt mithalten, Sadik«, rief Tobias nun seinem Freund zu, obwohl sie beide wussten, dass dem auf diese Distanz nicht so war. Doch Tobias wollte Sadik eine goldene Brücke bauen. Denn seinem arabischen Freund strömte schon der Schweiß über das Gesicht. Er lief jetzt, so schnell er konnte, und doch begann er schon zurückzufallen. »Und da du das jetzt ja bewiesen hast, wären wir dir sehr dankbar, wenn du nun zu uns aufspringen und den Rest der Strecke mit uns fahren würdest, Königliche Exzellenz. Es könnte einen schlechten Eindruck machen, wenn wir vorfahren, während du wie ein Lakai neben uns hertrabst! Das könnte ungewollt auch ein schlechtes Bild auf Mister Hegarty werfen.«

»In der Tat, in der Tat!«, pflichtete Borstenkopf ihm bei.

»Und wir wollen dem Armen doch nicht noch mehr Schwierigkeiten bereiten«, fügte Tobias nachdrücklich hinzu.

»Tobias hat Recht«, sagte nun auch Jana, die ebenso wenig wollte, dass Sadik vor Borstenkopf sein Gesicht verlor. »Fahren wir zusammen vor *Mulberry Hall* vor. Das sieht einfach besser aus, als wenn du wie ein Hund neben uns herrennst!«

»Also gut«, keuchte Sadik, den schon Seitenstiche und Atemnot plagten. »Wenn ihr darauf besteht, werde ich euch den Gefallen natürlich tun.«

»Ich halte an!«, rief Borstenkopf von oben.

»*Aiwa,* wenn dies eine schnelle Kamelstute wäre, hättest du Grund dazu, nicht aber bei diesem plumpen Ding«, murmelte Sadik, rief laut: »Nicht nötig!« zurück, packte die Griffstange und sprang geschickt aus dem Lauf auf. Er kletterte zu Jana und Tobias und hatte Mühe einen schweren Seufzer der Erleichterung zu unterdrücken, als er auf die gepolsterte Sitzbank sank.

Während Sadik den kühlenden Fahrtwind auf seinem Gesicht genoss, rief Tobias überschwänglich: »Ich kann es kaum glauben: Wir rasen mit achtzehn Meilen dahin, und vor uns rennt kein Pferdegespann, das bald ermüdet sein würde! Sondern Dampfkraft treibt dieses Gefährt an! Mit der *Lisette* könnten wir quer durch England reisen, ja, durch ganz Europa, von Paris nach Mainz zum Beispiel! Und man bräuchte nichts als Kohle! Ist das nicht phantastisch?«, fragte er begeistert über die schnelle Fahrt der *Lisette.* Die Dunkelheit, der dichte Wald zu beiden Seiten und die Sterne über ihnen trugen noch zu dem Gefühl bei, einen Traum zu erleben, der ihn weit in die Zukunft entführte, wo es keine Kutschen und keine Reisen mehr auf Pferderücken gab, sondern wo die Menschen sich in solchen und ähnlichen Dampfwagen so selbstverständlich von einem Ort zum anderen bewegten, wie das bisher nur mit Hilfe von Pferden möglich war.

»Auf jeden Fall ist es ein unvergessliches Erlebnis«, antwortete Jana so zurückhaltend wie doppeldeutig, beugte sich vor und rief: »Mister Hegarty?... Jetzt, da Sie uns bewiesen haben, wie schnell *Lisette* sein kann, können Sie ruhig wieder langsamer fahren... damit wir auch etwas von der Fahrt haben, ja?«

»Sehr wohl, Prinzessin!«

Borstenkopf ließ Dampf ab und der Wagen verlor rasch an Geschwindigkeit. Sadik atmete tief durch. Jana konnte sich seiner Dankbarkeit sicher sein.

Tobias bedauerte es eher, dass sie nun viel langsamer durch den Wald fuhren. »Vielleicht gibt es diese Dampfstraßenwagen in ein paar Jahren überall auf der Welt«, sprach er laut aus, was ihm durch den Sinn ging.

»*La!*... Niemals!«, erwiderte Sadik heftig und sein innerer Widerwillen war seiner Stimme deutlich anzumerken. »Kein Mann von Ehre vertraut sich auf Dauer solch einem lauten, rasselnden Gefährt an, das zudem noch einen Kessel mit glühenden Kohlen mit sich herumschleppt!«

»Und das auch noch jeden Augenblick explodieren kann!«, fügte Jana hinzu.

Sadik nickte ihr zu. »Du sagst es, Jana! Nichts wird jemals ein rassiges Pferd ersetzen können, ganz zu schweigen von einer edlen Kamelstute!«

Tobias verzog spöttisch das Gesicht. »Ich glaube, das hat man anfangs von den Dampfschiffen auch gesagt. Und jetzt fahren Dampfer schon über den Atlantik. Und als das Leuchtgas vor hundertfünfzig Jahren von dem deutschen Chemiker Johann Becher entdeckt wurde, glaubte damals auch keiner daran, dass einmal Wohnungen, Häuser, ja ganze Straßenzüge in großen Städten von Gaslaternen beleuchtet sein würden, wie wir es beispielsweise in Paris gesehen haben. Aber in einem hast du natürlich Recht, Sadik...«

»So?«, fragte dieser mit hochgezogenen Brauen.

»Einen echten *bàdawi* kann auch ich mir nicht auf dem Sitz eines solchen Dampfwagens vorstellen.«

»*Mazbut!*... Genau! Deine Einsicht lässt hoffen, dass dein Blick für das Wahre im Leben doch noch nicht ganz verstellt ist von deiner Begeisterung für obskure Erfindungen ohne Zukunft.«

Tobias warf ihm einen spöttischen Seitenblick zu. »Hat man so etwas nicht auch Galileo Galilei vorgeworfen, als er vor gut zweihundert Jahren die damals offenbar lächerliche Behauptung vertrat, die Erde sei eine Kugel und mit Sicherheit nicht das Zentrum des Weltalls, um das sich alles dreht, sondern nur ein Trabant von vielen, die alle um die Sonne kreisen? Dafür hat man ihn doch 1633 vor das Inquisitionsgericht zitiert und unter Folterandrohung gezwungen, diesen angeblichen Teufelslehren abzuschwören!«

»Damals ging es weniger um eine Erfindung als um ein Weltbild und eine christliche Weltanschauung«, versuchte sich Sadik herauszuwinden.

»Haben neue Entdeckungen und Erfindungen nicht immer auch eine Veränderung des Weltbildes und der jeweiligen Weltanschauung nach sich gezogen – und zwar oftmals gegen große Widerstände der herrschenden Lehre?«, hielt Tobias ihm vor.

»Aus dir spricht die gründliche Erziehung deines Onkels und Universalgelehrten, der dir wahrhaftig eine Menge beigebracht hat«, wich Sadik geschickt einer klaren Antwort aus.

»Du weißt dich deiner Haut jedenfalls ausgezeichnet zu erwehren.«

»Du auch, Sadik«, gab Tobias lachend zurück. »Die Wüste scheint demnach auch kein allzu schlechter Lehrmeister zu sein.«

»Und doch bleibt mancher so dumm, dass er den Schwanz des Esels, auf dem er sitzt, nur mit der Laterne sieht«, antwortete Sadik brummig.

»Was ist überhaupt aus diesem Galilei geworden?«, wollte Jana wissen.

»Man hat ihn, wie schon gesagt, im Namen des Christentums und angeblich zu seinem eigenen Besten in einem Kloster bei Rom dazu gezwungen, all seine wissenschaftlichen Erkenntnisse und Lehren, die nicht im Einklang mit der Auffassung der Kirche standen, zu widerrufen. Das war das bittere Ende seines über zwanzigjährigen Kampfes um die Anerkennung eines neuen, wissenschaftlichen Weltbildes, das auf den Erkenntnissen des Astronomen Nikolaus Kopernikus basierte«, berichtete Tobias. »Galilei erhielt vom *Gericht des heiligen Offiziums* auch eine entsprechende Belohnung für seinen Widerruf.«

Jana sah ihn erwartungsvoll an.

»Statt als Ketzer öffentlich hingerichtet und verbrannt zu werden, ließ man sogenannte christliche Milde walten und verurteilte ihn *nur* zu lebenslangem Hausarrest«, teilte Tobias ihr sarkastisch mit und dachte mit Bitterkeit daran, dass es seinem Onkel im Kerker von Mainz nicht viel anders erging. Auch er musste sich zähneknirschend der Macht und Willkür der Herrschenden beugen, um sein Leben zu retten und sein Werk fortführen zu können.

Sadik seufzte. »Die Verbrechen, die im Namen der Religion begangen worden sind und wohl auch in Zukunft noch geschehen werden, sind schrecklich – ob im Namen Allahs oder im Namen des Christentums«, pflichtete er ihm bei. »Doch wir dürfen es nicht der Religion anlasten, sondern der Schlechtigkeit und dem blutrünstigen Fanatismus mancher Religionsführer, die die Religion für ihre Machtinteressen missbrauchen.

Nicht erst der weise Scheich Kalim erkannte: ›Das Unglück der Menschen kommt von den Menschen.‹« Er machte eine Pause und sagte dann: »Die wahre Religion ist in ihrem Kern die Liebe, ob man nun Muslim oder Christ ist.«

Einen Augenblick herrschte nachdenkliches Schweigen, wenn man vom Zischen des Dampfes, dem gleichmäßigen Rattern der Maschine und dem Knirschen von Sand und Steinen unter den Eisenrädern absah.

Es war Borstenkopf, der das Schweigen Augenblicke später brach, als er sie auf die Maulbeerbäume hinwies, die eine lange Allee bildeten – und an deren Ende heller Lichtschein zu sehen war. Der Wald wich hinter ihnen zurück und gab weiten Wiesen und Weiden jenseits der Spalier stehenden Maulbeerbäume Raum.

Es war eine prächtige Allee, das ließ sich auch bei Dunkelheit feststellen. »Es muss eine sehr alte Allee sein«, meinte Tobias und dachte dabei an die stolzen Ulmen, die den Weg säumten, der zum Westtor von Gut *Falkenhof* bei Mainz führte.

»O nein, diese Allee ist noch jüngeren Datums«, teilte Borstenkopf ihnen mit. »Die Bäume hat erst Lord Jonathan Burlington anlässlich der Krönung von Königin Anne gepflanzt.«

»Und wann war das?«, fragte Jana.

»Erst im Jahre des Herrn 1702.«

Jana verzog das Gesicht. »So, *erst* 1702! Dann ist diese Allee natürlich wirklich gerade mal dem Sprösslingsalter entwachsen«, meinte sie spöttisch und verdrehte die Augen, während sie zu Tobias und Sadik blickte.

Sadik lächelte. Hegartys Auffassung von Zeit lag ihm sehr nahe. Was waren schon ein paar Jahrhunderte in der Geschichte der Menschheit? Nicht mehr als ein Sandkorn in der Wüste.

Tobias sah Licht durch die Bäume schimmern und beugte sich erwartungsvoll vor. »Da ist es!«, rief er aufgeregt.

Vor ihnen lag *Mulberry Hall.*

Lord Burlington

Der Familiensitz von Lord Burlington erstrahlte im hellen Schein von mehr als zwei Dutzend Laternen. Ihre Leuchtkraft verriet, dass es sich dabei um Gaslampen handelte. Sie schienen zwischen kugelrund geschnittenen, hüfthohen Buchsbäumen vor der Längsfront des lang gestreckten Gebäudes wie eine Lichtergarde Wache zu stehen.

Das Herrenhaus erhob sich auf einer leichten Anhöhe und erschien dadurch noch größer und imposanter, als es schon in Wirklichkeit war. Es hatte hohe, spitze Fenster und alle anderen Merkmale spätgotischer Baukunst auf englischem Boden sowie die Ausmaße eines königlichen Palastes. Wer immer von Rupert Burlingtons Vorfahren dieses Gebäude hatte errichten lassen, von mangelndem Selbstdarstellungsgefühl war er gewiss ebenso wenig gequält worden wie von Geldsorgen. Das Gebäude machte den Eindruck, als hätte es so viele Zimmer wie das Jahr Tage. Der Stein, aus dem der fürstliche Landsitz dreieinhalb Stockwerke hoch errichtet worden war, leuchtete in einem warmen sandgelben Ton. Zumindest traf das auf die wenigen freien Flächen zu, wo die jahrhundertealte Fassade noch nicht unter dem dichten Geflecht von grünem Efeu und anderen wild wuchernden Ranken verborgen lag.

»Das ist ja…« Jana fehlten die Worte. Mit offenem Mund bestaunte sie *Mulberry Hall*.

Auch Tobias hatte noch kein herrschaftliches Anwesen zu Gesicht bekommen, das diesem hier gleichgekommen wäre. Und dazu dieser Luxus von Gaslampen! Er war schlichtweg sprachlos.

Nicht jedoch Sadik, der sein nicht minder großes Staunen in die Worte kleidete: »Eine Dattel für jedes Zimmer – und eine Händlerseele könnte in Cairo ein blühendes Geschäft eröffnen!«

»Und da wohnt Lord Burlington ganz allein?«, wunderte sich Jana.

»Allein bestimmt nicht«, meinte Tobias und sagte scherzhaft: »Von der Heerschar normalen Dienstpersonals einmal ganz abgesehen, die man für so ein Herrenhaus braucht, hat er bestimmt noch ein dutzend Führer eingestellt, die sich jeweils in einem Teil seines Palastes auskennen und ihn davor bewahren, dass er sich verirrt und auf ewig verschollen bleibt.«

Die Allee der Maulbeerbäume mündete in einen Vorplatz, der von wunderschönen Blumenrabatten und gepflegten Rasenflächen beherrscht wurde. Hegarty lenkte den Dampfstraßenwagen die halbkreisförmige Auffahrt hinauf, die mit der Abfahrt zurück zur Allee einen perfekten Kreis um Blumen und Rasen bildete.

Auf halber Höhe der Freitreppe, die zum Portal von *Mulberry Hall* hochführte, wartete schon eine stattliche, aufrechte Gestalt. Sie trug einen schwarzen Anzug, eine weiße Hemdbrust und eine passende Halsbinde.

Tobias beugte sich etwas zu Sadik hinüber. »Ist das Rupert Burlington?«, fragte er leise.

Dieser schüttelte den Kopf. »*La,* nein. Sihdi Burlington ist das sicherlich nicht. Dafür hält sich der Mann viel zu stocksteif. Das muss sein Butler sein.«

Und so war es auch. Als Borstenkopf den Dampfkraftwagen vor der Freitreppe zum Stehen brachte, rief er zu dem Mann hinüber: »Die Gäste für Seine Lordschaft, Mister Talbot!«

»Fast hätte ich es mir gedacht, Mister Hegarty«, lautete die leicht sarkastische Antwort des Butlers, ohne dass dieser sich jedoch von der Stelle rührte.

Jana und Tobias kletterten mit gemischten Gefühlen vom Wagen. Parcival Talbot machte nicht gerade einen herzlichen, einladenden Eindruck. Auch Sadik nahm sein Bündel, drückte Hegarty eine Münze in die Hand und stieg aus. *Lisette* dampfte zum Torhaus zurück.

Parcival, ein Mann in den Fünfzigern, musterte sie von seiner erhöhten Position aus mit ausdrucksloser Miene. Doch Tobias hatte das Gefühl, als wäre Parcival Talbot alles andere als erfreut über ihr unangemeldetes Erscheinen.

»Der steht da wie aus Stein gehauen«, raunte Jana, die sich unter dem Blick des Butlers auch nicht wohl fühlte.

»Die Prinzessin von Alouette nimmt der Stockfisch mir garantiert nicht ab!« Und von dem Moment an hatte Parcival Talbot bei ihnen seinen Spitznamen weg: Stockfisch.

Sadik wollte ihn gerade ansprechen, als jemand aus dem Portal kam und die Freitreppe zu ihnen hinuntereilte. »Das ist er!«, rief er leise und fast ein wenig erleichtert.

Jana und Tobias waren von Lord Burlingtons Erscheinung ebenso überrascht wie von *Mulberry Hall.* Er sah aus wie sein eigener Hilfsgärtner: ein großer hagerer Mann, der sich nach vorn gebeugt hielt, als hätte er sich den Rücken im Freien krumm geschuftet. Sein Haar hatte die Farbe von rot-brauner Wolle und war so wenig gekämmt wie das Fell eines Hochlandschafes nach einer stürmischen Nacht im Freien. Er hatte tiefe Ratsecken im Haar, einen buschigen Schnurrbart und eine daumenlange Narbe über dem linken Wangenknochen, die zweifellos von einer scharfen Klinge herrührte.

Was seine Kleidung betraf, so erinnerte auch sie auf den ersten Blick an die einer Hilfskraft, die in den Garten- und Parkanlagen von *Mulberry Hall* erfahrenen Gärtnern zur Hand ging. Ausgebeulte Cordhosen von beiger Farbe steckten in verschlissenen braunen Halbstiefeln mit Krempe. Über einem einfachen, weißen Leinenhemd trug er eine ärmellose Strickweste, die ihm viel zu groß war und schlabberig an ihm herabhing. Ihre Farbe war ein undefinierbares Gemisch aus braunen und grau-blauen Tönen und sie sah so aus, als wäre sie das bedauernswerte Ergebnis eines erstmaligen Umgangs mit Stricknadeln. Der einzige Hinweis darauf, dass dieser Mann wohl doch kein Hilfsgärtner war, bestand in dem goldgefassten Monokel, das er mit hochgeschobenem Wangenmuskel vor seinem rechten Auge eingeklemmt hielt. Durch die kleine Goldöse der Einfassung lief ein dünnes, geflochtenes Band, das er um den Hals trug.

»Scheich Sadik Talib! Welch reizender Einfall, sich vom Wüstenwind einmal nach *Mulberry Hall* wehen zu lassen. Sie treffen gerade noch rechtzeitig zum Abendessen ein. Ich habe Willard schon angewiesen, den Tisch heute für vier Personen zu decken. Es gibt Geflügel und frisches Gemüse, ganz wie Sie es lieben«, begrüßte Rupert Burlington ihn in einem beiläufigen Tonfall, als hätten sie sich erst noch vor wenigen Tagen bei irgendeinem anderen gesellschaftlichen Ereignis getroffen. Doch seine Augen strahlten vor sichtlicher Freude.

»Wer seinen Fuß vor die eigene Hütte setzt, lernt auch über die eigene Türschwelle hinaus zu denken. Und niemand ist so weise, als dass er nicht noch etwas dazulernen könnte, wenn er sein Zelt in fremden Oasen aufschlägt«, erwiderte Sadik mit einer äußeren Zurückhaltung, die ebenso groß war wie seine innere Wiedersehensfreude, und dann setzte er vergnügt und mit freundschaftlichem Spott hinzu: »Und diese Oase ist wirklich auch die längste Reise wert, *Lord* Burlington!«

Dieser lächelte. »Zu viel der Ehre, mein Bester! Entschieden zu viel der Ehre. Zudem gebührt sie nicht mir, sondern, wenn überhaupt, meinen Vorfahren, die ihren ganz eigenen Hang zur Gigantomanie pflegten.« Er wandte sich nun Jana zu und ergriff ihre Hand. »Prinzessin Jana von Alouette, nehme ich an? Es ist mir ein Vergnügen, Ihre Bekanntschaft zu machen. Seien Sie auf *Mulberry Hall* herzlichst willkommen!«

Jana hatte nicht ein Wort verstanden. Sie lächelte unsicher, blickte hilfesuchend zu Tobias, der ja auf Grund seiner Begabung und Ausbildung Rupert Burlingtons Muttersprache genauso gut beherrschte wie die von Jean Roland und Sadik Talib, und fragte: »Was hat er gesagt? Ich habe ihn nicht verstanden.«

»Verzeihen Sie meine Gedankenlosigkeit«, sagte der Lord in einem fast akzentfreien Deutsch, bevor Tobias ihr antworten konnte, und wiederholte seinen Willkommensgruß noch einmal.

»Danke… Eure Lordschaft«, sagte Jana etwas verlegen. »Aber ich bin keine Prinzessin. Das hat Tobias nur schnell erfunden, als uns Borsten… als uns Mister Hegarty nicht glauben wollte, dass Sadik Sie kennt … und dass Sie ihn und Tobias bestimmt gern auf *Mulberry Hall* begrüßen würden.«

»Und Sie, Miss Jana«, versicherte er schmunzelnd und blickte Tobias an. »Schau an, das geht also auf Ihr Konto, junger Mann? Sie sind Ihrem Vater nicht nur wie aus dem Gesicht geschnitten, sondern scheinen auch über seine besondere Geistesgegenwart in kritischen Situationen zu verfügen. Kein Wunder, dass Ihr Vater so stolz auf Sie ist. Seien Sie mir von Herzen willkommen, Tobias.«

Das Lob ließ Tobias ein wenig erröten. »Danke, Eure Lordschaft«, sagte er und tauschte einen Händedruck mit ihm, der zu seiner Verwunderung sehr kräftig ausfiel. Aber dass Rupert Burlington kein Weichling war, wusste er schon von Sadiks Erzählungen.

»Ich schlage vor, wir lassen Seine Lordschaft wie auch die Prinzessin, die Exzellenz und den Scheich hier draußen zurück und nutzen die Zeit, die für solche Titel gemeinhin verschwendet wird, für sinnvollere Konversationen. Dein Vater und Sadik nennen mich Rupert, und ich denke, darauf sollten auch wir uns einigen«, bot er ihm freundlich an und nickte dabei auch Jana zu. »Es soll uns dabei nicht stören, dass ich es Sadik nicht habe abgewöhnen können, auch auf das Sihdi zu verzichten.«

»Sie sind sehr großzügig«, sagte Tobias und hätte ihn nun am liebsten sofort nach dem Gebetsteppich und dem dazugehörigen Rätsel gefragt. Doch er wollte nicht so unfein sein und gleich mit der Tür ins Haus fallen. Sadik hätte ihm eine solch grobe Verletzung der Gastfreundschaft sehr übel genommen. In diesen Dingen kannte sein beduinischer Freund keine Nachsicht. Deshalb beherrschte er seine Neugierde. Und nach allem, was hinter ihnen lag, kam es auf ein paar Minuten mehr oder weniger wirklich nicht mehr an.

Wie der Teppich wohl aussehen mochte? Und würden sie das dritte Wattendorfsche Gedichträtsel rasch lösen können?

»Großzügig?« Rupert Burlington schmunzelte. »Nein, nur gelegentlich sehr sonderbar und von eher exzentrischer Verschrobenheit, die einem anderen gesellschaftlich das Genick brechen würde, während man sie einem reichen Lord aber großmütig verzeiht. Ausgenommen wohl Parcival, der mich zweifellos für unzumutbar abstrus hält, um eine seiner besonders geschätzten Bezeichnungen zu verwenden.«

Der Butler, der sich bisher weder gerührt noch einen Ton von sich gegeben hatte, hüstelte leicht und sehr gekünstelt.

»Eine Mutmaßung, die, mit Verlaub gesagt, jeglicher Wirklichkeitsnähe entbehrt und die in der Tat die Bezeichnung abstrus verdient, Mylord!«, wies er die Behauptung seines Herrn kühl zurück.

»Gewiss, gewiss, und nun sorgen Sie dafür, dass Gregory das Gepäck unserer Gäste ins Haus bringt und dass Marigold die Zimmer richtet!«, trug Burlington ihm auf.

»Das *Gepäck?*«, wiederholte der Butler scheinbar verblüfft. Dabei gelang ihm das grandiose Kunststück, seine Geringschätzung zum Ausdruck zu bringen, obwohl seine Miene unverändert ausdruckslos blieb und auch seiner Stimme vordergründig nichts anzumerken war.

»Ah, Sie meinen die *Bündel.* Sehr wohl, Mylord.« Es folgte eine knappe, herrische Bewegung, auf die hin plötzlich ein junger Bursche wie aus dem Nichts auftauchte.

Sie überließen ihm ihr zugegebenermaßen armseliges Gepäck, doch den Bambuskäfig mit Unsinn gab Jana nicht aus der Hand.

»Ist der Affe für Ihre Trophäensammlung bestimmt, Mylord?«, erkundigte sich der Butler mit vorgetäuschter Ahnungslosigkeit. »Möchten Mylord, dass ich Mister Prickwither schon eine Nachricht zukommen lasse, dass Sie wieder seiner Kunst bedürfen, Kadavern den Anschein von Leben einzuhauchen?«

Rupert Burlington verzog in einem Ausdruck peinlicher Berührtheit die Mundwinkel nach unten, während er gleichzeitig die Augenbrauen hob. Dadurch verlor das Monokel seinen Halt und fiel herab. Das kunstvoll geflochtene Band fing das goldgefasste Brillenglas über der Brust auf.

»Nein, Parcival. Doch ich wäre Ihnen dankbar, wenn Sie in Zukunft derart taktlose Bemerkungen unterlassen würden«, sagte er mit müdem Tadel, als wüsste er, wie wenig Sinn solche Ermahnungen hatten.

Parcival beschränkte sich auf eine Neigung des Kopfes, die alles und nichts bedeuten konnte.

»Was hat er damit gemeint? Wer ist dieser Mister Prickwither?«, erkundigte sich Jana irritiert und warf Stockfisch einen misstrauischen Blick zu.

Rupert Burlington räusperte sich. »Nun ja ... Er ist ein ... ein sehr fähiger Tierpräparator.«

Jetzt begriff Jana die Anspielung. Sie warf Stockfisch einen erzürnten, bitterbösen Blick zu. Er prallte jedoch von ihm ab wie ein Ball von einer Wand aus Granit. Von diesem Moment an verabscheute sie den Butler.

»Wäre er Araber, könnte ich ihn begreifen«, bemerkte Sadik nicht ohne Belustigung über die hintersinnigen Spitzen des Butlers, die verrieten, dass er wohl kaum um seine Stellung bangte. Deshalb sagte er auch: »Er scheint mir übrigens eine ganz eigene Art entwickelt zu haben, seinem Herrn als Butler zu dienen.«

Rupert Burlington seufzte scheinbar geplagt auf. »In der Tat, Sadik! Seine ganz eigene Art hat er fürwahr entwickelt. Doch ich muss ihm zugute halten, dass sie vermutlich aus einer großen inneren Verzweiflung geboren wurde.«

Jana, Sadik und Tobias sahen ihn gleichermaßen verständnislos wie fragend an.

Rupert Burlington zuckte mit den Achseln. »Der Gute hält mich schlichtweg für eine Schande meines *und* seines Standes!«

»Und warum geht er dann nicht einfach?«, wollte Jana voller Groll wissen.

»Der Butler eines Lords geht nicht so einfach, meine Liebe. Zudem war er schon der Butler meines Vaters, der jedoch seinen Ansprüchen an eine Herrschaft bis ins Letzte gerecht wurde, wie ich einräumen muss. Deshalb ist seine Verbitterung natürlich umso größer. Ich glaube, Parcival hätte mir schon längst seine verzweifelt treuen Dienste aufgekündigt, wenn er bloß jemanden wüsste, dem er diese Stelle auf *Mulberry Hall* zumuten könnte. Aber so sehr ist er offenbar keinem feindlich gesonnen, als dass er ihm die Arbeit bei mir schmackhaft machen und es noch mit seinem Gewissen vereinbaren könnte. Ein Mord würde ihm gewiss leichter fallen, als jemanden in die Stellung als Butler von Lord Burlington zu locken«, spottete er, während sie die Treppe hochgingen und ohne dass er dabei seine Stimme senkte. Stockfisch konnte somit jedes seiner Worte verstehen.

»Und warum kündigen *Sie* ihm nicht?«, ließ Jana nicht locker, die an Rupert Burlingtons Stelle kurzen Prozess mit diesem Stockfisch von einem Butler gemacht hätte.

Rupert zeigte ein verdutztes Gesicht, als wäre ihm der Gedanke, Parcival zu kündigen, bisher überhaupt noch nicht gekommen.

»Kündigen? Ich bitte Sie! Das ist England, meine junge Dame. Und nicht einmal ein Lord kann in diesem Land alles tun, was ihm gefällt!«, erklärte er, und wenn er sich damit einen Scherz erlaubte, war er ein ausgezeichneter Schauspieler. Denn nichts wies darauf hin, dass er sich über die Situation lustig machte. »Zudem vereinigt Parcival in sich die beiden besten Eigenschaften von uns Engländern: Er hält auch auf verlorenem Posten bis zum bitteren Ende aus und serviert den Nachmittagstee seit Jahrzehnten pünktlich auf den Gongschlag genau und in stets gleich bleibender Qualität. Was darf ein Lord mehr erwarten?«

Tobias und Jana tauschten einen halb belustigten, halb verwirrten Blick. War das noch humorvoll gemeint oder schon wieder Ernst? Oder umgekehrt?

»Wie hat Ihnen denn die Fahrt mit der *Lisette* gefallen, Sadik?«, wollte Rupert wissen, während er sie in die riesige Eingangshalle führte. Sie war mit kostbaren Möbeln und Teppichen eingerichtet. An den Wänden hingen überlebensgroße Porträts von Männern und Frauen, die mit zumeist strenger Miene auf den Betrachter herabschauten. Es war die Ahnengalerie der Burlingtons.

»Ich hätte den Ritt auf einem störrischen Esel vorgezogen«,

gab der Beduine unumwunden zu. Es ging weiter durch Zimmerfluchten, deren Einrichtung von unaufdringlichem Luxus geprägt war.

»Ich nicht!«, rief Tobias sofort. »Ich fand es ganz phantastisch. Hat man diesen Dampfstraßenwagen extra für Sie gebaut?«

»Nein, er gehörte zu einer Reihe von Dampfstraßenwagen, die Mister Church schon vor fünfzehn Jahren auf der Linie London–Birmingham eingesetzt hat«, erklärte Rupert Burlington. »Er hat die Technik von Richard Trevithick weiterentwickelt, der schon 1801 ein erstes Straßenfahrzeug mit einer Hochdruckdampfmaschine als Antrieb gebaut hat. Sein Droschkenunternehmen hätte in London ein großes Geschäft werden können.«

»Und warum ist daraus nichts geworden?«, fragte Tobias, den die auserlesenen Möbelstücke und die Gobelins an den Wänden weit weniger interessierten als Rupert Burlingtons Dampfstraßenwagen.

»Weil der Verkehr in London so chaotisch und der Zustand der Straßen dermaßen miserabel ist, dass die Dampfwagen, obwohl sie ja bestens funktionieren, kaum das Tempo eines Fußgängers erreicht haben«, erklärte Rupert Burlington. »Bedauerlicherweise.«

»Ein Hammelkopf ist eben immer noch besser als ein Sack voller Heuschrecken, die zu nichts nutze sind«, merkte Sadik an.

Rupert Burlington blieb stehen und klemmte sich das Monokel vors Auge, als müsste er Sadiks geringschätziger Bemerkung scharfen Blickes entgegentreten. »Aber ihnen gehört ganz zweifellos die Zukunft, Sadik!«

»Das sagten die römischen Herrscher auch von sich und ihrem Reich, als sie Ägypten eroberten«, sagte Sadik bärbeißig und nicht einmal bereit, sich solch eine Zukunft auch nur *vorzustellen.*

»Eines Tages werden Pferdekarren und Droschken von den Straßen verschwunden sein«, fuhr Rupert Burlington jedoch ruhig und unbeirrt fort, als hätte er Übung im Umgang mit Menschen, deren Blick eher in die ›gute, alte Zeit‹ der Vergangenheit als in die Zukunft gerichtet war, »weil Pferdekraft mit diesen neuen Maschinen über kurz oder lang einfach nicht mehr konkurrieren kann.«

»Das habe ich ihm auch schon prophezeit«, warf Tobias eifrig ein und freute sich, dass der Engländer mit ihm übereinstimmte. »Aber er hat mich nur ausgelacht.«

»Zu Unrecht«, meinte Rupert. »Völlig zu Unrecht. Vieles kann man aufhalten, nicht jedoch den Fortschritt von Technik und Wissenschaft. Dabei sei dahingestellt, ob das Verantwortungsbewusstsein und das Moralempfinden der Menschen sich auch mit dem Fortschritt entsprechend weiterentwickeln. Jede Erfindung ist immer nur so gut wie der, der sie anwendet.«

»Wenn Allah wollte, dass es Brot regnen soll, hätte er den Himmel mit Teig bewölkt«, spottete Sadik. »In meiner Heimat würde man zu so einer nutzlosen Erfindung sagen: ›Die Berge hatten Geburtswehen und gebaren eine Maus.‹«

Rupert beließ es dabei. Er winkte einen unscheinbaren Diener heran und trug ihm auf, den Gästen zu zeigen, wo sie sich vor dem Essen die Hände waschen und etwas frisch machen konnten.

»So hatte ich mir Rupert Burlington wirklich nicht vorgestellt«, gestand Tobias, als er sich im geräumigen Waschkabinett die Hände abtrocknete.

»Ich auch nicht«, pflichtete Jana ihm bei. »Er ist ein sonderbarer Mensch. Allein das mit seinem Butler!« Sie schüttelte den Kopf.

Tobias lachte. »Ja, verrückt. Und ich weiß nie, wann er etwas ernst meint und wann er einen Scherz macht. Einen wie ihn habe ich noch nie kennen gelernt. Doch ich mag ihn.«

»Ja, man muss ihn einfach mögen«, gab Jana zu und füllte Unsinns Schale mit frischem Wasser. »Aber ein verrückter Kerl ist er schon. Allein wie er gekleidet ist. Dabei ist er doch ein Lord und wohnt in so einem Palast, der bestimmt mehr Räume hat, als ich zählen kann.«

Sadik nickte mit einem versonnenen Lächeln. »Dass er kein armer Mann und ein reiselustiger Sonderling mit einem aufrechten Charakter ist, wusste ich. Doch dass so die andere Seite seiner Welt aussieht, ahnte ich noch nicht einmal. Denn darüber verlor er nie auch nur ein Wort, was ihn angesichts von *Mulberry Hall* und seiner gesellschaftlichen Stellung noch höher in meiner Achtung steigen lässt. Nun ja: Nur der Neunmalkluge kehrt leer vom Markt zurück.«

»Gebe es Allah, dass er auch so klug war, Wattendorfs Brief und den Gebetsteppich gut zu verwahren!«, hoffte Tobias inständig. »Wir haben eine Menge auf uns genommen, um nach *Mulberry Hall* zu gelangen!«

Zwischen Dschungel und Prärie

Wenig später führte sie der Diener in einen Raum, den er das ›kleine Esszimmer‹ nannte. Tobias hielt das für die Untertreibung des Tages, die auch dem Lord oder seinem eigenwilligen Butler gut zu Gesicht gestanden hätte. Denn das ›kleine Esszimmer‹ entsprach doch von der Größe her dem ehemaligen Ballsaal auf Gut *Falkenhof,* den Onkel Heinrich für räumlich besonders aufwendige Experimente benutzt hatte. Ein sternenübersäter Nachthimmel war auf die hohe, gewölbte Decke gemalt worden und vermittelte den Eindruck, als blicke man direkt in die endlose Tiefe des Kosmos. Und obwohl in der Mitte des Saals mit dem Planetenhimmel nur ein runder Tisch stand, der gerade einem Dutzend Personen Platz bot und der jetzt festlich gedeckt war, hatte man nicht das Gefühl des Verlorenseins und der Ungemütlichkeit.

Das lag zweifellos an der ungewöhnlichen Einrichtung, besser gesagt an der *Ausstaffierung* des großen Raumes. Sie spiegelte gewissermaßen Rupert Burlingtons Lebensstil genauso beispielhaft wider, wie die Ahnengalerie und die davor liegenden Räume einen Hinweis auf das Leben gaben, das sein Vater und dessen Vorfahren geführt hatten.

Zweifellos weniger verrückt. Jagdtrophäen hatten viele von ihnen in diversen Räumen an die Wände hängen lassen. Doch es wäre ihnen nie in den Sinn gekommen, im hinteren Teil eines ballsaalgroßen Esszimmers Erde aufzuschütten, ein paar schwere Felsbrocken und mannshohe Dornensträucher ins Haus zu holen und dann auch noch fünf mächtige, ausgestopfte Bisonbüffel in dieser Kulisse aufzustellen. Die zotteligen, buckeligen Tiere sahen erschreckend lebensecht aus und machten mit ihren gesenkten Köpfen den Eindruck, als donnerten sie im vollen Galopp über die amerikanische Prärie, die auf die dahinter liegende Rückwand mit beeindruckend plastischer Tiefe gemalt war. Links davon standen vor dem Hintergrund eines Birkenwaldes und in der Ferne aufragender Berge fünf Indianertipis. Zwei angepflockte Pferde grasten zwischen den Zelten, an denen Lanzen und andere Waffen lehnten. Acht Indianer in voller Kriegsbemalung saßen um ein Lagerfeuer. Einer von ihnen hielt ein Messer in der Hand. Ein anderer hatte ein Gewehr quer über seinem Schoß liegen.

Sie sahen so natürlich aus, dass Tobias, Jana und Sadik im ersten Moment voller Erschrecken glaubten, dass auch sie zu Lord Burlingtons ›Jagdtrophäen‹ gehörten, die sich wie die Pferde und Büffel Mister Prickwithers kunstvoller Behandlung hatten unterziehen müssen.

Rupert Burlington sah ihre bestürzten Gesichter und sagte belustigt: »Mit Ihrer Erlaubnis werde ich Ihr Kompliment, als das ich Ihren bestürzten Gesichtsausdruck ja wohl werten darf, an Mister Screwbury weitergeben. Er ist der Schöpfer dieser trefflich lebensechten Puppen und Masken.«

Im Esszimmer war jedoch nicht allein der Westen Amerikas vertreten, sondern auch ein Stück Tropenwelt. Denn die ganze rechte Seite schien vom Dschungel eines Regenwaldes überwuchert zu sein. Eine Riesenschlange kroch gerade über einen umgestürzten morschen Stamm, während hier und da fast nackte Eingeborene mit Blasrohren zwischen dem Dickicht aus Lianen, Bäumen und Farnen hervorlugten, als wollten sie den Tischgästen jeden Augenblick ihre Giftpfeile in den Nacken blasen. Bunte Aras saßen in den Bäumen.

Rupert Burlington freute sich wie ein Kind über die Fassungslosigkeit seiner Gäste. »Ich habe eine Schwäche für Reisen in ferne Länder und umgebe mich danach gern mit ein paar Erinnerungsstücken. Ich nenne dies meine ›Reisebilder‹. Sie machen meine Berichte ein wenig anschaulicher, wie ich finde.«

Jana holte tief Atem. »So kann man es natürlich auch ausdrücken«, murmelte sie, noch ganz benommen von der Skurrilität und den täuschend lebensechten ›Reisebildern‹ dieses spleenigen Lords.

Sadik war ganz blass geworden. Jetzt fasste er sich wieder. »Gibt es auch von der Nilquellen-Expedition ein solches Reisebild?«, fragte er.

Rupert Burlington nickte und seine Miene drückte Stolz aus. »Gewiss, es gehört zu meinen gelungensten, wie ich finde. Sie werden es morgen Nachmittag zur Teestunde zu sehen bekommen. Das Wüstenbild hat im kleinen Teesalon seinen bestmöglichen Platz gefunden, und ich hoffe, Sie werden darin mit mir übereinstimmen. Doch wenn ich Sie jetzt zu Tisch bitten darf?«

»Er *ist* verrückt!«, raunte Jana Tobias zu.

»Unsinn! Er hat einfach nur das Geld, um sich solche kostspieligen Marotten leisten zu können.«

»Präriebüffel, Indianer und Kopfjäger aus dem Dschungel im Esszimmer! Das ist schon ein bisschen mehr als nur eine Marotte!«, wandte sie ein.

Rupert Burlington sah Tobias mit einem fröhlichen Lächeln an. »Oh, hätten Sie vielleicht die Freundlichkeit, Miss Laura zu bitten, uns mit ein wenig Klaviermusik zu erfreuen?«, forderte er ihn auf.

»Miss Laura? Wen meinen Sie?«, fragte Tobias verwirrt.

»Die junge Dame hinter Ihnen.«

Tobias drehte sich um und erschrak. Dort in der Ecke, wo der Dschungel in eine Fläche scheinbar moosigen Waldbodens überging, saß neben der Flügeltür eine bezaubernde junge Frau mit blonden Korkenzieherlocken und in einem rüschenverzierten Kleid aus rauchblauer Seide an einem Klavier. Sie zeigte ihnen ihr reizendes Profil. Und als hätte sie Rupert Burlington gehört, begann sie zu spielen.

»Ah, ein Stück von Mozart. Sehr schön, Miss Laura«, lobte Rupert Burlington, doch in seiner Stimme lag ein vergnügt spöttischer Tonfall, der Tobias stutzig machte.

Zögernd trat er näher zu dieser Miss Laura ans Klavier. »Ist… ist sie echt? Oder ist sie auch eine von Mister Screwburys Schöpfungen?«, fragte er. Er hielt es nicht für ausgeschlossen, dass Rupert sich den Spaß mit ihnen erlaubte, unter all die Puppen nun auch jemanden aus Fleisch und Blut zu mischen, um sie völlig zu verunsichern. Und da ihr Klavierspiel wirklich fehlerlos war…

»Miss Laura ist ein Androide«, erklärte Rupert Burlington lachend, und dabei ließ er wieder das Monokel fallen, was seinen Worten einen zusätzlich dramatischen Effekt gab.

»Ein Andro-was?«, fragte Jana.

»*Androide.* Das Wort kommt aus dem Griechischen und bezeichnet mechanische Automaten in Tier- oder Menschengestalt. Auch dieses Wort *Automat* entstammt der Sprache der Hellenen und bedeutet ›Selbstbeweger‹«, erklärte er bereitwillig, während Miss Laura ungerührt ihr Klavierspiel fortsetzte.

»Dieser weibliche Androide hat den Vorzug, drei Schöpfer nennen zu können, nämlich einmal Mister Screwbury, der für das Äußere verantwortlich zeichnet, sowie die beiden Schweizer Mechaniker Henri-Louis Jaquet-Droz und seinen Vater Pierre Jaquet-Droz, die das geniale feinmechanische Innenleben von Miss Laura mit all seinen Federuhrwerken entwickelt haben.«

»Wie ein Geist«, murmelte Jana und verschränkte die Arme vor der Brust, als würde sie frösteln. »Diese… Androiden oder Automaten sind mir unheimlich.«

»Aber, meine Liebe! Solche Automaten gab es schon im Altertum! Sie sind nichts weiter als hochkomplizierte technische

Gebilde, mit denen geniale Mechaniker menschliche Bewegungsabläufe imitieren – zu unserem Vergnügen oder sogar zu unserem praktischen Nutzen«, versuchte Rupert Burlington sie zu beruhigen. »Heron von Alexandrien beschrieb schon im 1. Jahrhundert nach Christi den Bau von Automatentheatern! Und derartige Automaten sind am Straßburger Münster 1352 und an der Frauenkirche in Nürnberg ein paar Jahre später angebracht worden, wenn auch in ihrer Ausführung um einiges primitiver als das, was in Miss Laura steckt. Ich liebe solche Erfindungen, weisen sie uns doch auf unterhaltsame und zugleich doch lehrreiche Weise den Weg in die Zukunft.«

»In der solch ein Androide nicht nur Klavier spielen kann, sondern vielleicht sogar einen Dampfstraßenwagen durch London fährt, ja?«, fragte Sadik mit spöttischem Unglauben.

»Warum nicht?«, fragte Rupert zurück und machte eine einladende Geste in Richtung gedeckter Tafel. »Ich sage immer, dass die Möglichkeiten des technischen Fortschritts erst da aufhören, wo die Phantasie des Menschen endet. Und bisher hat sich diese immer wieder als überraschend und meines Erachtens nach auch als grenzenlos erwiesen.«

»Aiwa«, murmelte Sadik mit einem spöttischen Zug um die Mundwinkel. »Zumindest *Mulberry Hall* und sein Besitzer sprechen für diese gewagte These.«

Als sie sich gesetzt hatten, sagte Rupert Burlington: »Ich habe mit meinem Verwalter Hegarty, dessen Frau Deborah gewöhnlich die Aufgaben der Torhüterin von *Mulberry Hall* wahrnimmt, vorhin per Brieftaube Nachrichten ausgetauscht …«

»Ja, Sie haben Königin Elizabeth geschickt«, erinnerte sich Jana. »Daraufhin ist er sehr freundlich geworden.«

Rupert nickte. »Richtig, und wenn ich Hegarty hätte mitteilen wollen, dass ich nicht zu sprechen sei, hätte ich Cromwell zurückgeschickt. Othello wiederum hätte ihm verraten, dass er der gewissen Person, die er mir gemeldet hatte, ein für alle Mal das Tor weisen solle. Ähnliche Nachrichten personifizieren auch die Brieftauben namens Brutus und Nero. Aber das ist letztlich doch eine sehr primitive Art der Kommunikation, die nur grobe Nachrichten erlaubt. Deshalb bin ich schon seit Jahren auf der Suche nach einem neuen System, das mich in die Lage versetzt, mich über die zweieinhalb Meilen hinweg rasch und eindeutig mit meinem Personal am Tor in Verbindung zu setzen...«

»Warum versuchen Sie es nicht mit optischen Signalanlagen?«, schlug Tobias vor, der von ihrem vielseitigen Gastgeber fasziniert war. Hatte sich sein Onkel mehr für die wissenschaftliche Theorie interessiert, so war Rupert Burlington offensichtlich ganz versessen darauf, sich dieser neuen Ideen und Erfindungen im alltäglichen Leben zu bedienen und praktischen Nutzen aus ihnen zu ziehen. »Es gibt doch inzwischen überall optische Telegrafenlinien, die über Land führen. In Frankreich hat man doch schon 1798 bei der ersten Überlandlinie zwischen Paris und Straßburg 29 Städte über 534 Signalstationen miteinander verbunden, und auch in Deutschland gibt es diese Telegrafenlinien, so etwa zwischen Berlin und Frankfurt.«

»Wie auch bei uns, Tobias. Dover–Portmouth hieß die erste englische Verbindung, die 1796 in Betrieb ging, also gut zwei Jahre *vor* der der Franzosen!«, betonte Rupert Burlington nachdrücklich. »Aber Alphabet und Handhabung des optischen Telegrafensystems sind viel zu kompliziert, was den täglichen Gebrauch angeht. Sender und Empfänger müssen erst die Signalsprache lernen. Nein, der Aufwand stände in keinem vernünftigen Verhältnis zum Nutzen.«

Sadik, der wenig Interesse an technischen Diskussionen besaß und sich deshalb lieber mit wortlosem Genuss der köstlichen Geflügelsuppe gewidmet hatte, hob nun kurz den Kopf vom Teller. Er warf einen verwunderten Blick zu den Büffeln und Indianern hinüber, als fragte er sich, wo denn da der Nutzen verborgen lag, der den gewaltigen Aufwand rechtfertigte. Er wollte etwas sagen, unterdrückte diese Regung jedoch eingedenk der arabischen Weisheit: »Eine Wunde, von Worten geschlagen, ist schlimmer als eine Wunde, die das Schwert schlägt.« Und so wandte er sich kommentarlos wieder der Suppe zu.

»Zudem bräuchte ich hohe Türme, um den Wald zwischen Herrenhaus und Tor zu überbrücken«, fuhr Rupert Burlington derweil fort, »und die würden mein ästhetisches Empfinden erheblich beeinträchtigen, von anderen Schwächen dieser Form der Nachrichtenübermittlung einmal ganz abgesehen.«

»Dann werden Sie wohl bei Brutus und Nero und Königin Elizabeth bleiben müssen«, meinte Jana.

»O nein!«, widersprach der fortschrittsbegeisterte Lord. »Ich habe mit einigen Wissenschaftlern Kontakt aufgenommen, die sich mit der Entwicklung eines elektrischen Telegrafen beschäftigen, und unterstütze ihre Forschung finanziell.«

»Elektrisch?«, fragte Jana, die sich darunter nicht das Geringste vorstellen konnte.

»Ja, es handelt sich dabei um eine Fortentwicklung des elektrischen Telegrafen, mit dem der Münchner Thomas von Sömmering auf der Arbeit des Spaniers Francisco Salva aufgebaut und schon vor gut zwanzig Jahren eine Strecke von über zwei Meilen überbrückt hat«, erklärte Rupert Burlington angeregt und gab Willard das Zeichen, die Suppenteller abzuräumen und den nächsten Gang zu servieren. »Das gelang ihm mit Hilfe von stärkeren Batterien, als Salva sie 1804 bei seinem Versuch in Barcelona eingesetzt hatte. Aber Sömmerings Telegraf hatte viele schwache Stellen, und er brauchte für jeden Buchstaben eine eigene Leitung, was zu 35 Drähten führte. Zudem war das Verfahren zur Erkennung der Zeichen noch zu kompliziert und zu langwierig. Mittlerweile hat man auf diesem Gebiet jedoch große Fortschritte erzielt, und ich hege die feste Überzeugung, dass dem elektrischen Telegrafen, der von Wind und Wetter sowie Tages- und Nachtzeiten unabhängig ist, die Zukunft gehört. Und dann werde ich nicht nur Hegarty oder seiner Frau am Tor eine Nachricht zukommen lassen, sondern irgendwann einmal auch deinem Onkel auf *Falkenhof* oder Hagedorn in Cairo – und zwar ganz bequem von meinem Arbeitszimmer aus.«

Sadik seufzte schwer, als hätte er nun genug Märchen zu hören bekommen, die den Titel *Lord Burlingtons Tausendundeine-Technik-Nachtgeschichten* haben konnten.

Rupert Burlington fixierte ihn durch sein Monokel, jedoch ohne Groll, waren ihm Skepsis und Gelächter, die er mit derartigen Reden immer wieder bei seinen Zuhörern hervorrief, doch nur zu vertraut.

»Es mag uns heute so phantastisch wie ein Märchen aus einem technischen Schlaraffenland vorkommen«, räumte er ein. »Aber derjenige, der in der Steinzeit das Rad erfand, hatte anfangs bestimmt auch gegen das Unverständnis seines Clans zu kämpfen, der den Nutzen dieses komischen runden Dinges nicht begriff.«

Sadik zuckte mit den Achseln. »Nicht von jedem Minarett wird Weisheit gepredigt.«

»Und der Müßige weilt allein im Mondschein!«, hielt Rupert Burlington ihm schlagfertig entgegen. »Der technische Fortschritt der Menschheit beruht nicht auf Skepsis und Untätigkeit, sondern auf Tatkraft und Visionen. Gewiss, viele enden in Sackgassen. Aber wenn von tausend scheinbar lächerlichen Ideen uns auch nur eine einzige in unserer Entwicklung weiterbringt, so haben auch die neunhundertneunundneunzig ihren Sinn gehabt und ihren Beitrag dazu geleistet. Der Mensch lernt nicht zuletzt durch seine Irrtümer, mein lieber Sadik. Um noch einmal auf das Rad zurückzukommen: Wer von den Menschen, die vor vielen tausend Jahren den ersten Radkarren gebaut haben, hat sich schon vorstellen können, dass das Prinzip des Rades eines Tages in vielfältiger Weise unser Leben und unseren Fortschritt bestimmen würde? Angefangen von Knopf und Flaschenzug, über das Uhrwerk und die Kutsche bis hin zu den Dampfmaschinen und Lokomotiven und Dampfern. Natürlich niemand! Von dem ersten Rad bis zu den Federuhrwerken in Miss Laura da drüben war es eben ein langer Weg, der mit unzähligen Visionen wie Irrungen gepflastert war. Doch auch die längste Reise…«

»…beginnt mit dem ersten Schritt«, beendete Sadik die alte

Weisheit und fügte einlenkend hinzu: »Schon gut, Sihdi Rupert. Mag sein, dass ein *bàdawi* für solch eine Diskussion nicht gerade der beste Gesprächspartner ist. Zudem liegen ein paar anstrengende Tage hinter uns, die mein Interesse an Telegrafen und derartigen Erfindungen in sehr bescheidenen Grenzen halten.«

Tobias war versucht zu sagen, dass ihnen eine solche Erfindung gerade in den letzten Tagen, ja Monaten von allergrößtem Nutzen gewesen wäre – wenn sie doch nur schon so weit fortgeschritten wäre, wie ihr Gastgeber es für die Zukunft voraussah. Dann hätten sie Jean Roland und Rupert Burlington schon von Mainz aus vor Zeppenfeld warnen und auf einige Risiken verzichten können. Aber leider gehörte das nun wirklich ins Reich phantastischer Träume.

»Mein bester Sadik, verzeihen Sie, dass ich mich in meiner Begeisterung habe dazu hinreißen lassen, Sie mit meinen Grillen und Zukunftsvisionen zu langweilen«, entschuldigte sich Rupert Burlington. Er sagte es jedoch ohne Betroffenheit, sondern mit fröhlicher Beiläufigkeit. Denn er war längst zu der Überzeugung gelangt, dass es eigentlich keinen großen Unterschied machte, wie man sein Leben einrichtete, solange man seinen Mitmenschen nicht übel gesonnen war. Und wenn man den andern nicht in seinen Freiheiten beschnitt und ihm zubilligte, was man auch für sich selbst verlangte, dann war jede Wahl, die man für sich traf, die richtige. Denn letztlich war das ganze Leben eigentlich nichts weiter als eine einzige Laune des Schöpfers, wie er fand. Eine sehr reizvolle zwar, aber letztlich doch eine unwiderruflich tödliche für den Menschen. Und da dem so war, hatte jede Lebensphilosophie, sofern sie nur friedfertigen Charakter besaß, dieselbe Existenzberechtigung.

Sadik machte eine abwehrende Handbewegung. »Unsere Welt braucht den Träumer so sehr wie den Pragmatiker«, antwortete er mit gutmütigem Spott. »Und was Letzteres betrifft, so versteht Ihr Koch sein Handwerk wirklich ganz vortrefflich.«

Ihr Gastgeber lachte. »Dennoch habe ich wohl vorerst genug geredet, und es ist nun an der Zeit, dass Sie mir erzählen, was

Sie nach *Mulberry Hall* geführt hat.« Dabei richtete er seinen Blick auch auf Tobias und Jana.

»Es ist wegen des Gebetsteppichs!«, platzte es nun aus Tobias heraus.

»Den Wattendorf Ihnen geschickt hat!«, fügte Jana sofort hinzu, als sie den verdutzten Blick von Rupert Burlington sah. »Sie haben doch von ihm aus Cairo einen Gebetsteppich und einen Brief mit einem Rätsel-Gedicht zugesandt bekommen, nicht wahr?«

»Ja, das ist richtig«, sagte der exzentrische Lord mit dem zerzausten rot-braunen Haar verwundert. »Ich habe in der Tat letztes Jahr von Eduard Wattendorf besagten Teppich und Brief erhalten, aber...«

»Und Zeppenfeld? Hat er sich bei Ihnen blicken lassen und sich danach erkundigt... oder sogar beides an sich gebracht?«, stellte Tobias sogleich die nächste bange Frage, die ihm seit Tagen keine Ruhe ließ. Sie hatten viel Zeit in Tinville verloren. Hatten sie den Wettlauf gegen Zeppenfeld und seine Komplizen gewonnen, oder kamen sie um die paar Tage zu spät, die sie in der französischen Hafenstadt festgesessen hatten?

»Zeppenfeld?... Hier auf *Mulberry Hall?*«, fragte Rupert Burlington verständnislos, als hätten sie ihn danach gefragt, ob sein Koch unter Aussatz leide. Toleranz und Gelassenheit fielen von ihm ab. Sein Gesicht nahm einen harten Ausdruck an.

»Dieses verkommene Subjekt! Er würde es nicht wagen, auch nur einen Fuß auf mein Land zu setzen! Und wenn er es in einem Anfall von geistiger Umnachtung oder kopfloser Verzweiflung dennoch versuchen würde, würde ich Brutus, Othello und Cromwell schicken – und zwar gleichzeitig! Dann wüsste Hegarty, welchen Gruß er ihm von mir auszurichten hat, nämlich den mit der Flinte, die mit grobem Schrot geladen ist! Ich verabscheue Gewalt, aber auch die ehernste Regel kennt ihre Ausnahme: Bei mir heißt diese Zeppenfeld und Wattendorf! Aber was habt ihr bloß mit diesem Lumpenpack zu schaffen?«

»Es hängt alles mit dem Teppich zusammen, den Sie bekommen haben«, antwortete Tobias. »Wattendorf hat Jean Roland einen Koran geschickt und meinem Vater einen Spazierstock mit einem Falkenkopf als Knauf...«

»Gemach, mein Junge! Gemach!«, fiel Sadik ihm ins Wort. »Willst du Sihdi Rupert eine Geschichte erzählen oder ihm ein Rätsel stellen?«

Tobias errötete unter dem Tadel, der seinem Übereifer galt. »Ich wollte ihm erzählen, was in den letzten Monaten passiert ist... und warum wir nach *Mulberry Hall* gekommen sind.«

»Dann solltest du mit dem Tag im Februar beginnen, als wir *Falkenhof* verließen, um nach Mainz zu fahren und den Ballon abzuholen«, schlug Sadik vor.

Jana lächelte, denn ihr war klar, weshalb er wünschte, dass Tobias seinen Bericht mit diesem Tag begann. Denn das war der Tag gewesen, an dem sie ihren schweren Unfall auf der verschneiten Landstraße gehabt hatte und an dem das Schicksal ihren Lebensweg mit dem von Tobias und Sadik verknüpft hatte.

»Nur zu! Auf diese Geschichte, in der Wattendorf und Zeppenfeld offenbar eine gewichtige Rolle spielen, bin ich sehr gespannt«, sagte Rupert Burlington und gab dem Diener einen Wink, sein Weinglas zu füllen.

Nicht jeder ist ein Tarafa!

Tobias begann zu erzählen, was sich in jenen Wochen auf Gut *Falkenhof* ereignet hatte. Mit zunehmender Verwunderung, aber auch mit großer Spannung hörte Rupert Burlington ihm zu, hielt sich mit Fragen und Kommentaren, die den Erzählfluss des jungen Mannes unterbrochen hätten, jedoch zurück. Immer wieder schüttelte er den Kopf, als könnte er nicht glauben, was er da hörte.

Tobias schilderte ihm ihre Flucht im Ballon und wie sie Jana wiedergefunden hatten, und als er zu ihrer abenteuerlichen

Reise nach Paris kam, übergab er Sadik und Jana das Wort. Sie berichteten Rupert Burlington, was sich dort in den Wirren der Revolution zugetragen hatte, wie sie den Koran gefunden und gleich wieder an Zeppenfeld verloren hatten. Wie es diesem gelungen war, Jana aus dem Haus von Jean Roland zu entführen, und wie sie Jana aus seiner Gewalt hatten befreien können, ohne ihm die wichtige Landkarte, die das Lösegeld für Janas Freiheit hatte sein sollen, aushändigen zu müssen.

Den letzten Teil ihrer Reise, der sie unter Lebensgefahr von Frankreichs Küste nach *Mulberry Hall* geführt hatte, fasste Sadik mit einem Dutzend Sätzen zusammen. Denn er sah Tobias und Jana ihre kaum noch zu zügelnde Ungeduld an, endlich zum Ende zu kommen und von Rupert Burlington etwas über den Verbleib des Gebetsteppichs und des dazugehörigen Gedichtes zu erfahren.

Deshalb schloss er ihren langen Bericht mit den Worten: »Es ist also der Gebetsteppich, Sihdi Rupert, der uns nach *Mulberry Hall* geführt hat und der auch Zeppenfeld mit seinen Komplizen an diesen Ort führen wird – sofern er nicht schon vor uns hier eingetroffen ist.«

»Unglaublich! Einfach unfassbar! Hätte ich diese Geschichte von einem anderen gehört, ich würde nichts davon glauben!«, murmelte Rupert Burlington fast verstört und schnippte mit den Fingern. »Was Wattendorf damals von sich gegeben hat, war also doch nicht das leere Geschwätz eines geistig Verwirrten. Dieses Verschollene Tal gibt es demnach tatsächlich. Und ausgerechnet dieser Schwächling und Aufschneider Eduard Wattendorf entdeckt es. Welch eine Ironie und Laune des Schicksals!«

Sadik nickte mit grimmiger Miene, denn er konnte gut nachempfinden, was jetzt in Rupert Burlington vor sich ging.

»Ich wollte es erst auch nicht glauben, dass ausgerechnet einem so verachtungswürdigen Mann wie Wattendorf, der seine Kameraden schändlich verraten und in den Tod geschickt hatte, dass Allah solch einer Kreatur das Glück zuteil werden ließ, eine derart bedeutende Entdeckung zu machen. Doch es hat sich nun einmal so zugetragen, daran besteht kein Zweifel.«

Rupert Burlington strich sich nachdenklich über den buschigen Schnurrbart. »Aber einen wirklich handfesten Beweis, dass das alles nicht doch eine geistige Fata Morgana von Wattendorf ist, gibt es nicht, oder?«

»Und ob es den gibt!«, rief Tobias.

»So? Und was ist das für ein Beweis?«

»Zeppenfeld ist der Beweis, dass Wattendorf sich das mit dem Tal der Königsgräber nicht einfach so aus den Fingern gesogen hat. Einen besseren Beweis kann es doch gar nicht geben!«

Sadik pflichtete ihm bei. »Sie kennen Zeppenfeld zur Genüge, Sidhi Rupert...«

»In der Tat!«

»Er ist kein Mann, der Zeit und Geld in eine vage Idee investieren würde, schon gar nicht in eine, die einem Irren im Fieber über die Lippen kommt. Er ist berechnend und skrupellos.«

»Sie vermuten also, dass Zeppenfeld mehr über dieses Verschollene Tal weiß als jeder andere von uns?«

Sadik nickte. »Das ergibt sich schon aus der Tatsache, dass er wusste, was Wattendorf zu Sihdi Siegbert nach Gut *Falkenhof,* zu Jean Roland nach Paris und zu Ihnen nach *Mulberry Hall* geschickt hat. Das kann er nur von Wattendorf selbst erfahren haben, was wiederum die Vermutung nahe legt, dass er Wattendorf noch einmal in Cairo aufgesucht haben musste – und zwar wenige Monate vor seinem Eintreffen auf Gut *Falkenhof.* Es fiel uns erst viel später auf, aber für Februar hatte er eine sehr gesunde, sogar noch ein wenig gebräunte Gesichtsfarbe. Ja, er ist vorher ganz sicher bei Wattendorf in Cairo gewesen. Anders ist sein Wissen über den Falkenstock, den Koran und den Gebetsteppich nicht zu erklären.«

»Mhm, das klingt logisch«, stimmte Rupert Burlington ihm zu. »Nur, warum sollte er Zeppenfeld in sein Geheimnis einweihen, wenn für diesen in seinem großen Rätsel kein Platz vorgesehen war?«

»Wer sagt denn, dass Wattendorf ihm aus freien Stücken davon erzählt hat?«, fragte Sadik zurück und in seiner Frage schwang ein böser Verdacht mit.

Wieder einmal machte sich das Monokel selbstständig und flog haarscharf am Weinglas vorbei, das Rupert Burlington gerade an die Lippen heben wollte. »Sie meinen, Zeppenfeld hat diese Information unter Anwendung von Gewalt von ihm erpresst?«

Sadik zuckte mit den Schultern. »Gewohnheiten ändert nur das Leichentuch und Zeppenfeld hat nie Skrupel gekannt.«

»Zuzutrauen ist es ihm allemal!«, sagte auch Jana voller Abscheu.

Rupert Burlington nahm einen Schluck, kaute nachdenklich auf dem Wein herum wie auf einer harten Nuss und sagte dann: »Gut. Einmal angenommen, er war in Cairo, hat aus irgendeinem Grund Verdacht geschöpft, dass an der Geschichte mit dem Tal der Königsgräber etwas dran ist, und Wattendorf daraufhin befragt...« Er zögerte. »Unter der Folter, sprechen wir es ruhig aus.«

Jana fuhr ein Schauer durch den Körper. Sie war sicher, dass Zeppenfeld genau das getan hatte.

Sadik nickte knapp. »So kann es gewesen sein – in etwa.«

»Aber wozu brauchte Zeppenfeld dann noch die Karte aus dem Spazierstock und die anderen Informationen, die im Koran und im Gebetsteppich versteckt sind?«, wandte Rupert Burlington ein. »Einem Mann wie Wattendorf braucht man keine großen Schmerzen zuzufügen, um ihn zum Reden zu bringen. Er ist, vielleicht müssen wir mittlerweile sagen, er *war* in jeder Hinsicht ein Schwächling. Zeppenfeld wird leichtes Spiel mit ihm gehabt haben, auch noch die kleinste Einzelheit aus ihm herauszuholen. Also, warum ist er dann nach Europa zurückgekehrt, um uns diese verrückten Dinge wie den Koran und den Gebetsteppich abzujagen, statt von Cairo aus direkt zum Verschollenen Tal aufzubrechen? Das macht doch keinen Sinn!«

Jana nagte an ihrer Unterlippe und musste ihm insgeheim Recht geben. So gesehen machte es tatsächlich keinen Sinn und ließ sogar den Verdacht zu, dass sie möglicherweise doch allesamt – Zeppenfeld eingeschlossen – einer Fata Morgana nachjagten.

Einen Augenblick herrschte Schweigen.

Dann fragte Tobias: »Wattendorf war körperlich ein Wrack, nicht wahr?«

Sadik nickte und der Lord sagte: »Odomir Hagedorn, ein guter Freund von mir, der seit Jahren in Cairo lebt, schrieb einmal, er wäre Wattendorf im Basar begegnet und hätte ihn kaum erkannt, weil er kaum mehr als ein wandelndes Skelett sei. Und das war in einer Zeit, als wir alle schon seit Monaten wieder in Europa waren. Doch erstaunlicherweise ging es ihm finanziell sehr gut...«

»Vielleicht hat Zeppenfeld ihm zu viel... zugemutet«, führte Tobias seinen Gedanken zu Ende, der Zeppenfeld des Mordes verdächtigte. »Ich meine, wenn er Wattendorf tatsächlich Gewalt angetan und ihn dabei umgebracht hat, bevor dieser ihm alles erzählen und beschreiben konnte, dann macht sein Verhalten sehr wohl Sinn.«

»Sie haben Recht, Tobias, auch wenn mir diese Vorstellung wenig gefällt«, sagte Rupert Burlington.

»*Aiwa,* so kann es gewesen sein!« Sadik warf Tobias einen anerkennenden Blick zu.

Tobias lächelte. »Können wir jetzt den Teppich und den Brief mit dem Gedicht sehen, Rupert?«

»Auf das Gedicht bin ich ganz besonders gespannt«, sagte Jana mit vor Aufregung geröteten Wangen.

Rupert Burlington hüstelte ein wenig verlegen, während er zur Serviette griff und sein Monokel putzte. »Ich bedaure, Ihnen im Augenblick mit keinem von beidem dienen zu können, meine Freunde...«

Jana, Sadik und Tobias fuhr der Schreck in die Glieder. Stand ihnen wieder so eine Suche wie in Paris nach dem Koran bevor?

»Nur *im Augenblick?*«, stieß Tobias hoffnungsvoll hervor. »Das heißt, er befindet sich zwar nicht hier auf *Mulberry Hall,* aber Sie können ihn rasch beschaffen?«

»Nun ja, so ähnlich«, sagte er und druckste etwas herum.

»Was den Gebetsteppich betrifft, so brauchen Sie sich keine Sorgen zu machen, denn der ist in der Tat rasch zu beschaffen.«

Tobias atmete erleichtert auf. »Gott sei Dank!«

»Er liegt keine zehn Meilen von hier auf *Royal Oak* im Schachzimmer von Lord Desmond Pembroke. Ich verlor ihn letztes Jahr nach der Fuchsjagd an ihn, als ich mich nach einem halben Dutzend Brandys noch zu einer Partie Schach überreden ließ. Es gehört zu unserem Spiel, dass wir stets etwas Kurioses einsetzen«, fügte er hinzu, als müsste er erklären, wieso er mit seinem Nachbarn um einen arabischen Gebetsteppich gespielt hatte. »Ich muss zugeben, dass ich froh war, diesen Teppich auf diese Weise aus dem Haus zu bekommen. Ich hatte keine Verwendung für ihn, wollte es auch nicht, eben weil es ein Geschenk von Wattendorf war. Ich empfand es sowieso schon als eine dreiste Unverschämtheit, dass er mir überhaupt geschrieben und ein Geschenk gemacht hat… ganz davon abgesehen, dass es sich dabei um einen ordinären Gebetsteppich von sehr einfacher Güte handelte, wie man ihn in den Basars von Cairo zu hunderten angeboten bekommt.«

»Tobias' Vater und Monsieur Roland haben nicht anders auf Wattendorfs Geschenke reagiert«, sagte Jana verständnisvoll.

Tobias nickte. »Ja, aber das ist jetzt nicht weiter von Bedeutung. Hauptsache, der Teppich ist in Sicherheit und Sie können ihn schnell wieder in Ihren Besitz bringen. Oder werden Sie da Schwierigkeiten mit Lord Pembroke bekommen?«

»Ganz und gar nicht!«, versicherte Rupert Burlington. »Wir sind eng befreundet. Und wenn ich Desmond die Kette mit den Krokodilzähnen zum Tausch anbiete, auf die er schon seit Jahren ganz versessen ist, wird der Teppich so schnell wieder auf *Mulberry Hall* sein, als könnte er fliegen. Wir müssen nur warten, bis er aus Irland zurück ist. Aber in spätestens zwei Wochen wird er wieder auf *Royal Oak* sein.«

Sadik runzelte die Stirn und Tobias fiel fast die Kinnlade herunter. »Lord Pembroke ist in Irland und kommt erst in *zwei Wochen* zurück?«

»So ist es«, bestätigte Rupert Burlington. »Er ist zu Gast bei

Freunden, die da drüben ein kleines Poloturnier veranstalten. Nichts Großes, denn die Stallungen des Grafen, der sich ein paar Freunde eingeladen hat, bieten gerade mal fünfzig Pferden Unterkunft und Versorgung«, sagte er leichthin. »Aber vermutlich trifft der gute Desmond schon in neun, zehn Tagen wieder auf *Royal Oak* ein. Seine Frau, Lady Bridget, wird darauf bestehen, schon wegen der Anproben bei ihrer Schneiderin. Sie wird zum Kostümfest bestimmt wieder in einer atemberaubenden Aufmachung erscheinen. Zudem kann sie Pferde nicht ausstehen und findet Polo für einen Lord viel zu vulgär ...«

»Kostümfest?«, fragte Sadik irritiert.

»Nun, ich gebe jedes Jahr in der ersten Septemberwoche ein Kostümfest auf *Mulberry Hall,* und diese Feste, für die ich einen gewissen Aufwand nicht scheue, wie ich freimütig zugebe, stehen mittlerweile in dem Ruf, zu den gesellschaftlichen Höhepunkten der Saison zu gehören. Bei solchen Festen fehlt Lady Bridget nie und zu meinen Kostümfesten lässt sie sich stets etwas Aufsehenerregendes einfallen.«

»Das heißt also, wir müssen warten, bis Lord Pembroke aus Irland zurück ist?«, vergewisserte sich Jana und aus ihrer Stimme klang unüberhörbar Enttäuschung.

»Ich bedaure, aber diese Geduld werden wir wohl alle aufbringen, Miss Jana. Denn es ist undenkbar, dass ich mich nach *Royal Oak* begebe und den Teppich ohne seine Zustimmung hole, auch wenn ich diese schon jetzt als gegeben voraussetzen kann. Es ist ein Gebot der Höflichkeit, das ich auch beim besten Willen nicht verletzen kann und will«, erklärte er. »Aber ich versichere, dass Ihnen Ihr Aufenthalt auf *Mulberry Hall* nicht langweilig wird.«

Tobias verzog das Gesicht. »So lange Zeppenfeld nicht weiß, wo er den Teppich suchen muss ...«

»Diese Gefahr sehe ich nicht«, versuchte Rupert Burlington sie zu beruhigen. »Weder hier noch auf *Royal Oak* weiß jemand etwas von einem arabischen Gebetsteppich. Ich hatte ihn damals eigenhändig in meine Satteltasche gesteckt, um ihn einem der Stallburschen zu schenken, vergaß es dann aber. Erst als ich nach der Jagd noch spät in der Nacht mit Desmond zusammensaß, uns der Brandy ausging und ich mich meines gefüllten Flakons in meiner Satteltasche erinnerte, brachte ich auch den Teppich wieder zum Vorschein. Keiner von meinen Bediensteten hat diesen Teppich je zu Gesicht bekommen oder könnte gar darüber Auskunft geben, wo er geblieben ist. Ihre Sorge ist also völlig unbegründet.«

Sadik vertraute seinem Wort. »Gut, dann haben wir ja Zeit, uns zu erholen und mit dem Gedicht zu beschäftigen, das Wattendorf Ihnen mit dem Teppich zugeschickt hat.«

Rupert Burlington seufzte. »Es fällt mir schwer, es auszusprechen, aber... Brief und Gedicht existieren nicht mehr. Sie haben den Tag ihrer Ankunft auf *Mulberry Hall* nicht überlebt, wenn ich das so sagen darf, denn ich warf beides sofort ins Feuer.«

Ein unterdrücktes Aufstöhnen ging durch den Raum.

Tobias fühlte sich plötzlich todmüde. Der Brief! Das Rätsel, das ihnen den Weg zur Lösung des Geheimnisses wies, das Wattendorf im Teppich verborgen hatte, war zu Asche verbrannt. Unwiderruflich vernichtet! Hatten sie damit einen der beiden ›Schlüssel zu den Pforten im Innern‹, wie Wattendorf sie in seinem Brief genannt hatte, verloren und somit auch den Zugang ins Tal des Falken eingebüßt?

Jana machte ein nicht weniger bitter enttäuschtes Gesicht. »O Gott!«, murmelte sie niedergeschlagen.

Sadik gab einen schweren Stoßseufzer von sich. »Dann war es Allahs Wille«, versuchte er sich zu trösten.

Rupert Burlington machte eine zerknirschte, schuldbewusste Miene. »Ja, jetzt weiß ich, welche Dummheit ich damit begangen habe. Natürlich hätte ich sein Schreiben aufbewahren und mich mit Siegbert und Jean in Verbindung setzen sollen, um zu erfahren, was sie davon hielten. Aber nicht jeder ist dazu geboren, ein Tarafa zu sein.«

Sadik nickte wissend.

Noch ehe Tobias und Jana fragen konnten, was es denn mit diesem Tarafa auf sich hatte, fuhr Rupert Burlington schon fort:

»Ich habe mich von meinen Gefühlen zu einem vorschnellen Urteil und damit zu einer ausgemachten Torheit hinreißen lassen. Aber als ich Wattendorfs Schreiben und sein scheinbar dümmliches Gedicht in den Händen hielt, überkam mich der Zorn. Erstens glaubte ich nicht an seine Geschichte von dem Verschollenen Tal, das er entdeckt haben wollte, und zweitens wollte ich mit ihm nichts zu tun haben. Deshalb war ich sogar versucht gewesen auch den Teppich zu verbrennen.«

»Seien wir dankbar, dass wenigstens das nicht geschehen ist«, tröstete sich Sadik.

»Aber Sie haben das Gedicht gelesen, nicht wahr?«, fragte Tobias, der noch nicht alle Hoffnungen, den Inhalt zu erfahren, aufgegeben hatte.

»Gewiss …«

»Es bestand aus drei Strophen?«

»Ja, richtig.«

»Und die erste lautete: ›Die Buße für die Nacht / Die Schande und Verrat gebar / Der Teppich hier darüber wacht / Was des Verräters Auge wurd gewahr‹?«

»In der Tat!«, rief Rupert Burlington verblüfft. »Woher wissen Sie das?«

»Es lag auf der Hand. Die erste Strophe des Gedichtes zum Falkenstock lautet genauso wie die zum Koran – bis auf ein einziges Wort. Das Gedicht, das mein Vater erhalten hat, hat in der ersten Strophe als dritte Zeile ›Der *Falke* hier darüber wacht‹, während es in Monsieur Rolands Gedicht an derselben Stelle ›Der Koran hier darüber wacht‹ heißt«, erklärte Tobias. »Somit brauchte man kein Hellseher zu sein, um zu wissen, dass in dem für Sie bestimmten Gedicht an derselben Stelle ›Der Teppich hier darüber wacht‹ stehen musste.«

»Das Rätsel selbst steckt stets in der zweiten und dritten Strophe«, sagte Jana. »Können Sie sich noch erinnern, wie die lauteten?«

Rupert Burlington teilte mit dem Monokel seinen Schnurrbart unter der Nase, während er sich zu erinnern versuchte. Eine geraume Weile verstrich. Dann schüttelte er den Kopf.

»Im Augenblick kann ich mich nur an Bruchstücke erinnern. Da war von Kartusche und Mäander die Rede... und von irgendetwas Heiligem... und einem See. Das ist alles, was mein Gedächtnis behalten hat. Zumindest kann ich mich im Moment an mehr nicht erinnern.«

»Kartusche, Mäander, etwas Heiliges und ein See«, wiederholte Tobias enttäuscht. »Damit werden wir leider wenig anfangen können.«

»Es tut mir Leid, aber ich habe das Gedicht nur einmal gelesen. Es klang mir sehr wirr und ohne jeden Sinn, was für das Erinnerungsvermögen natürlich wenig zuträglich ist. Ich wünschte, ich hätte ein solch phänomenales Gedächtnis wie Sie, Tobias. Siegbert hat mir davon berichtet. Aber bedauerlicherweise gehört es nicht zu meinen Stärken, etwas wortwörtlich zu behalten, was ich nur einmal kurz überflogen habe.«

»Die Erinnerung ist zeitweilig wie eine verborgene Quelle im Wüstensand. Manchmal muss man tief graben und viel Sand wegschaufeln, bis es einem plötzlich klar und frisch entgegensprudelt«, sagte Sadik. »Und jetzt, da Sie wissen, wie wichtig jede Zeile, ja sogar jedes Wort ist, an das Sie sich erinnern können, lohnt es sich, in der scheinbaren Wüste des Vergessens nach dem verborgenen Quell Ihres unterbewussten Wissens zu suchen.«

»Sie können sicher sein, dass ich genau das tun werde.«

Noch lange saßen sie am Tisch und redeten über jene unglückliche Expedition, die den wahren Charakter von Zeppenfeld und Wattendorf zum Vorschein gebracht und offenbar zur Entdeckung des Verschollenen Tals geführt hatte, von dem in so vielen Geschichten der Beduinen die Rede war.

»Heben wir uns einige Mutmaßungen und Fragen für morgen und übermorgen auf«, machte Sadik dem nächtlichen Gespräch schließlich ein Ende, als Tobias und Jana immer öfter ein Gähnen unterdrücken mussten. »Uns bleibt bis zur Rückkehr von Lord Pembroke Zeit genug, um uns über einiges Klarheit zu verschaffen, was für uns jetzt noch im Dunkeln liegt. Diese Tage der Rast und Ruhe werden uns bestimmt gut tun.«

»Wann immer Desmond zurückkommt, ich bestehe darauf, dass Sie erst nach dem Kostümfest abreisen!«, verlangte Rupert Burlington. »Ich wäre untröstlich, wenn Sie mir nicht die Ehre und Freude Ihrer Gesellschaft gäben!«

»Was ist die Mühle wert, wenn das Mühlrad fort ist? Und wer schreitet schon über eine Brücke, von der er nicht weiß, über welchen Fluss sie führen soll?«, fragte Sadik spöttisch. »Suchen *Sie* den Quell Ihres verschütteten Wissens und *wir* bleiben bis zum Kostümfest gern Ihre Gäste, Sihdi Rupert.«

»So soll es sein!«

Ein Diener brachte sie zu ihren geräumigen, luxuriös ausgestatteten Quartieren. Sadik und Tobias teilten sich ein Zimmer, das durch eine Verbindungstür mit dem von Jana verbunden war.

»Ganz wie es einer Prinzessin zusteht«, meinte Tobias mit einem zärtlichen Lächeln, als er in ihrem Zimmer das Himmelbett mit den vier geschnitzten Pfosten und dem Baldachin sah, der mit fliederfarbener Seide bespannt war. Auch die Gemälde, Teppiche, Vorhänge und Sesselbezüge in ihrem Zimmer hatten eine geschmackvolle weibliche Note. Unwillkürlich stellte er sich Jana in einem schönen Kleid vor, das ihrer Figur besser gerecht wurde als diese weiten Flickenhosen. Hübsch würde sie darin aussehen, wie eine junge Frau, die sie ja auch war...

Leichte Röte legte sich über ihre Wangen, als sie seinem Blick begegnete. »Ich brauche nicht Samt und Seide, um glücklich zu sein. Und ich schlafe auch genauso gut in der harten Koje eines Gauklerwagens«, antwortete sie und beugte sich schnell zum Affenkäfig hinunter, um Unsinn herauszulassen.

»Ja, das weiß ich«, sagte Tobias. »Aber in einem Himmelbett ist man dem Himmel viel näher, wie ja das Wort schon sagt.«

Jana gab ihm keine Antwort, sondern tat so, als gelte ihre ganze Aufmerksamkeit Unsinn.

»Von welchem Himmel sprichst du?«, fragte Sadik, der auf einmal hinter ihm in der Tür stand, mit belustigtem Unterton.

Spontan kam Tobias das Wort ›Liebe‹ in den Sinn. Und obwohl er nicht einmal seine Lippen bewegt hatte, hatte er das Gefühl, dass Sadik genau wusste, was ihm durch den Kopf gegangen war. Nun schoss ihm das Blut heiß ins Gesicht.

»Ach, es war nur ein Scherz«, wehrte er hastig ab und wechselte geschickt das Thema, indem er fragte: »Aber sag mal, was hat Lord Burlington gemeint, als er vorhin äußerte, es sei eben nicht jeder dazu geboren, ein Tarafa zu sein?«

»Ja, was ist ein Tarafa?«, schloss sich Jana seiner Frage an, blickte dabei jedoch nicht auf, und Tobias empfand eine liebevolle Dankbarkeit, dass sie das Ihre dazu beitrug, Sadik von diesem Wortspiel mit dem Himmelbett abzulenken.

Ein amüsiertes Lächeln umspielte die Mundwinkel des Beduinen, als wollte er Tobias ohne viele Worte zu verstehen geben, dass er sehr wohl wusste, wie er ihr Interesse nach Tarafa in diesem Moment einzuschätzen hatte.

»Es geht um das geschriebene Wort«, antwortete er dann, »das bei uns Arabern schon immer in höchstem Ansehen stand und überall seinen Niederschlag findet. In der 96. Sure beispielsweise steht geschrieben: ›Lies, bei deinem Herrn, dem Glorreichsten, der den Gebrauch der Feder lehrte.‹ Und in einer alten *hadith* ...«

»Sind das nicht die Aufzeichnungen von Mohammeds Zeitgenossen, die Begebenheiten um ihn und Äußerungen von ihm enthalten?«, fragte Tobias.

»*Aiwa*, und in solch einer alten *hadith* findet sich die viel sagende Eröffnung: ›Das Erste, was Gott schuf, war die Feder; und Gott sprach zur Feder: Schreibe! Und in jener Stunde eilte sie dahin und schrieb nieder, was geschehen wird.‹«

Jana hatte sich mit Unsinn, der auf ihre Schulter geklettert war, auf die Bettkante gesetzt. Sie kraulte ihm den Bauch mit den Fingerspitzen. »Das ist wirklich interessant, dass der Gott der Muslime zuerst die Feder schuf, während es in der Schöpfungsgeschichte der Christen heißt, dass er zuerst Himmel und Erde schuf und es Licht werden ließ.«

»Ich will dem Propheten ja nicht zu nahe treten, aber ohne Licht lässt sich ja auch wirklich schlecht schreiben«, warf Tobias ein wenig flapsig ein.

»Gottes Feder wird kaum darauf angewiesen sein, Tobias«, erwiderte Sadik gelassen. »Und nun zu Tarafa, nach dem ihr gefragt habt. Er war ein Beduinenpoet, des Schreibens und Lesens nicht mächtig, und lebte am Hofe des Königs der Ghassaniden, der über ein großes Reich am Euphrat herrschte. Tarafa gelangte ganz besonders wegen seiner bissigen Spottverse zu Ruhm und Ehren. Sie gefielen auch seinem König. Eines Tages jedoch machte Tarafa auch ein Spottgedicht über den Ghassanidenherrscher, was dieser nun gar nicht mehr lustig fand. Ganz im Gegenteil. Tarafas Verse erzürnten ihn dermaßen, dass er beschloss, den berühmten Dichter töten zu lassen, jedoch nicht an seinem Hofe, wo es zu viel Aufsehen erregt hätte. Der in Ungnade gefallene Beduinenpoet sollte in der fernen Provinz al-Bahrain von dem dortigen Statthalter hingerichtet werden.«

Tobias musste sofort an seinen Onkel denken.

»Der König schickte ihn mit der Lüge auf die Reise«, fuhr Sadik fort, »dass ihn in al-Bahrain große Ehrungen erwarteten. Doch der Brief, den er ihm für den Statthalter mitgab, enthielt in Wahrheit den Befehl ihn töten zu lassen. Da Tarafa ja nicht lesen konnte, wusste er nicht, dass er sein eigenes Todesurteil mit sich trug. In der Wüste begegnete er jedoch einem weisen Mann, der des Lesens kundig war und ihm verriet, welches Schicksal ihm drohte. Er riet Tarafa, den Brief des Königs zu zerreißen, in den Euphrat zu werfen und nach Norden zu fliehen, wo die Macht des Königs ihn nicht erreichen konnte.«

»Ein sehr vernünftiger Rat«, meinte Jana trocken, ahnte jedoch schon, dass dieser Beduinenpoet seine ganz eigenen Vorstellungen von Vernunft gehabt hatte.

»Nicht für Tarafa«, bestätigte Sadik ihren Verdacht. »Er wies das Ansinnen des weisen Mannes von sich und antwortete ihm: ›Lesen ist eine große Kunst wie auch das Schreiben. Nie soll ein geschriebenes Wort auf den Wogen eines Stromes hinabtreiben und auf ewig in seinen Fluten versinken. Denn eines Tages wird man auch die Lieder und Gedichte des Tarafa niederschreiben und lesen. Deshalb kann ich nicht zulassen, dass etwas Geschriebenes durch meine Schuld zerstört wird.

Lieber nehme ich den Tod auf mich, als dass ich ein geschriebenes Wort vernichte.‹ Und genau das tat er auch. Er setzte seine Reise fort, übergab dem Statthalter den Brief mit seinem Todesurteil und starb einen qualvollen Tod, denn man begrub ihn bei lebendigem Leib.«

Tobias wiegte den Kopf, als hätte er eine Menge an Tarafas Verhalten auszusetzen. »Na ja«, sagte er zögernd. »Prinzipien sind ja schön und gut, aber er hätte auch sein Leben *und* den Brief retten können.«

Sadik schmunzelte. »Es geht hier nicht um Tarafa, Tobias. Es erübrigt sich auch zu fragen, ob er überhaupt wirklich gelebt oder ob er eine andere Wahl gehabt hat. Es gibt viele derartige arabische Geschichten, die alle dieselbe Moral verkünden: Geschriebenes darf unter keinen Umständen vernichtet werden!«

»Eine Moral, die viel Toleranz voraussetzt«, meinte Jana. »Denn das geschriebene Wort entspricht ja nicht immer dem, was einem selbst als Wahrheit, als richtig und wichtig erscheint... wie das Beispiel mit dem König der Ghassaniden gezeigt hat.«

Sadik nickte. »Wer das Wort eines Andersdenkenden so fürchtet, dass er es verbrennen und seinen Autor töten lässt, ist ein Tyrann, der um seine Macht fürchtet. Manchmal kann ein Tarafa mehr ausrichten als ein waffenklirrendes Heer. Denn kein Schwert ist schärfer als das Wort.«

»Ein bisschen etwas von Tarafas Einstellung wäre bei Lord Burlington schon sehr wünschenswert gewesen«, seufzte Tobias. »Dann hätten wir den Teppich *und* das Gedicht. So jedoch werden wir vielleicht nie dahinter kommen, welches Geheimnis Wattendorf im Gebetsteppich versteckt hat.«

»Man soll ein Kamel nicht störrisch nennen, bevor man es geritten hat«, meinte Sadik. »Und wer weiß, was aus den Tiefen des Gedächtnisses noch ans Licht bewusster Erinnerung steigt.«

»Dein Wort in Allahs und des Propheten Ohr!«, sagte Tobias.

»Wer zu hoffen und zu träumen aufhört, hört auf zu leben«, erwiderte Sadik und ging ins Nebenzimmer, um seinen Gebetsteppich auszurollen und das Nachtgebet zu verrichten.

Tobias blieb derweil bei Jana. Gemeinsam spielten sie mit Unsinn, der an diesem strapaziösen und ereignisreichen Tag zu kurz gekommen war.

»Was hältst du von Rupert Burlington?«, fragte er, als sie auf *Mulberry Hall* und seinen Besitzer zu sprechen kamen.

»Ich mag ihn, aber er ist schon ganz schön verrückt, wenn ich ehrlich sein soll«, sagte sie offen.

»Sind wir das denn nicht auch?« Er sah sie mit tiefem Ernst an. »Ich meine, immerhin sind wir quer durch Europa gezogen, haben uns schon mehrfach in höchste Lebensgefahr begeben und können noch nicht einmal erahnen, was uns noch alles erwartet, hier und in der Wüste. Und dabei wissen wir so gut wie nichts über dieses legendäre Verschollene Tal, das wir zu finden wild entschlossen sind.«

»Du hast Recht, wir sind auf unsere Art nicht weniger verrückt«, gab sie zu. »Aber ich mag es so, und wenn ich mit dir und Sadik zusammen bin, erscheint es mir wie das Selbstverständlichste der Welt.«

»Ja, mir auch«, sagte er leise.

»Ist das nicht merkwürdig, Tobias?«

»Nein, Jana, es ist etwas ganz anderes…«

Sie blickten sich an.

»Auf welcher Seite möchte der junge Herr schlafen?«, drang Sadiks Stimme aus dem Nebenzimmer zu ihnen.

Tobias unterdrückte einen Seufzer. »Ganz wie du willst, Sadik. Du darfst in Richtung Mekka schlafen.«

»Ich bin gläubig, nicht fanatisch, mein Junge.«

Tobias rutschte von der Bettkante. »Also, dann bis morgen, Jana. Schlaf gut.«

Sie lächelte. »Ja, du auch.« Sie beugte sich vor und gab ihm einen flüchtigen Kuss auf die Wange.

Im Traum küsste sie ihn noch einmal, doch anders, nicht auf die Wange, sondern auf den Mund, und dabei legte sie ihm ihre Arme um den Nacken, und er spürte ihren Körper, der sich an ihn schmiegte. Dass sie dabei von stummen Indianern, halb nackten Kopfjägern mit Blasrohren und reglosen

Bisonbüffeln umgeben waren, störte weder Jana noch ihn. Der Kuss war wie ein großer Zauber, der sie unverletzlich machte.

Im Dschungel von Mulberry Hall

Gleich teergetränkten Palisaden umschlossen die Wälder das Herrenhaus von *Mulberry Hall.* Doch während die Schwärze der Nacht noch zwischen den Bäumen hing, dämmerte über ihren Spitzen schon der neue Tag herauf. Ein fast wolkenloser Himmel deutete schon zu dieser frühen Morgenstunde darauf hin, dass der Bauernkalender einen weiteren heißen Sommertag im August des Jahres 1830 verzeichnen würde.

Tobias erwachte, und obwohl er versuchte, diesen wunderschönen Traum aus dem Schlaf ins Erwachen hinüberzuretten, entglitt er ihm, je mehr er sich an die verblassenden Bilder zu klammern versuchte. Er löste sich auf wie Nebelschleier im warmen Licht der Sonne. Als er die Augen aufschlug, war der Traum entschwunden. Nur eine vage Ahnung und ein Gefühl des Bedauerns blieben zurück.

Sadik schlief noch tief und fest, wie sein gleichmäßiges Schnarchen verriet. Sollte er sich auch noch einmal auf die Seite drehen und versuchen wieder einzuschlafen?

Tobias entschied sich dagegen, denn er fühlte sich ausgeschlafen und unternehmungslustig. Er schlug die Decke zurück, schwang sich aus dem Bett und raffte seine Kleider zusammen, die über einem Stuhl lagen. Auf Zehenspitzen schlich er ins angrenzende Waschkabinett, das so komfortabel eingerichtet war wie alle anderen Räumlichkeiten ihrer Gästezimmer. Über dem langen Waschtisch mit der goldbraun gemaserten Marmorplatte, in die ein Waschbecken eingelassen war, hing ein Wasserspeicher. Er brauchte nur den Hahn zu öffnen, und kühles Wasser floss ihm entgegen.

Er schlüpfte aus seinem knöchellangen Nachthemd, wusch sich und zog sich dann leise an, um Sadik nicht zu wecken. Dann kehrte er ins Schlafgemach zurück, um seine Schuhe zu holen.

Auf Zehenspitzen ging er zu Jana hinüber. Auch sie lag noch in tiefem Schlaf. Die Flut ihrer schwarzen Haare umfloss ihr Gesicht und bot einen schönen Kontrast zur fliederfarbenen Bettwäsche. Ihre rechte Hand ruhte offen auf der Decke, die ihr gerade bis zur Schulter reichte. Unsinn hatte es sich ihr gegenüber auf dem anderen Kopfkissen bequem gemacht. Er öffnete zwar die Augen und riskierte einen schläfrigen Blick, machte jedoch keine Anstalten sich von seinem weichen Lager zu erheben.

Tobias schaute einen Augenblick auf Jana hinab, überwältigt von dem Gefühl der Zärtlichkeit, das in ihm aufwallte. Er hätte es nie für möglich gehalten, dass ein Mensch ihm so sehr ans Herz wachsen, ihm so wichtig sein würde, wie es ihm mit Jana geschehen war. Gewiss, Onkel Heinrich liebte er wie seinen leiblichen Vater, und Sadik war für ihn wie ein teurer Bruder, unzertrennlicher Freund und noch viel mehr.

Doch Jana... Jana war noch mehr als all das, ohne dass dies seine Gefühle für Onkel Heinrich und Sadik gemindert hätte. Es waren einfach Gefühle ganz anderer Art. Ganz sicher weckten sie in ihm nicht das Verlangen, das er jetzt empfand, nämlich Jana zu berühren, sie zu streicheln und in seine Arme zu nehmen.

Schon streckte er die Hand nach ihr aus, beherrschte sich jedoch im letzten Moment und zog die Hand rasch zurück. Es war nicht richtig und nicht gut, etwas zu übereilen. Schon gar nicht dies, was zwischen ihm und Jana wuchs. Ihre Situation war so schon kompliziert genug. Da war es wenig ratsam, noch eine weitere Komplikation hinzuzufügen.

Die Dielen knarrten unter seinen Füßen, als er sich aus dem Zimmer schlich, doch weder Jana noch Sadik erwachten. Behutsam schloss er die Tür. Dann fuhr er in seine Schuhe und ging im Herrenhaus auf Entdeckungsreise.

Er versuchte sich an den Weg zu erinnern, den der Diener genommen hatte, als er sie letzte Nacht vom »kleinen Esszimmer« in das Obergeschoss zu ihren Unterkünften geführt hatte. Doch er hatte sich mit Sadik und Jana unterhalten und wenig Acht gegeben, wo der Diener abgebogen und welche der vielen Gänge er mit ihnen in welche Richtung gegangen war.

Es machte Tobias jedoch nichts aus, sich wie in einem Labyrinth auf die Suche nach dem Ausgang machen zu müssen. Er hatte viel Zeit, der Morgen war noch jung und es gab in den Räumen, in die er gelangte, überall viel zu sehen und zu bestaunen. Eine gute halbe Stunde hielt er sich in der Bibliothek auf, in die ihn der Zufall führte. Sechs hohe Fenster gingen zur Allee hinaus und ließen das erste Licht in den großen, hohen Raum, dessen deckenhohe Bücherwände aus dunklem Holz mit tausenden von ledergebundenen Bänden voll gestellt waren. Fast so viel Interesse schenkte er auch der Sammlung von alten Schilden, Ritterrüstungen und den dazugehörigen Waffen, die die Wände eines Saales bedeckten, in den er kurz darauf gelangte. Und einem Stammbaum entnahm er, dass Rupert Burlington seine Ahnen bis in das fünfzehnte Jahrhundert zurückverfolgen konnte.

Tobias lachte leise auf. »So gesehen ist die Allee der Maulbeerbäume tatsächlich erst jüngeren Datums«, murmelte er in Erinnerung an Borstenkopfs scheinbar blasierte, tiefstapelnde Bemerkung, sie sei doch *erst* 1702 angelegt worden.

Jetzt, wo es heller geworden war und er spürte und hörte, dass *Mulberry Hall* zum Leben erwachte, gab er sein eigentlich zielloses Herumstreunen auf. Er fand bald den Gang, der die Längsachse des Herrenhauses bildete, und traf dann am Fuß der Treppe, die in die weitläufige Eingangshalle hinunterführte, auf Parcival Talbot.

Der Butler schien wie aus dem Nichts aufzutauchen. »Schon die Beute taxiert?«, fragte er mit scheinbar höflichem Interesse.

»Wie bitte?«, fragte Tobias entgeistert zurück.

»Derbe Jutesäcke finden sich drüben im Schuppen bei den Stallungen. Damit lässt sich eine Menge wegschaffen, zumal wenn man zu dritt ist und ein wenig Anstrengung nicht scheut«, näselte Parcival.

Tobias hatte noch nie in seinem Leben einen so dreisten, ja, unverschämten Bediensteten erlebt wie diesen Butler. Ihm fehlten fast die Worte. Parcival hielt sie offenbar für Gesindel der Straße und ließ ihnen die Verachtung zuteil werden, die er in anderer Form auch für Lord Burlington empfand. »Werden Sie nicht beleidigend, Mister Talbot!«, fuhr er ihn erbost an.

»Parcival, wenn ich bitten darf, ganz einfach Parcival. Und ich bin nur bemüht, den individuellen Ansprüchen der Gäste gerecht zu werden, ganz wie es mir Seine Lordschaft aufgetragen hat«, antwortete er mit triefendem Hohn. »Wenn ich also behilflich sein kann...«

»Ja, das können Sie!«, fiel Tobias ihm scharf ins Wort.

Der Butler hob eine Augenbraue, während er die zerschlissene Kleidung seines Gegenübers musterte. »Lassen Sie mich raten. Steht Ihnen der Sinn vielleicht nach ein wenig körperlicher Morgenertüchtigung? In dem Fall wird Ihnen Jonas, der Stallknecht, gern eine Striegelbürste überlassen oder eine Pferdebox zum Ausmisten zuweisen, falls Ihnen diese Tätigkeit mehr liegt. Oder möchten Exzellenz, dass ich Ihnen die Adresse von Hegartys Schneider nenne? Der beliefert seine Kunden von der Stange. Sie werden von der Qualität seiner derben Wolle begeistert sein. So etwas haben Sie gewiss noch nie getragen.«

Tobias unterdrückte seinen Zorn. »Parcival, Parcival«, sagte er tadelnd und schüttelte dabei mitleidig den Kopf. »Wissen Sie, was mein Freund Sadik jetzt zu Ihren ungehörigen Bemerkungen sagen würde?«

»Ich nehme an, Sie sprechen von Scheich Talib, dem König der Sandflöhe?«

»Sie haben einen interessant ausgeprägten Sinn für nicht ganz alltäglichen Humor, Parcival«, erwiderte Tobias sarkastisch. »Doch was ich sagen wollte: Sadik hätte für Sie eine passende arabische Spruchweisheit parat, etwa diese: ›Ein Dummkopf bleibt ein Dummkopf, auch wenn er seinen Schnurrbart nach hinten dreht!‹ sowie ›Das Gekläffe der Hunde macht auf die Wolken keinen Eindruck.‹ Ich denke, das trifft die Sachlage recht gut.«

Parcival hatte sich gut unter Kontrolle, vermochte eine gewisse Verblüffung jedoch nicht zu verbergen.

»Tja, Parcival«, sagte Tobias von oben herab. »Wer einen Esel treibt, bekommt auch dessen Winde zu riechen. Und nun sagen Sie mir, wo ich Lord Burlington finde!«

Der Butler zog ein Gesicht, als hätte er in eine sehr bittere Zitrone gebissen. »Zu dieser Stunde im Wintergarten.«

»Und wo befindet sich dieser Wintergarten?«

»Er zweigt vom Südtrakt ab. Wenn Sie dem Gang bis zum Ende folgen und von den Silberleuchtern im Salon zu Ihrer Rechten nicht in Versuchung geführt werden, werden Sie zwangsläufig auf ihn stoßen.«

»Verbindlichsten Dank für Ihre überaus freundlichen Auskünfte, Parcival«, bedankte sich Tobias spöttisch.

»Es war mir geradezu ein Bedürfnis, *Exzellenz!*«

»Das nehme ich Ihnen glatt ab.« Tobias strahlte ihn an. »Wenn der Schnee schmilzt, kommt der Mist zum Vorschein, heißt es, und da ist eine Menge Wahres dran. Ich denke, Ihre Jahreszeit ist zweifellos der Winter mit *viel* Schnee, nicht wahr, Parcival?« Diesmal behielt er das letzte Wort und ließ einen sprachlosen Butler stehen.

Beschwingt über den kleinen Sieg, den er im Wortgefecht mit Lord Burlingtons renitentem Butler errungen hatte, ging er den langen Gang hinunter. Der Tag hatte nicht schlecht begonnen. Jetzt war er auf den Wintergarten gespannt.

Tobias gelangte zum Ende des Ganges, wandte sich dort nach links, weil das die einzige Möglichkeit war, und kam nach ein paar Schritten zu einer Tür, die ein Messingschild mit der Inschrift *Wintergarten* trug.

Es überraschte ihn, dass er erhebliche Kraft aufwenden musste, um die Tür zu öffnen. Dann sah er, dass es sich um eine Doppeltür handelte. Ein Schwall warmer Luft schlug ihm entgegen. Er machte einen Schritt hinein in einen hellen, gläsernen Raum – und stieß einen Schrei aus. Denn er war überrascht und erschreckt zugleich. Die Tür entglitt seiner Hand und fiel hinter ihm zu.

Tobias konnte nicht glauben, was er sah.

Wintergarten hatte Parcival gesagt. Aber das war nie und nimmer ein Wintergarten. Vor seinen Augen erstreckte sich ein wahrer Dschungel!

Er brauchte einen Augenblick, um seine fassungslose Überraschung zu überwinden. Das, was er hier sah, nannte man eine Orangerie. Es war ein Gewächshaus, jedoch von unglaublicher Größe, in dem sich die pflanzliche Vielfalt tropischer Zonen in einem scheinbar wild urwüchsigen Zustand widerspiegelte.

Jenseits des kleinen verglasten Vorraumes von etwa fünf Schritten im Quadrat wuchsen exotische Blumen, Sträucher, Farne und Bäume einem Dach aus Glas entgegen, das sich in mehr als fünfzehn Metern Höhe sanft wölbte. Es wurde durch eine scheinbar filigrane Eisenkonstruktion in zahllose Glasfelder unterteilt. Ein Gewirr von Stützpfeilern sowie Quer- und Längsstreben zog sich unter dem Dach entlang. Da sie jedoch einen grünen Anstrich trugen, fielen sie nicht störend ins Auge, sondern schienen sich zwischen den Palmen und anderen hohen Gewächsen harmonisch einzufügen. Ein Teil der Eisenträger war zudem von Kletterpflanzen bedeckt, die wie grün-graue Schleier herabhingen.

Tobias öffnete nun die zweite Tür, die bis auf den Metallrahmen aus Glas bestand und in Rupert Burlingtons privaten Urwald führte. War es im Vorraum schon sehr warm gewesen, umhüllte ihn nun eine feuchte Hitze, wie sie in den Tropen herrschte.

Es gab keine breiten, geraden und kiesbestreuten Wege, die zu den bepflanzten Teilen der Orangerie hin akkurat abgegrenzt waren. Es schien eher so, als wäre dieser Dschungel zuerst hier gewesen und jemand hätte nachträglich mehr oder weniger schmale Pfade durch diese tropische Wildnis angelegt.

Tobias hatte die Wahl zwischen fünf Wegen. Je einer bog hinter der Tür nach rechts und links ab. Sie führten wohl zu den äußeren Glaswänden der Orangerie, ohne dass Tobias diese jedoch sehen konnte. Zwei weitere Wege gingen in einem spitzen Winkel von seiner Position ab und verloren sich nach ein paar Schritten im tropischen Dickicht. Ein fünfter Pfad, dem er mit seinem Blick auch nicht mehr als ein knappes dutzend Schritte zu folgen vermochte, führte geradewegs in die Mitte von Lord Burlingtons tropischem Regenwald. Zumindest nahm er das an.

Er entschied sich für diesen Weg der Mitte und ging los. Büsche mit intensiven roten, blauen und gelben Blüten, die er noch nie zuvor gesehen hatte, säumten den Pfad. Sie verströmten einen intensiven Duft. Doch schon nach zehn, zwanzig Metern tauchte er in ein Meer mannshoher Farne ein, die den sich windenden Pfad fast verschwinden ließen. Er kam an hohen, stacheligen Gewächsen vorbei. Dann stand er im Schatten hoher Bäume, von denen merkwürdige Früchte wie armdicke Leberwürste sowie ein Gewirr von Lianen herabhingen. Hier und da entdeckte er auf Ästen Orchideen. Andere schmale Wege kreuzten den seinen, und ihm wurde klar, dass dieser, dem er folgte, nicht unbedingt ins Zentrum der Orangerie führen musste.

Feine Schweißperlen bildeten sich auf seiner Stirn, und es war nicht allein die feuchte Hitze, die dem Boden zu entströmen schien, die ihm zusetzte. Er wurde sich nämlich bewusst, dass es in diesem Dschungel *Leben* gab, das nicht pflanzlicher Natur war! Denn er hörte nicht nur Vogelstimmen und Flügelschlag hoch oben im Gewirr der Verstrebungen, sondern in dem teilweise verfilzten Dickicht bewegte sich auch etwas!

Tobias ging langsam weiter, mit einem flauen Gefühl im Magen, das mit jedem Schritt stärker wurde. Was war, wenn Rupert Burlington in diesem Dschungel auch gefährliche Tiere hielt? Wozu sonst die schwere Doppeltür, die das Gewächshaus zum Herrenhaus hin sicherte? Er musste ja nicht gerade Raubkatzen halten, aber vielleicht doch Schlangen. Verrückt genug war er, daran bestand kein Zweifel. Und Parcival war auf seine Art verrückt genug, um ihn nicht davor zu warnen, falls in dieser künstlich angelegten Wildnis ganz reale Gefahren lauerten.

Das Zwielicht, das im unteren Teil des Gewächshauses noch immer herrschte, trug zusätzlich zu seiner wachsenden Verunsicherung bei. Wenn das Sonnenlicht, das sich im Glas des Daches fing und gerade die buschigen Kronen der höchsten Palmen aufleuchten ließ, doch schon bis in die unteren Regionen dringen würde, wäre alles halb so schlimm. Aber in diesem Dämmerlicht wurde ihm der Dschungel von *Mulberry Hall* mit jedem Schritt unheimlicher – und bedrohlicher.

Wieder hörte er etwas rascheln und sofort blieb er stehen. Sein Herz schlug schneller. Von oben kam die Stimme eines Vogels, die dem höhnischen Gelächter eines Menschen sehr ähnlich klang.

Tobias drehte sich langsam um, sah nichts als dichtes Grün und wünschte plötzlich, er wäre im Bett geblieben und hätte sich noch einmal auf die Seite gedreht. Was, zum Teufel, machte er allein in dieser verrückten Wildnis, von der er nicht wusste, was sie an Gefahren barg?

Mein Gott, es ist nur ein Gewächshaus, wenn auch ein riesiges!, versuchte er sich selbst zu beruhigen. *Und vermutlich ist irgendeine blöde Maus oder ein Vogel für das Rascheln verantwortlich. Also reiß dich zusammen. Das hier ist Mulberry Hall in England und nicht Amazonien in Südamerika!*

Aber viel half es nicht. Der beschleunigte Herzschlag, die leichte Gänsehaut und das üble Gefühl in der Magengegend blieben. Doch er zwang sich seinen Weg fortzusetzen.

»Lord Burlington?«, rief Tobias. »Lord Burlington?… Sind Sie da irgendwo?«

Keine Antwort.

Sollte er nicht besser wieder umkehren? Wo befand er sich jetzt überhaupt? War er bei der vorletzten Weggabelung dem rechten oder dem linken Weg gefolgt?

Tobias kam durch einen kleinen Wald aus Bambus, der weit über seinen Kopf reichte. Ein Vogel mit bunt schillerndem Gefieder, der ihm wie eine Art Kakadu vorkam, flatterte über ihn hinweg und ließ ihn zusammenzucken.

Er beschloss, diesen unheimlichen Erkundungsgang durch

Burlingtons Privatdschungel abzubrechen und ins Herrenhaus zurückzukehren. Und was den Rückweg betraf, so würde er sich an der Dachkonstruktion orientieren. Er musste sich nur unter dem höchsten Punkt des Daches halten und dann die Längsstreben als Richtungsweiser nehmen.

Jetzt, als er Dach und Eisenkonstruktion häufiger und eingehender ins Auge fasste, bemerkte er auch weitere technische Details, die sein Interesse weckten und ihn von seinem Gefühl der Beklemmung ablenkten. Er entdeckte Ventilatoren mit großen Rotoren unter der Decke, verbunden mit Wellen- und Riementransmissionen, sowie Seilzüge, die zu beweglichen Glaselementen im Dach und zu langen Rollen mit aufgewickeltem weißem Segeltuch führten. Tobias konnte sich denken, wozu sie dienten: Mit Hilfe der Lüftungsklappen und der ausziehbaren Planen, die in Schienen unter dem Dach entlanggeführt und so zu Schatten spendenden Sonnenblenden wurden, regulierte Burlington die Temperatur, sollte sich das Gewächshaus unter der Sommersonne zu sehr aufheizen. Doch wie sorgte er in den langen, eisigen Wintermonaten bloß für die tropische Hitze, die diese Gewächse ganzjährig benötigten, um zu gedeihen? Ein paar Kohleöfen aufzustellen würde dazu kaum ausreichen...

Tobias schob Farne zur Seite, die ihm den Blick und den Weg versperrten – und stieß in der nächsten Sekunde vor Erschrecken und Entsetzen einen gellenden Schrei aus.

Wie jäh aus dem Boden gewachsen stand vor ihm ein schwarzer Riese. Er war bis auf eine kurze Hose nackt. Seine Haut glänzte wie eingeöltes Ebenholz. Vor seiner muskulösen Brust hing ein Amulett. Sie zeigte die hässliche Fratze eines heidnisches Gottes. Und in der Hand hielt der Mann eine Machete, lang wie ein Ruder, wie ihm schien. Die breite Klinge wies braune Flecken auf – wie getrocknetes Blut!

Zeppenfeld!... Es ist ihm gelungen, einen seiner gedungenen Männer nach Mulberry Hall einzuschmuggeln!, schoss es ihm mit panischem Erschrecken durch den Kopf, als der schwarze Riese ein tiefes Lachen von sich gab, das wie das Rumpeln von

Felsbrocken in einem Steinbruch klang, und dann mit seiner mächtigen Pranke nach ihm griff.

Tobias schlug die Hand zur Seite und ergriff die Flucht. Wenn er doch nur seinen Degen umgeschnallt hätte! Dann hätte er eine Chance gegen diesen schwarzen Koloss mit seiner Machete!

Der Schwarze rief ihm etwas in einer Sprache zu, die er nicht verstand. Doch er hörte nicht, sondern rannte, so schnell er konnte. Farne peitschten durch sein Gesicht. Vor ihm tauchte eine Weggabelung auf. Er lief nach links und verließ dann den Weg. Die einzige Möglichkeit, seinem Verfolger zu entkommen, bestand darin, sich irgendwo im dichten Gestrüpp zu verstecken und dann langsam wegzuschleichen, wenn der schwarze Riese seine Spur verloren hatte.

Er sprang zwischen zwei herrlich duftende Büsche und lief in geduckter Haltung weiter. Doch er vermochte den Schwarzen nicht abzuschütteln. Er war schnell, holte auf – und bekam ihn zu fassen.

Noch einmal riss Tobias sich los. Dabei stolperte er, verlor das Gleichgewicht und stürzte zu Boden. Etwas traf ihn an die Stirn. Der Schmerz schien ihn zu blenden und gleichzeitig jeglicher Kraft zu berauben.

»Nein!«, schrie es in ihm verzweifelt. Er durfte Zeppenfeld nicht in die Hände fallen. Dann war alles verloren. Er musste wieder auf die Beine kommen! Er musste! Jana, der Gebetsteppich, das Verschollene Tal…

Tobias kämpfte gegen die aufsteigende Dunkelheit an. Doch vergeblich. Es war nur ein Kampf von ein, zwei Sekunden. Dann sackte er bewusstlos auf der feuchten, moosigen Erde in sich zusammen.

Von Mungo, Chang und einem Chamäleon

Das Erste, was Tobias sah, als er aus der Bewusstlosigkeit erwachte und die Augen aufschlug, war das höhnische Grinsen der Götzenmaske. Sie pendelte vor seinem Gesicht, als wollte man ihn mit diesem Amulett hypnotisieren.

Im nächsten Moment glitt etwas Breites, Glänzendes durch sein Blickfeld und er spürte kalten Stahl auf seiner Haut. Es war die Machete.

In der Annahme, der Riese wollte kurzen Prozess mit ihm machen, schrie Tobias auf. Er wollte sich aufbäumen, doch eine Hand, in der die Kraft eines Zugochsen zu stecken schien, hielt ihn zurück. Gleichzeitig presste sich der Stahl der Machete auf seine rechte Stirnseite.

»Gott sei Dank, dass Sie so schnell wieder zu sich gekommen sind, Tobias!«, drang die vertraute Stimme von Rupert Burlington an sein Ohr. »Als Mungo zu mir geeilt kam, mit Ihnen auf den Armen, ist mir der Schreck ganz schön in die Glieder gefahren.«

»Wie... wie lange war ich bewusstlos?«

»Nur ein paar Minuten. Wir haben Sie gerade erst hier hingelegt. Aber bleiben Sie noch einen Augenblick still liegen, damit Mungo Ihnen die Machetenklinge auf die Stirn pressen kann. Dann bildet sich nachher nicht so eine dicke Beule. Sie werden sehen, es hilft wirklich.«

Einen Moment lang verstand Tobias gar nichts mehr. »Mungo?... Wer ist Mungo?«, fragte er verstört und sah über sich eine Decke aus armdicken Bambushölzern.

»Das ist der schwarze Teufel, vor dem Sie die Flucht ergriffen haben, als wäre der Leibhaftige hinter Ihnen her«, antwortete Rupert Burlington amüsiert. »Dabei sind das einzig Furchteinflößende an meinem begnadeten Gärtner Mungo seine schaurigen Geschichten über die Magie des Wodu-Zaubers, an den er tatsächlich noch immer glaubt, obwohl er doch schon zehn

Jahre auf *Mulberry Hall* ist und längst gelernt haben müsste, dass in England bestenfalls noch Butler wie der unübertreffliche Parcival die Kunst der bösen Magie beherrschen.«

Der Druck der Klinge auf Tobias' Stirn ließ nach und Mungo trat zurück. Sein rundes, breitflächiges Gesicht mit der ausgeprägten Nase und den vollen Lippen verzog sich zu einem breiten Lächeln. Dabei leuchteten zwei Reihen makelloser Zähne wie mit Kreide geweißelt.

»Tut mir Leid, wenn ich Sie in Angst und Schrecken versetzt habe, Massa Heller«, sagte Mungo in einem merkwürdig klingenden Englisch. Er sprach wie in einem gedehnten Singsang.

»Ein schwarzer Gärtner!«, stöhnte Tobias auf. »Und ich dachte, es wäre einer von Zeppenfelds Männern! Was für eine Blamage!« Wenn Sadik und Jana davon erfuhren... Nein, er wollte lieber nicht daran denken.

»Es ist meine Schuld«, beruhigte ihn Rupert Burlington. »Ich hätte Sie schon gestern auf Mungos und Changs Existenz hinweisen sollen, dann wären Sie auf die Begegnung vorbereitet gewesen.«

»Chang? Wer ist Chang?«

»Ein Chinese aus Kanton und zudem der beste Maschinist und technische Tüftler, den ich je gesehen habe – und ich habe eine Menge kennen gelernt, das können Sie mir glauben. Aber Chang werden Sie kaum zu Gesicht bekommen. Er liebt seine Maschinen und sein unterirdisches Reich so sehr, dass er kaum mal aus den Gewölben von *Mulberry Hall* ans Tageslicht kommt. Na ja, immer noch besser, als in einer Opiumhöhle langsam vor die Hunde zu gehen.«

»Mungo und Chang... Und ich dachte schon, ein Butler von der Sorte eines Parcival Talbot wäre genug«, murmelte Tobias, während er sich noch etwas benommen, in mehrfacher Hinsicht, aufrichtete und umsah.

»Manche Reisen zeitigen recht nachhaltige Wirkungen, die weit über leblose Erinnerungsstücke hinausgehen«, sagte Rupert Burlington mit dem ihm eigenen trockenen Humor. »Mungo und Chang gehören bei mir zu den nachhaltigsten.«

Verwirrt stellte Tobias fest, dass er auf einer segeltuchbespannten Pritsche lag. Sie stand in einem großen, achteckigen Raum, zu dessen Einrichtung noch mehrere gepolsterte Korbsessel, ein Tisch und drei niedrige Schränke gehörten. Boden, Wände und Decke bestanden aus Bambushölzern. In jede der acht Wände war ein großes Fenster eingelassen. Sie waren jedoch nicht verglast, und in welcher Richtung man auch aus dem Raum blickte, stets schaute man auf Palmen, Farne und andere tropische Gewächse. Sie umschlossen das Gebäude in einer Entfernung von etwa zehn, zwölf Metern auf allen Seiten, als stände es im Dschungel auf einer kleinen Lichtung. In der Mitte des Raumes, dessen Durchmesser gut sieben Meter betrug, führte eine Treppe um einen breiten, rechteckigen und bambusverkleideten Schacht in ein Obergeschoss.

»Was ist das?«, fragte er.

»Das hier?« Rupert Burlington, der in einem der bequemen Korbsessel mit hohem Rücken saß und so gekleidet war, als befände er sich auf einer Expedition durch den Urwald Brasiliens, nahm sein Monokel vom Auge und machte eine lässige Geste. »Oh, das ist mein kleiner Pavillon, in den ich mich gern zurückziehe, um über dieses und jenes nachzudenken.«

»Natürlich! Ihr *kleiner* Pavillon in Ihrem *kleinen* Wintergarten«, meinte Tobias sarkastisch. »Mein Gott, diese Orangerie muss mindestens so groß sein wie das Herrenhaus!«

Der Lord lächelte verhalten. »Dieser Eindruck täuscht, Tobias. Das Gewächshaus hat nur die Maße von fünfhundert Fuß Länge und zweihundertfünfzig Fuß Breite. Und seine Höhe beträgt weniger als sechzig Fuß. Damit erreicht das Dach der Orangerie noch nicht einmal die dritte Geschosshöhe von *Mulberry Hall.*«

»Sie reicht *nicht einmal* bis zur dritten Geschosshöhe? Was Sie nicht sagen, Rupert. Das zeugt wirklich von einem schlichten Anspruch und bescheidenen Ausmaß«, spottete Tobias.

Der Lord neigte leicht den Kopf, als stimme er ihm zu. »Es heißt, dies läge den Burlingtons schon seit Jahrhunderten im Blut«, antwortete er todernst, doch seine Augen lächelten.

»Mein Ururgroßvater Jonathan Trevor Burlington, der aus purer Langeweile *Mulberry Hall* bauen ließ, nannte diesen Landsitz bis an sein Lebensende stets nur sein ›kleines Sommer-Cottage‹. Und niemand hörte seinen Sohn Charles Wilbert auch nur einmal die Bezeichnung ›Burlington-Flotte‹ aussprechen, obwohl er über eine solche herrschte. Wenn er von seinen vierzehn Schiffen sprach, in der Mehrzahl stolze Dreimaster und auf allen sieben Meeren mit großem Gewinn unterwegs, dann waren das seine ›Boote, die hier und da ein wenig Handel trieben‹. So gesehen liegt die Bezeichnung ›Wintergarten‹ doch bruchlos in der burlingtonschen Tradition, würden Sie mir da nicht zustimmen?«

Tobias seufzte, als würde er resignieren.

»Ich glaube, diese vollendete Kunst der Untertreibung, die Sie an den Tag legen, kann man nicht lernen. Damit muss man geboren sein.« Er schüttelte den Kopf und bereute es schon im nächsten Moment, denn das dumpfe Hämmern hinter seiner Stirn wurde augenblicklich zu einem schmerzhaften Stechen.

Rupert Burlington lachte. »Ich gebe zu, es ist eine sehr stattliche Orangerie, die nicht allein in dieser Grafschaft ihresgleichen sucht. Nur: Wenn man im Alter von vierzehn Jahren mit einem kleinen Gewächshaus beginnt, das nicht größer war als dieser Raum, und über einen Zeitraum von mehr als zweieinhalb Jahrzehnten dieses immer wieder vergrößert, dann erscheint einem eine Grundfläche von fünfhundert mal zweihundertfünfzig Fuß gar nicht mehr als so riesig, ist man doch mit ihr gewachsen. Aber was rede ich da! Sie sehen immer noch ein wenig benommen aus.«

»Es geht schon wieder«, wehrte Tobias ab.

»Nein, nein, Sie brauchen etwas, das Sie wieder richtig zu sich kommen lässt. Mungo wird Ihnen einen Fruchtsaft mit ein paar Gewürzen mischen, der Sie im Nu wieder auf die Beine bringt. Er hat bei mir schon gegen so manchen ausgewachsenen Kater wahre Wunder gewirkt«, versicherte Rupert Burlington und wandte sich dem Schwarzen zu. »Mach dich an die Arbeit und misch unserem Freund rasch deinen exotischen Trank!«

»Yes, Sir Massa Lord.«

Rupert Burlington verdrehte die Augen und gab dabei das Monokel frei. »Zehn Jahre predige ich ihm schon, dass *Sir Massa Lord* in keiner Hinsicht eine akzeptable Anrede ist, sondern im besten Fall ein übler sprachlicher Fehlgriff wie… wie ein weißer Schimmel mit hellem Fell oder wie ein schwarzes Stück Kohle mit dunkler Oberfläche!«, beklagte er sich mit einiger Theatralik. Sie ließ in Tobias den Verdacht aufkommen, dass der schnauzbärtige Lord nicht nur ein Könner der Untertreibung war, sondern gelegentlich auch am anderen Extrem Vergnügen fand. Einmal mehr stellte er fest, dass es schwierig war, bei ihm zwischen hintersinnigem Spaß und spöttisch vorgebrachtem Ernst zu unterscheiden.

»Entweder Sir, Massa oder Lord!«, fuhr Rupert Burlington indessen fort. »Ich habe ihm Parcivals demütigendes Mylord, ja aus reiner Verzweiflung sogar den sprachlichen Bastard Massa Rupert angeboten, was wahrhaftig schon grässlich genug klingt. Aber der Tropf lässt sich nicht davon abbringen, seinen Mississippi-Sir und Plantagen-Massa mit dem Surrey-Lord zu vermengen. Ein Sprachgefühl, das sogar einem schottischen Schauermann in den Docks von London die Tränen in die Augen treiben würde! Aber abgesehen von dieser geistigen Verwirrung ist Mungo ganz brauchbar. Er bringt alles zum Blühen und Gedeihen, was Wurzeln hat. Und wenn Parcival ein vertrockneter Giftkaktus wäre, so würde er auch ihm noch ein paar ansehnliche Blüten entlocken. Mungo war wirklich seinen Einsatz wert. Und in Anbetracht der Tatsache, dass ich ihn mit dem miesesten Pokerblatt meines Lebens gewonnen habe, habe ich auch guten Grund, mit ihm zufrieden zu sein. Ist es nicht so?«

Mungo zögerte einen Moment, als könnte er Rupert Burlingtons Geschichte nur schwerlich nachvollziehen und als wollte er Widerspruch einlegen. Dann aber grinste er. »Yes, Sir Massa Lord«, sagte er offensichtlich unbelehrbar und eilte davon.

»Sie haben… Mungo am Spieltisch gewonnen?«, fragte Tobias ungläubig und erhob sich von der Pritsche.

»In der Tat«, sagte Rupert Burlington. »Es war an Bord des

Raddampfers *Queen Of The West*, der über eines der prächtigsten Spielcasinos verfügte, die damals auf dem Mississippi schwammen, und das waren nicht wenige. Wir dampften flussaufwärts, wollten von New Orleans nach St. Louis. Der Captain der *Queen Of The West* lieferte sich mit dem Kollegen des Wells-Fargo-Raddampfers *Comet* ein Wettrennen. Doch es wurde rasch langweilig, als die Entscheidung auf sich warten ließ und beide Dampfer Stunde um Stunde auf einer Höhe blieben. Ich habe mich mit ein paar Gentlemen in den Spielsalon begeben und in jener Nacht Mungo gewonnen, der seinen Herrn begleitete, den halb garen Sohn eines Baumwollpflanzers aus Baton Rouge. Er verlor alles, was er an Bargeld und Wertsachen an Bord hatte. Ich nahm ihm zum Schluss Mungo ab. Mit einem herrlichen Bluff. Denn statt eines königlichen Blattes, das er wohl bei mir vermutete, hielt ich nichts als taube Nüsse in der Hand, hatte noch nicht einmal ein Pärchen aufzuweisen.« Er lachte kurz auf. »Glück im Spiel ist eben in erster Linie eine Sache der Nervenkraft und der Frage, ob man sich das *Verlieren* erlauben kann. Ist Letzteres nicht der Fall, sollte man sich erst gar nicht an einen Spieltisch setzen.«

Tobias erhob sich von der Pritsche. Wenn er den Kopf nicht allzu ruckartig bewegte, blieb es bei dem dumpfen Pochen, das zu ertragen war. »Und wer hat das Wettrennen gewonnen?«

»Die *Queen Of The West*. Die *Comet* ist drei Stunden vor der Morgendämmerung ausgeschieden, als sie schon fast eine Länge Vorsprung herausgeschunden hatte.«

Tobias runzelte die Stirn. »Ausgeschieden? Wie meinen Sie das?«

»Nun, wenn sie die Erwartungen von Mannschaft und Passagieren wohl auch sehr enttäuschte, so hat sie doch immerhin ihrem Namen alle Ehre gemacht. Sie ist nämlich wie ein Komet in die Luft geflogen und wie ein solcher auch rasch verglüht, nämlich in den Fluten des Mississippi versunken, als ihre Kessel dem Überdruck nicht länger gewachsen waren und explodierten«, erklärte er mit einem bitterschwarzen Humor, der Tobias einen Schauer über den Rücken jagte.

»Auf der *Queen Of The West* war die Betroffenheit natürlich groß – insbesondere bei denjenigen Herren und Damen, die auf einen Sieg der *Comet* gesetzt hatten und ihren Wetteinsatz nun buchstäblich in Rauch aufgehen sahen. Manchen ist das dermaßen aufs Gemüt geschlagen, dass sie auf den Champagner zum Frühstück verzichteten und erst gegen Mittag bei einem üppigen Mahl mit einem guten Rotwein ihr seelisches Gleichgewicht wiederfanden.«

Tobias sah ihn skeptisch an und fragte sich, ob er ihm diese Geschichte glauben sollte. »Hat der Captain der *Queen Of The West* nicht beigedreht und die Schiffbrüchigen aufgenommen?«

»Es war Nacht, und nach der Explosion der Kessel, die den Dampfer förmlich in Stücke gerissen hatte, gab es nichts Lebendes mehr, was wir aus dem Fluss hätten fischen können«, antwortete Rupert Burlington scheinbar gefühllos und erhob sich aus seinem Korbsessel, als Mungo in diesem Moment mit dem Fruchttrank zurückkehrte. »Zudem galt unser Captain als ein Mann, der sich recht genau an die Ankunfts- und Abfahrzeiten seines Fahrplanes hielt, und diesen guten Ruf wollte er natürlich nicht durch eine nächtliche Hilfsaktion von zweifelhaftem Sinn aufs Spiel setzen. Die Mehrzahl der Reisenden teilte seine Einstellung.«

»Das ist ausgesprochen zynisch«, sagte Tobias mit unverhohlenem Abscheu.

Rupert Burlington nickte und lächelte dabei, doch es war kein fröhliches Lächeln. »Ja, das ist es«, pflichtete er ihm bei. »Wie so vieles im Leben.«

»Ja, aber die Menschen…«, setzte Tobias zu einem moralischen Protest an.

»Ja, die Menschen. Sie sind wahrlich Geschöpfe von ganz besonderer Güte«, fiel Rupert Burlington ihm sinnierend in die Rede. »Apropos Güte. Ich erinnere mich noch an den Wilderer, der aus einem unserer Flüsse drei Forellen holte und dabei erwischt wurde. Er hätte dafür zum Tode durch den Strang verurteilt werden können. Doch mein Vater sorgte dafür, dass dieser

Mann nur für neun Jahre, was jedoch in Wirklichkeit lebenslänglich bedeutete, nach Australien in die Sträflingskolonie verbannt wurde, fern von seiner Frau und seinen Kindern.«

»Verbannt? Warum nach Australien?«

»Nun, nachdem sich unsere amerikanischen Kolonien im Unabhängigkeitskrieg von 1776 bis 1783 von England gelöst hatten, fehlte uns ein ferner Ort, an dem wir all diejenigen abladen konnten, die wir in unserem Land nicht mehr haben wollen, und das sind nicht allein Kriminelle. Da fiel den Leuten im Kolonialamt in London das ferne, wilde Australien ein, das doch nur darauf wartete, von britischen Deportierten besiedelt und kultiviert zu werden«, sagte er ironisch. »Also schickte unsere weit schauende Regierung 1787 eine erste Flotte mit Sträflingen ans andere Ende der Welt, um die Wildnis von Australien, das damals noch New South Wales hieß, von ihnen sozusagen zwangskolonisieren zu lassen. Anfangs ist jeder zweite Deportierte entweder auf der sechsmonatigen Überfahrt oder in den ersten Jahren in der Bucht von Sydney auf Grund von Naturkatastrophen und Hungersnöten umgekommen. Denn was verstanden Taschendiebe, Betrüger, Prostituierte, Wilderer und irische Rebellen schon von Ackerbau, Viehzucht und Hausbau? Wie die Fliegen sind sie dort gestorben. Mittlerweile hat sich die Kolonie herausgemacht und wirft schon einen prächtigen Gewinn ab. Jedenfalls leert England seit gut vierzig Jahren seine überquellenden Gefängnisse auf diese Weise und entledigt sich so preiswert und elegant auch aller anderen unliebsamen Zeitgenossen, indem sie mit diesen im wahrsten Sinne des Wortes kurzen Prozess macht und sie nach Australien schickt.«

»Und Ihr Vater…«

»Mein Vater hielt die Verbannung für ein Zeichen großer Milde«, kam Rupert Burlington wieder bereitwillig auf seine Familie zurück. »Vergleichsweise war er tatsächlich ein großherziger Mann. Denn mein Großvater hatte seinem Verwalter und den ihm unterstellten Aufsehern noch den ausdrücklichen Befehl erteilt, Wilderer auf Burlington-Land kurzerhand zu erschießen, weil das die abschreckendste Wirkung erzielte und am wenigsten Ärger gab, womit er die lästige Gerichtsbarkeit meinte. Ich glaube, er hat ihnen für jeden toten Wilderer sogar eine anständige Belohnung gezahlt, quasi ein Kopfgeld. Was dazu führte, wie man sich damals erzählte, dass nicht nur Wilderer auf unserem Land ums Leben kamen, sondern auch der eine und andere fremde Landarbeiter, der hier durchzog und das Pech hatte, den Aufsehern meines Großvaters zu ungünstigen Zeiten über den Weg zu laufen. Der Gerechtigkeit halber sollte ich jedoch nicht vergessen zu erwähnen, dass mein Großvater kein mutiger Pionier auf diesem Gebiet der Selbstjustiz auf eigenem Land war. Er befand sich vielmehr in großer und illustrer Gesellschaft anderer Adliger und Großgrundbesitzer, die längst mit gutem Beispiel vorangegangen waren. Er galt neuen Ideen gegenüber sogar als recht aufgeschlossen – nun ja, nach den Maßstäben seiner Zeit und seinesgleichen gemessen. Aber was das Leben anderer, einfacher Menschen angeht, so haben wir Burlingtons es damit nie so genau genommen. Die Menschlichkeit hat nun mal die unangenehme Eigenschaft, dass sie einträglichen Geschäften leider allzu oft im Wege steht. Und ein profitables Geschäft ging einem Burlington schon immer vor Menschlichkeit. Und war der Gewinn groß genug, konnte man sein gutes Herz später dann ja immer noch durch eine großzügige Spende für die Armenküche oder das neue Dach der Kirche unter Beweis stellen.«

Tobias wusste nicht, was er darauf antworten sollte, wenn denn überhaupt eine Antwort von ihm erwartet wurde. Aus den Worten von Rupert Burlington sprach auf einmal eine Bitterkeit, die so gar nicht zu dem Zynismus seiner vorherigen Äußerungen über den Untergang der *Comet* passte. Oder war dieser Zynismus ganz anders gemeint gewesen? Er wurde aus diesem Mann immer weniger schlau.

»Die *Voodoo Mama*, Sir Massa Lord«, machte sich Mungo bemerkbar.

Was Rupert Burlington eben noch stark bewegt hatte, schien im nächsten Augenblick vergessen wie die nebensächlichste

Sache der Welt. Zumindest klang er so. »Ah ja, wunderbar, Mungo. Ich schätze, das ist genau das, was unser geschätzter Gast jetzt braucht. Er sieht doch noch sehr mitgenommen aus«, sagte er doppeldeutig, nahm dem Schwarzen das Glas ab und reichte es Tobias. »Am besten, Sie trinken das Glas ohne abzusetzen aus. Es ist doch etwas eigen im Geschmack... wie auch in seiner Wirkung.«

»Was ist in dieser... *Voodoo Mama* alles enthalten?«, fragte Tobias mit einem argwöhnischen Blick auf das Getränk. Es hatte eine schwer zu definierende Farbe, die man auf der Farbskala irgendwo zwischen Grün und Grau einordnen konnte. Auf der Oberfläche schwammen schwarze und rote Körner.

»Das ist Mungos Geheimnis. Und offen gesagt, ziehe ich in diesem Fall die relative Ahnungslosigkeit einem genaueren Kenntnisstand vor«, antwortete Rupert Burlington trocken. »Aber trinken sollten Sie es, Tobias. Was immer auch diese *Voodoo Mama* enthält, sie weckt Ihre Lebensgeister.«

Tobias blickte zögernd in die Runde, zuckte dann scheinbar unbeeindruckt mit den Achseln und setzte das Glas an die Lippen. In Wirklichkeit kostete es ihn jedoch größte Überwindung, das etwas zähflüssige Getränk hinunterzuschlucken. Doch er hielt sich an Rupert Burlingtons Anweisung und leerte das Glas ohne abzusetzen – und ohne dabei durch die Nase zu atmen, was immer half, wenn man etwas hinunterschlucken musste, was nicht gut schmeckte.

Erst spürte er gar nichts, bis auf einen leicht bitteren Geschmack im Mund. Doch schon im nächsten Augenblick schien in seinem Magen ein Brandgeschoss zu explodieren. Eine feurige Schärfe raste seine Kehle hoch, steckte seinen Mund in Brand, dass er glaubte, dieser brenne wie eine lodernde Fackel, und schoss ihm bis in die Haarspitzen, raste jedoch auch in die unteren Körperregionen und fuhr ihm dort bis in die Zehen.

»Heiliger Sebastian!«, keuchte Tobias und hatte einen Moment lang das Gefühl, dieser innere Feuersturm würde ihm auf ewig den Atem rauben. Die Tränen schossen ihm in die Augen und er rang verzweifelt nach Luft.

Mungo und Rupert Burlington standen ruhig da, lächelten, tauschten einen wissenden Blick, nickten sich dabei zu und sagten dann wie aus einen Mund: »Voodoo Mama!« Es klang beinahe wie eine Beschwörungsformel, in der aber auch Genugtuung mitschwang.

Tobias hielt sich am Fensterrahmen fest und glaubte innerlich zu verbrennen. Doch genauso plötzlich, wie ihn die feurige Schärfe übermannt hatte, verschwand sie auch wieder. Und tatsächlich: Die leichte Übelkeit und die Benommenheit waren wie weggewischt. Sogar der dumpfe Schmerz hinter der Stirn war schwächer geworden. Fast fühlte er sich wieder so frisch wie vorhin, als er sich aus seinem Zimmer geschlichen hatte und im Herrenhaus auf Entdeckungsreise gegangen war.

»Eine erstaunliche Wirkung!«, sagte er verblüfft.

Mungo lächelte stolz und geheimnisvoll.

»Ich erwähnte doch schon, dass Mungo so seine Talente besitzt«, sagte Rupert Burlington und forderte Tobias dann auf: »Kommen Sie, gehen wir nach oben. Das wird Sie sicherlich interessieren.«

»Was ist da oben?«

»Ein noch besserer Ausblick – sowie mein Steuerpult und Sprachrohr zu Chang.«

Tobias folgte ihm die Treppe hoch, gespannt, welche Überraschung ihn ein Stockwerk höher erwarten würde.

Der obere achteckige Raum, der so frei und offen war wie ein Hochstand, verfügte über keine Decke, sondern nur über eine Dachkonstruktion, die mehr dekorativen Charakter denn irgendeinen praktischen Nutzen hatte. Sie bestand aus acht dicken Bambushölzern, die von den Eckpfeilern in über zwei Meter Höhe ausgingen und sich hoch über der Mitte des Raumes zu einer Spitze trafen. Der Blick konnte also fast ungehindert in alle Richtungen hoch zum Dach gehen.

»Das hier ist sozusagen die Kommandobrücke meines Gewächshauses, von der aus ich die Beheizung des Gewächshauses, aber auch die Beleuchtung, Belüftung und das Ausfahren und Einholen der Sonnenblenden veranlassen kann«, sagte er und wies stolz auf seinen Steuerstand, der sich in der Mitte des Raumes befand. Es war ein etwa hüfthoher und mindestens drei Meter langer und anderthalb Meter breiter Kasten, der rundum mit Bambusrohr verkleidet war. Aus dieser Art von überdimensionalem Pult ragten mehr als ein Dutzend Zughebel sowie eine Anzahl Kurbelräder und Messinstrumente hervor.

Fasziniert ließ Tobias sich erklären, wie Rupert Burlington von diesem Raum aus die Gasleuchten heller stellte oder im Winter die Zufuhr heißer Luft regulierte. Dieser Steuerstand hatte tatsächlich viel mit der Kommandobrücke eines Dampfers gemein. Denn Rupert Burlington konnte sich nicht nur durch ein Sprachrohr mit seinem ›Maschinisten‹ Chang unten in den ausgebauten Kellergewölben verständigen, sondern auch mit Hilfe der Hebel und Kurbelräder direkt in die raffiniert durchdachte Technik eingreifen. Diese gründete sich in erster Linie auf ein kompliziertes System aus Seilzügen, Wellen- und Riemenübertragungen und Schwungrädern, die von Dampfmaschinen angetrieben wurden. Die Seilzüge waren unterirdisch verlegt und führten durch Schächte, die von hohen Palmen und Klettergewächsen den Blicken entzogen waren, zu den Stellen der Dachkonstruktion hoch, wo mechanische Kraft zum Öffnen und Schließen von Lüftungsklappen oder zum Ausfahren der Sonnenblenden benötigt wurde.

Tobias war von dem Ideenreichtum, der aus den Erfindungen und der praktischen Umsetzung bekannter Technik sprach, begeistert und konnte es nicht erwarten, Chang kennen zu lernen und sich in dessen Maschinenräumen in den Kellergewölben unter dem Gewächshaus umzusehen. »Das muss ja ein Vermögen gekostet haben!«

»Ja, es hat fast so viel Geld gekostet wie Jahre des Überlegens, Irrens und Umbauens«, sagte Rupert Burlington. »Und ohne Changs geniale Einfälle sähe dieses Gewächshaus gewiss ganz anders aus.«

Tobias zögerte kurz, dann fragte er: »Was war das mit den Opiumhöhlen, die Sie vorhin im Zusammenhang mit Chang erwähnt haben? Haben Sie ihn in einer solchen kennen gelernt?«

»Ja, das ist richtig. Er war ein schmächtiges Bürschchen von zehn Jahren, das in einer der übelsten Opiumhöhlen von Kanton arbeitete. Er musste sich um die Kunden kümmern, denen im Rausch übel wurde. Dann und wann durfte er ihnen auch die Opiumpfeifen reichen und ihre Trinkschalen auffüllen. Ich beobachtete ihn in einer Nische, wie er einem schon sehr betäubten Kunden die Pfeife aus der Hand nahm und selbst einen tiefen Zug machte. Der Besitzer der Opiumspelunke ließ ihn hungern, wie ich später erfuhr, und deshalb suchte Chang Zuflucht zu dieser Droge.« Rupert Burlington machte eine Pause und fuhr dann fort: »Als ich dieses abgemagerte Kind mit der schweren Opiumpfeife sah und dann den zu Tode erschrockenen Blick in seinen Augen, als er sich von mir ertappt wähnte, beschloss ich spontan, etwas gegen diese Tragödie zu tun, zu der wir Burlingtons einen Gutteil beigetragen hatten. Ich kaufte ihn dem Besitzer der Opiumhöhle für ein Pfund ab und brachte ihn nach Macao. Dort sorgte ich für seine Unterkunft und Ausbildung. Fünf Jahre später, als ich wieder einmal in diese Region reiste und auch in Singapur Station machte, ergab es sich irgendwie, dass ich meinte, Chang England zeigen zu müssen. Er wollte auch nie wieder zurück. Das war vor sechzehn Jahren.«

»Vielleicht bin ich zu neugierig und stelle Fragen, die Sie als indiskret empfinden, und wenn dem so ist, bitte ich Sie, mir das offen zu sagen«, bat Tobias.

»Nein, ganz und gar nicht«, wehrte Rupert Burlington ab. »Fragen Sie nur! Was wollen Sie wissen?«

»Nun ja, erst einmal, warum Sie so eine ... Opiumhöhle überhaupt aufgesucht haben ... und wieso die Burlingtons einen Gutteil zu dieser Tragödie beigetragen haben.«

»Das eine hängt sehr eng mit dem anderen zusammen«, antwortete Rupert Burlington. »Denn dass dieses schreckliche Laster des Opiumrauchens, das hunderttausenden Chinesen Elend und Tod gebracht hat, derartige Ausmaße annehmen konnte, ist zum Teil die Schuld meiner Vorfahren.«

»Wollen Sie damit sagen, dass Burlingtons mit Opium gehandelt haben?«

»So ist es!«, bestätigte der Lord. »Burlingtons waren an der Ostindischen Kompanie beteiligt, die riesige Gewinne aus dem Handel zwischen Europa und dem Orient erzielte. Und die besten Gewinne brachte bengalisches Opium, das man in China verkaufte oder gleich gegen Tee eintauschte. Von englischer Seite war es ein ganz legaler, profitabler Handel, und was kümmerte uns das Elend, das wir damit über die Armen im fernen China brachten. 1729 platzte dann dem Kaiser von China ob dieser wachsenden Opiumexzesse der Kragen und er verbot Einfuhr und Handel dieses Rauschgiftes. Aber Verbote haben noch nie gewinnträchtige Geschäfte unterbinden können. So auch in diesem Fall. Mit Hilfe bestochener Hafenbeamte in Batavia, Macao und Kanton blühte das Geschäft weiter, und mein Vorfahre Jonathan Trevor Burlington gehörte mit zu denjenigen, die in diesen Jahren das Familienvermögen vervielfachten. Als mein Vater starb, ich war damals gerade zwanzig, zog es mich unwiderstehlich an die fernen Orte unserer Handelsgeschäfte, denen wir Burlingtons Titel, Ansehen und Vermögen verdanken. Dass meine erste Reise mich nach Bengalen, Macao und China führte, ist daher nur logisch. Denn immerhin ist *Mulberry Hall* zum Teil mit Opium bezahlt worden.«

»Mhm«, äußerte Tobias betreten. »Nicht gerade ein erfreuliches Kapitel Familiengeschichte.«

»So? Finden Sie?«, fragte Rupert Burlington mit einem spöttischen Unterton. »Das sehen die Reichen und Adligen nicht nur meines Landes anders. So fand mein Großvater und sogar noch mein Vater es nicht verwerflich, sich in großem Stil am westafrikanischen Sklavenhandel zu beteiligen, um sich zu dem einträglichen Geschäft mit Opium und Tee noch ein weiteres solides Standbein zu verschaffen.«

»Ihr Vater war ein Sklavenhändler?«, entfuhr es Tobias fast ungläubig.

Rupert Burlington lachte trocken auf. »Er hätte sich kaum als ein solcher bezeichnet, zumal er nie in seinem Leben das Deck eines Schiffes auch nur betreten hat. Aber ihm gehörten einige der zahlreichen Schiffe unter englischer Flagge, die versklavte

Schwarze in Westafrika an Bord nahmen, wie Vieh unter Deck zusammenpferchten und zu den Westindischen Inseln oder nach Amerika brachten, um die Überlebenden dieser qualvollen Reise versteigern zu lassen. Gut möglich, dass Mungos Vorfahren auf einem Schiff meines Vaters oder Großvaters nach New Orleans kamen. Sehen Sie mich nicht so betroffen an, Tobias. Es war nicht einmal für einen englischen Adligen etwas Ehrenrühriges, Profite aus dem Sklavenhandel zu erzielen. Und noch heute pochen die Sklavenhalter im Süden der USA darauf, dass die Sklaverei eine gottgewollte Institution und der Schwarze vor dem Gesetz kein Geschöpf, sondern eine *Sache* ist – wie ein Stück Möbel etwa oder ein Paar Manschettenknöpfe. Zudem: Ein riesiges Vermögen, das einem den Bau von derartigen ›Sommerhäusern‹ wie *Mulberry Hall* erlaubt, verdient man nun mal nicht durch das Stricken von Hutbändern oder durch das Pflügen von Ackerboden. Da muss man schon ein wenig mehr Phantasie und moralische Großzügigkeit walten lassen. Ein Glück für meinen Vater, dass er schon Anfang 1806 an Verfettung gestorben ist und das Jahr 1807 nicht mehr erlebt hat.«

»Und weshalb?«

»Weil unser Parlament nach jahrelangem Tauziehen in jenem Jahr den Sklavenhandel verbot und die Kriegsmarine ermächtigte, jedes Sklavenschiff zu entern. Für meinen Vater wäre eine Welt zusammengebrochen und er hätte seinen bis dahin unerschütterlichen Glauben an eine gerechte Welt unter britischem Zepter verloren.«

Tobias verstand nun manches besser, was ihn an Rupert Burlingtons Äußerungen irritiert hatte.

»Sie verabscheuen das, was Ihr Vater und dessen Vorfahren getan haben, nicht wahr?«

Er ließ sich mit seiner Antwort Zeit. »Ja, als ich jung war«, sagte er dann, »und ganz besonders in jenen rastlosen Jahren, als ich auf Reisen ging und die Welt mit eigenen Augen kennen lernte und das Elend sah, das uns goldene Teller und eine Schar von Dienstboten beschert hatte, war ich voller Abscheu für das, wofür der Name Burlington bisher *außerhalb* von England gestanden hatte, nämlich für skrupellose, unmenschliche Geschäfte. Und ich habe sehr darunter gelitten, mich sogar schuldig gefühlt. Doch jetzt nicht mehr, denn ich habe begriffen, dass niemand die Schuld vergangener Generationen tragen kann. Doch ich *schäme* mich noch immer dafür, und ich möchte nicht, dass vergessen und unter den Teppich gekehrt wird, was einmal war. Wir können die Gegenwart nur dann bewältigen und auch für die Probleme der Zukunft nur dann gerüstet sein, wenn wir aus den Fehlern unserer Vergangenheit lernen ... das gilt für die persönliche Geschichte des Einzelnen genauso sehr wie für die Geschichte eines ganzen Volkes.«

Das Eingeständnis berührte Tobias. »Sie sind so ganz anders als mein Onkel Heinrich, und doch erinnern Sie mich an ihn. Was Sie da eben gesagt haben, gibt mir das Gefühl, als spräche er zu mir.«

Rupert Burlington lächelte. »Ich kenne Ihren Onkel und erlaube mir deshalb, Ihre Bemerkung als Kompliment an meine Brust zu heften«, sagte er und wechselte sprunghaft das Thema: »Und nun sagen Sie mir, was Sie von meiner tropischen Oase halten!«

»Was Sie hier geschaffen haben, finde ich phantastisch«, sagte Tobias mit ehrlicher Bewunderung. »Sadik und Jana werden aus dem Staunen nicht mehr herauskommen. Sie haben auf *Mulberry Hall* einen richtigen kleinen Dschungel, in dem man sich wie in einem echten Urwald verirren kann.«

»Was so manche meiner Freunde und Bekannten als Mangel betrachten. Sie hätten doch lieber eine übersichtliche, geordnete Natur, die sich den strengen Gesetzen englischer Schlossgärtner unterwirft. Doch ich wollte etwas, das so wild, so verfilzt und so undurchschaubar ineinander wuchert und sich eigene Wege sucht wie das Leben«, sagte er. »Und jetzt lassen Sie uns zurück ins Haus gehen. Sadik und Jana werden Sie vielleicht schon vermissen oder gar suchen, wobei Parcival ihnen kaum helfen wird, und es ist Zeit fürs Frühstück.«

In Gedanken versunken, folgte Tobias Mungo und Rupert Burlington, der raschen Schrittes vorausging.

»Wissen Sie, was ein Chamäleon ist, Massa Heller?«, fragte der Schwarze plötzlich mit gedämpfter Stimme und riss Tobias aus seinen Gedanken.

»Ein Chamäleon?«, wiederholte er verständnislos. »Ja, eine Echse, die nach Belieben ihre Hautfarbe wechseln kann. Aber wieso fragen Sie?«

»Sir Massa Lord ist ein solches Chamäleon«, raunte Mungo ihm zu und machte dabei ein Gesicht, als spräche er nur widerstrebend eine traurige Wahrheit aus. »Nicht in Herz und Seele, doch wenn er Geschichten erzählt. Manchmal erzählt er doch schlichtweg die Unwahrheit.«

Tobias runzelte ungehalten die Stirn. Es gefiel ihm überhaupt nicht, dass der Schwarze Rupert Burlington der Lügen bezichtigte!

»Nein, nicht was Sie denken, Massa Heller!«, sagte Mungo hastig, als könnte er Tobias' Gedanken lesen. »Er lügt natürlich nicht zu seinem Vorteil. Im Gegenteil. Das ist ja das Ärgerliche. In vielen seiner unwahren Geschichten kommt er selber nämlich besonders schlecht weg, und dann sagt er so bitterböse Sachen, die die meisten ihm auch noch glauben.«

»So?«

Mungo nickte heftig. »Sir Massa Lord macht nicht viel Gerede um seine guten Taten. Er erzählt lieber Geschichten, die ihn so aussehen lassen wie seinen Vater und Großvater.«

»Was stimmt denn alles nicht?«

»Er hat mich nicht beim Pokerspiel gewonnen. Ich war auch nie in meinem Leben auf einem Mississippi-Raddampfer.«

»Und woher…«

»Sir Massa Lord hat mich in New Orleans von Charles Appletons Auktionsblock weggekauft«, fuhr der Riese von einem Schwarzen eifrig fort. »Für tausendvierhundert Dollar! Und er hat auch alle anderen Sklaven gekauft, die an dem Tag versteigert wurden, über drei Dutzend waren es. Er hat uns in den Norden gebracht und uns dort die Freiheit geschenkt. Und ich weiß, dass er seit jener Reise die Organisation in Amerika, die für die Befreiung der Schwarzen eintritt und ihnen zur Flucht in den Norden und nach Kanada verhilft, mit viel Geld unterstützt.«

»Oh!«, sagte Tobias überrascht und doch auch wieder nicht. Mungo nickte. »Und was diese Geschichte betrifft, die über das Wettrennen der beiden Raddampfer...«

»Ja?«, fragte Tobias neugierig. »Hat er die etwa auch erfunden?«

»Nein, das Wettrennen hat es gegeben, die *Comet* ist auch tatsächlich explodiert. Doch weitergedampft ist die *Queen Of The West* nicht. Jedenfalls nicht lange. Der Captain hat beigedreht – aber nicht ganz freiwillig. Sir Massa Lord hat ihm nämlich erst den linken Arm gebrochen und dann einen Revolver an die Schläfe gehalten, als er einfach weiterfahren wollte. Aber so erzählt er die Geschichte nie.«

»Und woher wissen Sie das?«

»Das stand damals groß in allen Zeitungen und war in aller Munde. Die Baumwollpflanzer, die im Auktionsraum saßen, redeten darüber, als Sir Massa Lord dort auftauchte, sie einfach jedes Mal überbot und uns auf diese Weise vor ihrer Nase aufkaufte. Ihnen wäre es lieber gewesen, man hätte ihn noch länger als diese eine Woche im Gefängnis festgehalten.«

Tobias lächelte ihn an. Mungo würde für Rupert Burlington durchs Feuer gehen, das wusste er jetzt. Und obwohl er Chang noch nicht kennen gelernt hatte, zweifelte er nicht daran, dass es bei dem Chinesen nicht anders sein würde.

»Danke, Mungo, auch für die *Voodoo Mama.*«

Der Schwarze strahlte ihn an.

Sie betraten das Herrenhaus und das Erste, was sie sahen, war Parcivals leidende und zugleich abschätzige Miene.

»Darf ich fragen, wo Sie mit Ihren vornehmen Gästen das Frühstück einzunehmen gedenken, Mylord?«, fragte er in seinem herablassenden näselnden Tonfall.

»In der Prärie, Parcival, in der Prärie! Wie üblich.«

»Sind Sie sicher, dass ich nicht vielleicht doch besser einen Bauerntisch in die Scheune schaffen und dort decken lassen soll?«, erkundigte sich der Butler mit scheinbarer Besorgnis, den Blick missbilligend dabei auf ihre erdbeschmutzten Schuhe gerichtet.

»Ja, da bin ich mir ganz sicher, auch wenn das eine herbe Enttäuschung für Sie ist, Parcival.«

Dieser deutete eine steife Verbeugung an, auf dem Gesicht einen Ausdruck, der einem Leichenbestatter alle Ehre gemacht hätte. »Ich bin in diesem Haus daran gewohnt, mit dem Ärgsten zu rechnen, Mylord«, antwortete Parcival bissig.

Doch Rupert Burlington war nicht aus der Ruhe zu bringen. »Parcival, Ihre wieder einmal betörende Liebenswürdigkeit erinnert mich an etwas, was ich vorhin zu sagen doch ganz vergessen habe!«, rief er, wandte sich zu Tobias um und sagte vergnügt: »Einen schönen guten Morgen auf *Mulberry Hall*, dem hoffentlich noch viele weitere folgen werden!«

Warten auf Pembroke

Am Abend ihrer Ankunft hatte Tobias insgeheim befürchtet, die Tage des Wartens bis zu Lord Pembrokes Rückkehr aus Irland würden von quälender Ungeduld und entnervender Langeweile geprägt sein. Doch nach seinem erlebnisreichen morgendlichen Streifzug verflüchtigte sich diese geheime Sorge so spurlos, als hätte es sie nie gegeben.

Von Langeweile auf *Mulberry Hall* konnte wahrlich nicht die Rede sein. Es gab im Herrenhaus und in der Orangerie so unendlich viel zu sehen, zu entdecken und zu tun, dass Tobias die Tage viel zu kurz erschienen. Jana erging es nicht anders. Der Dschungel, der auch Sadik in staunende Bewunderung versetzte, hatte es ihr ganz besonders angetan. Sie konnte sich nicht oft genug in dieser künstlich angelegten Wildnis aufhalten, die Unsinn, das Äffchen, von seinem ersten Besuch an zu seiner neuen Heimat erkoren hatte. Von Tag zu Tag hatte Jana mehr Mühe, ihn abends zu bewegen, die Nacht nicht auf einer

Palme oder einem der Kalebassen-Bäume zu verbringen, sondern bei ihr im Zimmer.

»Wie kann ich ihn je wieder von hier wegbringen, ohne ihm das Herz zu brechen?«, fragte sie sich einmal bedrückt und zugleich doch mit einem Lächeln auf dem Gesicht. Sie saß mit Tobias zwischen Farnen auf einem schweren Felsbrocken und beobachtete, wie Unsinn über die Äste eines Eukalyptusbaumes turnte. »So glücklich und ausgelassen habe ich ihn noch nie erlebt.«

»Ja, er hat wohl sein Paradies gefunden, und ihn hieraus zu vertreiben, wäre...« Er stockte, weil er Jana nicht verletzen wollte.

»...herzlos«, beendete sie den Satz jedoch für ihn mit leiser Stimme, und in diesem Moment wussten sie schon, dass Unsinn *Mulberry Hall* nicht mehr verlassen würde, denn Rupert Burlington und Mungo hatten an ihm einen Narren gefressen – und umgekehrt.

Wenn sie im Bambuspavillon saßen, was oft der Fall war, und Rupert Burlington von seinen Reisen erzählte, dann fand sich früher oder später auch Unsinn ein. War Mungo bei ihnen, sprang er ihm auf die Schulter oder in den Schoß, ansonsten begab er sich zu Rupert Burlington, dessen unglaubliche Geschichten auch ihn zu faszinieren schienen. Zu Jana kam er auch noch, doch nur noch gelegentlich und wie auf Höflichkeitsbesuch.

Einmal sah Tobias nach einem langen Nachmittag im Pavillon einen verräterisch feuchten Schimmer in Janas Augen. Auch Sadik blieb der Schmerz in ihren Augen nicht verborgen. Mitfühlend legte er ihr einen Arm um die Schulter, als sie in den Park hinausgingen. »Er ist hier glücklich, Jana«, sagte er. »Und da dir doch viel an ihm liegt, solltest auch du es sein. Man muss auch loslassen können... gerade wenn man liebt.«

»Ja, ich weiß«, murmelte sie und hielt die Tränen tapfer zurück.

»Eine Mutter darf ihre Kinder auch nicht festhalten, wenn ihr an ihrem Glück etwas liegt. So musst du es auch mit Unsinn sehen.«

Jana sah es ein. Dennoch schmerzte es sie zu wissen, dass Unsinn, der in der einsamen Zeit ihrer Überlandfahrten ihr einziger, treuer Begleiter gewesen war, hier zurückbleiben würde.

Tobias tat alles, was in seiner Macht stand, um sie abzulenken und auf andere Gedanken zu bringen. Möglichkeiten dazu boten sich auf *Mulberry Hall* glücklicherweise in Hülle und Fülle. Fast jeden Tag unternahmen sie entweder in den frühen Morgenstunden oder am Abend einen Ausritt. Ein gutes Pferd unter sich zu haben und mal im fliegenden Galopp, mal im gemächlichen Trab durch Wälder und grünes Hügelland zu reiten erschien ihm wie ein kostbares Geschenk. Auf *Falkenhof* war er täglich ausgeritten und er hatte diese Art der körperlichen Ertüchtigung die letzten Wochen sehr vermisst. Jana teilte das Vergnügen mit Tobias, denn auch sie war von Kindesbeinen an mit Pferden aufgewachsen, wenn auch nicht mit ganz so edlen Tieren, wie sie in den Stallungen von Gut *Falkenhof* und ganz besonders in denen von *Mulberry Hall* standen. Häufig begleitete sie Sadik, der von ihnen allen der beste Reiter war und Kunststücke im Sattel fertigbrachte, die so atemberaubend waren wie seine Treffsicherheit beim Messerwerfen.

Jana und Tobias unternahmen oft auch lange Spaziergänge durch die ausgedehnten Parkanlagen, zu denen Heckenlabyrinthe, Seerosenteiche und stille Kanäle sowie rosenumrankte Laubengänge gehörten. Sie tauschten dabei allerlei lustige, aber auch ernste Geschichten über ihre unterschiedliche Kindheit und ihr Aufwachsen aus, sprachen über Parcival und Hegarty, über Mungo und Chang und immer wieder über Rupert Burlingtons Marotten und seine gelegentlich haarsträubenden Geschichten. Ihre Gespräche kreisten natürlich auch um Wattendorf, Zeppenfeld und das legendäre Tal, und sie fragten sich immer wieder, was sie wohl in Ägypten und in der nubischen Wüste erwarten würde. Denn dass sie gemeinsam dorthin reisen und das Tal suchen würden, war zwischen ihnen längst beschlossene Sache. Aber nicht immer redeten sie. Manchmal folgten sie während der heißen Stunden auch nur gedankenversunken den schattigen Wegen, ohne dass ihr Schweigen jedoch etwas Trennendes an sich gehabt hätte. Es war im Gegenteil so verbindend wie ihre Hände, die sich dann in einem dieser stillen Momente fanden und einander hielten und sich das sagten, was sie noch nicht in Worte kleiden mochten.

Eines teilte Jana jedoch nicht mit Tobias – und zwar dessen Begeisterung für Chang und die Katakomben von *Mulberry Hall*, wie Jana die hohen Kellergewölbe unter dem Gewächshaus bezeichnete. Nur ein einziges Mal begleitete sie ihn dort hinunter.

»Dieses Durcheinander von Maschinen, Gestängen, Rohrleitungen, Seilzügen, Zahnrädern und was weiß ich noch alles macht mich ganz wirr, einmal von dem Rattern und Quietschen und Zischen und der Hitze, die da unten herrscht, und dem penetranten Geruch von Öl und Schmierfett und solchen Dingen ganz abgesehen. Das ist nichts für mich! Das war das erste und letzte Mal, dass ich da hinuntergegangen bin!«, versicherte sie ihm nachdrücklich.

»Aber die Technik und die unglaublichen Erfindungen, die Chang…«, wandte Tobias ein wenig enttäuscht ein.

»Die Technik mag ja wirklich bewundernswert sein, aber ich ziehe es doch vor, ihre Ergebnisse von oben zu bewundern, nämlich im Gewächshaus und nicht unten in den Katakomben«, erklärte sie unumwunden. »Und was diesen Chang betrifft, so möchte ich, um Gottes willen, seine Fähigkeiten und Verdienste nicht in Frage stellen. Aber wenn ich ehrlich sein soll, so gefallen mir sogar Parcivals gehässige Bemerkungen noch um einiges besser als die Einsilbigkeit dieses Kantonesen! Der geht ja so sparsam mit seinen Worten um, als wären sie aus purem Gold gegossen!«

Tobias war da zwar ganz anderer Meinung, musste sich jedoch geschlagen geben. Jana war für Chang und sein Reich einfach nicht zu begeistern. In den weitläufigen Gewölben herrschte zugegebenermaßen oftmals ein gehöriger Lärm, heiß war es zudem auch, und der Geruch von Öl und Schmiermitteln war so allgegenwärtig wie Ruß und Kohlenstaub. Aber genau das alles zusammen ergab nach Tobias' Ansicht doch gerade diese faszinierende Atmosphäre, von der er gar nicht genug bekommen konnte.

Was den Chinesen anging, so schien dieser von ihm schon genug zu haben, kaum dass er ihn das erste Mal zu Gesicht bekommen hatte.

Chang war ein schmächtiger, sehniger Mann, kleiner als Jana und stets in einen weiten Anzug aus schwarzem glattem Kattun gekleidet, der an ihm wie ein Schlafanzug aussah. Ein spärlicher Bart hing wie vertrockneter, zotteliger Seetang von seinem spitzen Kinn, was sein scharf geschnittenes Gesicht noch schmaler und knöchiger erscheinen ließ. Das dünne, pechschwarze Haupthaar trug er straff nach hinten gekämmt und im Nacken zu einem langen Zopf geflochten.

Tobias störte sich nicht an Changs ablehnender Haltung. Er blieb einfach in seiner Nähe, achtete darauf, ihm nicht im Weg zu sein, beobachtete ihn bei der Arbeit und übte sich in Schweigen wie in Geduld. Manchmal über mehrere Stunden hinweg, wenn Jana mit anderen Dingen beschäftigt war.

Am dritten Tag fiel Tobias auf, dass der Druck von einem der Dampfkessel stetig fiel. Er deutete auf die Anzeige, griff zur Schaufel und warf Chang einen fragenden Blick zu. Dieser zögerte kurz, dann gab er sein Einverständnis durch ein knappes Nicken. Tobias öffnete die Kesseltür und schaufelte Kohle hinein. Nach genau vierzehn vollen Schaufeln schloss er die Feuerluke wieder.

»Warum nicht mehr?«, fragte Chang knapp und irgendwie herausfordernd. »Warum nicht weniger?«

»Weil Sie die letzten beiden Male, als der Druck auf diese Höhe gesunken war, auch nur vierzehn volle Schaufeln nachgeworfen haben«, antwortete Tobias.

Zum ersten Mal zeigte sich ein Lächeln auf dem Gesicht des Chinesen. »Du hast sehr gut beobachtet.«

»Wer etwas lernen will, muss gut beobachten.«

»Und du willst lernen? Hier?«

Tobias nickte. »Ja, was ich kann.«

Chang zog ein Buch aus seiner Brusttasche. Es war schon sehr abgegriffen, aber doch nicht dreckig. Er schlug es auf. Die Seiten waren mit chinesischen Schriftzeichen bedeckt, die er ihm nun übersetzte: »›Lernen, ohne zu denken, das führt zu nichts; denken, ohne zu lernen, das macht lediglich müde.‹ Du hast beides verbunden. Das ist gut so.«

»Von wem ist das?«, fragte Tobias und dachte, dass es gut von Sadik hätte stammen können.

»Von Konfuzius, einem großen chinesischen Philosophen und Gelehrten«, antwortete Chang, »der diese Weisheiten schon ein halbes Jahrtausend vor eurer christlichen Zeitrechnung gelehrt hat. Und nun komm, ich will dir zeigen, wie die Seilzüge funktionieren, für die du dich schon seit Tagen so brennend interessierst.«

Von Stund an war Chang der geduldigste und entgegenkommendste Lehrer, den Tobias sich denken konnte. Was immer ihn interessierte, was immer er nicht sofort verstand, Chang nahm sich die Zeit, ihm Funktion und Zusammenhänge zu erklären. Jana hätte ihren ›einsilbigen‹ Kantonesen nicht wiedererkannt, und als Tobias ihr von Changs Verwandlung berichtete, hatte sie erst Schwierigkeiten ihm zu glauben. Als sie sich dann doch ein zweites Mal hinunter in die Katakomben begab, um Tobias daran zu erinnern, dass sie doch mit Sadik nach Farnham fahren wollten, fand sie einen scheinbar unverändert einsilbigen Chang vor, der in den Minuten ihrer Gegenwart auch Tobias kaum eines Wortes würdigte.

»Was für eine herzliche Freundschaft doch zwischen euch besteht! Und dieser Redestrom eurer Unterhaltungen!«, spottete sie, als sie nach oben gingen. »Du hast wirklich nicht übertrieben.«

»Wenn wir unter uns sind, ist er wie umgewandelt!«, beteuerte Tobias.

»Natürlich. Ich jage ihm dermaßen Angst ein, dass er kein Wort zu sagen wagt, weil er fürchtet, ich könnte ihm die Pest an den Hals hexen!«

»Er *ist* anders«, beharrte Tobias, ließ das Thema aber fallen. Als sie Stunden später aus Farnham zurückkehrten, wo sie Einkäufe für ihre Reise nach Ägypten getätigt hatten, begab er sich sofort zu Chang hinunter und fragte ihn ruhig, aber bestimmt, warum er sich vorhin so merkwürdig und distanziert verhalten hatte.

»Wer sich nicht selbst bemüht, dem mag ich nicht weiterhelfen; wer nicht selbst das Wort sucht, dem zeige ich es nicht«, rezitierte Chang, ohne die Feile aus der Hand zu legen. »So steht es bei Konfuzius geschrieben.«

»Aber Jana bemüht sich doch!«, wandte Tobias ein.

Chang sah zu ihm auf, strich über seinen dünnen Kinnbart und lächelte. »Nicht um mich, um *dich* bemüht sie sich. Glaube mir, ich habe nicht das Geringste gegen sie. Aber es ist nun mal nicht meine Art zu reden, um eine Stille auszufüllen, die ich als solche gar nicht empfinde. Ich bin gern allein. Und was das Reden angeht, so sagte Konfuzius: ›Bedenke: Die guten Taten eines Lebens können durch ein Wort ausgelöscht werden! Ist da nicht Vorsicht geboten?‹ «

»Wäre doch nur Parcival bei Konfuzius in die Lehre gegangen«, meinte Tobias und ließ die Angelegenheit damit auf sich beruhen.

Die Tage eilten förmlich dahin, waren vom Morgen bis in den Abend mit vielfältigen Beschäftigungen ausgefüllt. Dazu gehörten mehrfache Besuche beim Schneider Lester Rutherford und seiner pummeligen Frau Martha in Farnham. Da sie nach ihrer Flucht aus Paris zur Küste und dann über den Kanal kaum noch ein ordentliches Kleidungsstück besaßen, waren diese Besuche, die Sadik als genauso lästig empfand wie Tobias, unumgänglich geworden. Zudem hatte ihr Gastgeber darauf bestanden, dass die Rutherfords ihnen auf seine Kosten ein Kostüm für das bevorstehende Fest auf *Mulberry Hall* schneiderten.

Die Vorbereitungen für das gesellschaftliche Ereignis nahmen Rupert Burlington von Tag zu Tag mehr in Anspruch. Es wurden über dreihundert Gäste erwartet, und er hatte alle Hände voll zu tun, um bei den vielen Details, die zu bedenken waren, den Überblick nicht zu verlieren. Sein Sekretär James Smith, ein blasser, unauffälliger junger Mann mit einem Gesicht, das schon dem Vergessen anheimgefallen war, kaum dass man sich umgedreht hatte, nahm ihm zwar einen Großteil der Arbeit ab. Doch auch so blieb noch genug für ihn zu tun.

Zudem kümmerte sich Rupert Burlington auch schon um die Organisation und Buchung ihrer Überfahrt nach Ägypten.

»Wie ich in Erfahrung gebracht habe, läuft die *Arcadia* drei Tage nach unserem Fest aus dem Hafen von Portsmouth aus, mit Kurs auf Alexandria«, teilte er ihnen mit. »Die *Arcadia* ist ein gutes Schiff und Frederick Cornally ein erfahrener Captain, dem ich mich schon auf mehreren weiten Reisen anvertraut habe. Vorsorglich habe ich zwei Kabinen für Sie gebucht. Ich habe auch meinem alten Freund Odomir Hagedorn in Cairo eine Nachricht zugeschickt, die ihn von Ihrem Kommen und Ihrem voraussichtlichen Ankunftstermin unterrichtet. Er wird entzückt sein, Sie in seinem Haus als seine Gäste begrüßen zu können.«

»Nach Ihrem Schreiben dürfte er zumindest den Eindruck gewinnen, dass er gar keine andere Wahl hat«, merkte Sadik mit leichter Kritik an dem vorschnellen Handeln an, das nicht mit ihnen abgesprochen war.

»Ach was! Odomir wird sich über Ihren Besuch freuen, das können Sie mir glauben!«, versicherte Rupert Burlington. »Und wozu hat man Freunde, mein bester Sadik?«

»Odomir Hagedorn. Ein höchst seltsamer Name«, sagte Tobias. »Erzählen Sie uns ein wenig über Ihren Freund, Rupert, wer er ist und was er in Cairo so treibt?«

»Aber gern doch. Odomir Hagedorn ist ein gutes Jahrzehnt älter als ich, war lange Jahre im diplomatischen Dienst tätig und vertrat Preußen am Hof von Vizekönig Mohammed Ali, der seit 1807 uneingeschränkt über Ägypten herrscht«, erzählte Rupert Burlington. »Seit einigen Jahren hat er sich jedoch aus der Politik zurückgezogen und genießt in Cairo das Leben eines wohl situierten Privatiers. Sie werden in ihm einen ebenso großzügigen wie unterhaltsamen Gastgeber finden.«

»Wenn er nur halb so nett ist wie Sie, dann werden wir uns bei ihm sicherlich sehr wohl fühlen«, sagte Jana spontan.

Rupert Burlington lächelte über das Kompliment und bat sie zum Abendessen an den gedeckten Tisch in die ›Prärie‹. Sowohl das köstliche Essen als auch die Geschichten, die Sadik und der Lord abwechselnd zum Besten gaben, machten den Abend zu einem weiteren unvergesslichen Erlebnis.

Am nächsten Vormittag traf auf *Mulberry Hall* ein berittener Bote ein, der die Nachricht von Lord Pembrokes Rückkehr überbrachte. Rupert Burlington machte sich unverzüglich auf den Weg nach *Royal Oak*, um den Gebetsteppich zu holen. Jana, Sadik und Tobias hätten ihn nur allzu gern begleitet. Doch das ließ der Anstand nicht zu, und so mussten sie sich gedulden, bis Rupert mit dem Teppich zurückkehrte.

Sie warteten einen halben Tag, und dies waren die einzigen Stunden seit ihrer Ankunft vor zehn Tagen, in denen es ihnen schwer fiel, sich ablenken zu lassen. Ihre Gedanken und Hoffnungen kreisten allein um den Gebetsteppich. Was war, wenn Rupert Burlington sich geirrt und Zeppenfeld Mittel und Wege gefunden hatte, den Verbleib von Wattendorfs drittem Rätsel-Geschenk in Erfahrung und den Teppich durch Bestechung oder Diebstahl in seinen Besitz zu bringen? Sie hatten zwar Sicherheitsvorkehrungen getroffen und sowohl den Bediensteten auf *Mulberry Hall* als auch auf *Royal Oak* Zeppenfeld und seine Komplizen beschrieben. Sie hatten ihnen sogar eine hohe Belohnung für entsprechende Hinweise versprochen, sollte einer von ihnen an sie herantreten, sie über ihren Herrn, dessen Gäste oder über kuriose Dinge wie etwa einen Spazierstock aushorchen oder sie gar bestechen wollen. Hegarty hatte auf den Befehl des Lords außerdem noch ein volles Dutzend verlässlicher Männer angestellt, die nach ihrer regulären Arbeit für hohen Lohn rund um das Herrenhaus einen nächtlichen Wachdienst versahen. Was sie hatten tun können, um sich vor Zeppenfeld zu schützen, hatten sie getan. Aber wer konnte sagen, was einem infamen Mann wie ihm an Gemeinheiten und üblen Tricks einfiel, um an sein Ziel zu gelangen?

Aber auch wenn Zeppenfeld noch immer in Frankreich weilte und seine schweren Verbrennungen auskurierte und Rupert Burlington wirklich mit dem Teppich zurückkehrte, hieß das noch längst nicht, dass sie jubeln konnten. Denn ohne das dazugehörige Gedicht würden sie das Rätsel, das der Teppich barg, kaum lösen können. Und das Erinnerungsvermögen von Lord Burlington hatte, trotz aufrichtigen Bemühens, von seinem verschütteten Wissen noch nicht einmal einen Zipfel zum Vorschein kommen lassen.

»Erwarten wir nicht zu viel«, dämpfte Sadik deshalb von vornherein allzu hoch gespannte Erwartungen. »Seien wir Allah erst einmal dankbar, wenn wir den Teppich unbeschädigt in unseren Händen halten.«

Am späten Nachmittag war das der Fall. Rupert Burlington entschuldigte sich, dass es so lange gedauert hatte.

»Wenn es nach mir gegangen wäre, hätte ich Ihre Geduld nicht so lange strapaziert«, bedauerte er, während er aus der Kutsche stieg und mit ihnen ins Haus ging, den zusammengerollten Teppich unter dem Arm. »Aber der gute Desmond konnte mal wieder kein Ende finden. Ich glaube, er hat mir jedes Polospiel und jeden Treffer beschrieben, den er erzielt hat. Zum Glück ist er ein lausiger Polospieler, sonst säße ich noch immer auf *Royal Oak*!«

Jana schloss die Tür des Salons, in den sie Rupert Burlington gefolgt waren. Dann rollte er den Teppich mit den Worten aus: »Hier ist das gute Stück, das Wattendorf mir verehrt hat!«

Tobias konnte hinterher nicht mehr sagen, was genau er erwartet hatte. Auf jeden Fall nicht das, was da vor ihnen ausgebreitet lag und das Sadik nach einem Moment der Ernüchterung in die Worte fasste: »Nun denn, ein gewürzter Knochen ist immer noch besser als stinkendes Fleisch.«

»Ich sagte ja gleich, dass es sich nicht einmal um eine handwerklich mittelmäßige Arbeit handelt«, erinnerte Rupert Burlington sie an das, was er ihnen schon am Tag ihrer Ankunft über den Teppich erzählt hatte. »Der Händler muss froh gewesen sein, einen Käufer für diesen Teppich gefunden zu haben.«

Aufdringlich bunte Muster aus geometrisch angelegten stilisierten Blumen und Ornamenten sowie Bordüren umgaben das typische Nischenmotiv im Mittelfeld, das sich auf vielen Gebetsteppichen fand. Diese Gebetsnische wies auf den Verwendungszweck dieser Teppiche hin. Rot, Blau und Gelb waren in unterschiedlichen Tönen die vorherrschenden Farben, in die sich jedoch noch viele andere mischten.

»Tja«, sagte Jana nur, und mehr brauchte sie auch nicht zu sagen, um ihre Enttäuschung auszudrücken. Auch sie hatte etwas anderes erwartet – irgendetwas, dem man ansah, dass es ein Geheimnis in sich barg.

Rupert Burlington vollführte eine verlegene Geste, als hätte ihm einer von ihnen den Vorwurf gemacht, dass er den Brief verbrannt hatte und sich einfach nicht an den Wortlaut des Gedichtes erinnern konnte.

»Immerhin haben wir ihn – und nicht Zeppenfeld«, tröstete sich Tobias.

Sadik schwieg. Er starrte unverwandt auf den Teppich, die Stirn kraus gezogen.

»Was ist, Sadik? Hast du etwas entdeckt?«, fragte Jana.

Der Beduine schüttelte den Kopf und zuckte dann mit den Schultern, als wollte er die Verneinung wieder aufheben. »Nein, nichts... jedenfalls nichts, was ich benennen könnte.«

»Wie meinst du das?«

Sadik zuckte auf Tobias' Frage hin erneut mit den Achseln. »Irgendetwas stört mich an diesem Teppich. Aber ich kann beim besten Willen nicht sagen, was es ist. Da ist etwas, doch ich kann den Finger nicht drauflegen. Ich weiß nur, *dass* da etwas nicht stimmt.«

Sie schauten alle intensiv auf den bunten, einfach geknoteten Gebetsteppich aus billiger Wolle. Aber so sehr sie sich auch konzentrierten und nach einem Hinweis suchten, der zur Lösung des Rätsels führen konnte, sie fanden nichts – außer Blumen, Bordüren und Ornamenten, die ihnen bestenfalls verrieten, dass hier wahrlich kein Meister der Teppichknüpfkunst am Werk gewesen war.

»Irgendetwas stimmt nicht«, sagte Sadik viele Stunden später noch einmal, als er sein Nachtgebet verrichtet hatte und in ihrem Gästezimmer auf dem Boden vor Wattendorfs Teppich kniete. »Ich weiß nicht, was es ist, aber ich werde es herausbekommen. Allah ist mein Zeuge!«

Vier Tage darauf waren sie noch immer keinen Schritt weitergekommen, wie viele Stunden Sadik täglich auch vor dem Teppich saß und grübelte. Doch ihn verließ weder die Geduld noch die Zuversicht. *Eile treibt die Kamele nicht*, dachte er gelassen. *Und wenn die Katze nur lange genug still liegt, so erjagt sie eine fette Maus. Aiwa, so wird es sein. Bei Allah und seinem Propheten!*

Ein See der Eitelkeit

Am Tag des Kostümfestes zeigte sogar Rupert Burlington, den sonst kaum etwas aus der Ruhe bringen konnte, leichte Anzeichen von Nervosität. Er sorgte sich jedoch nicht um das Gelingen des Festes. Daran verschwendete er nicht den geringsten Gedanken, denn die Gäste gaben nicht ihm die Ehre, sondern er räumte ihnen das besondere Privileg ein, am Spätsommerfest auf *Mulberry Hall* teilnehmen zu *dürfen*. Nein, seine Sorge galt einzig und allein der Unversehrtheit seiner ›Reisebilder‹, von denen er noch zwei weitere zu neuem Leben erweckt hatte, nämlich ›Die Opiumhöhle‹ und ›Sklavenmarkt in New Orleans‹. Das erste Gespräch, das er mit Tobias im Pavillon geführt hatte, hatte ihn daran erinnert, dass die entsprechenden Puppen und Requisiten zu diesen Reisebildern ja noch auf dem Dachboden lagerten. Er gab die Anweisung, sie wieder vom Speicher zu holen und zu entstauben.

»Mit der Opiumhöhle dekorieren wir den Salon, in den sich die Damen zurückziehen, wenn sie vom vielen Tanzen und Essen einige Minuten der Ruhe und Sammlung brauchen«, beschloss er mit beißendem Spott. »Und einen besseren Hintergrund als den Sklavenmarkt kann ich mir für das Büfett im großen Esszimmer gar nicht vorstellen.«

»Da wird aber so manchem der Appetit vergehen«, wandte Tobias ein.

Rupert Burlington lächelte verhalten. »Erhoffen wir uns nicht zu viel. Gewöhnlich ruht das Gewissen der Reichen und Übergewichtigen am Büfett. Ich kann schon zufrieden sein, wenn sie mir die Puppen nicht mit Pastete beschmieren und anderen Unfug unterlassen.«

Von den frühen Morgenstunden an ging es auf *Mulberry Hall* wie in einem Taubenschlag zu. Es war ein ständiges Kommen und Gehen, ein Hämmern und Rufen. Eine ganze Heerschar von Arbeitern und livrierten Bediensteten legte letzte Hand an. Die ausgedehnten Parkanlagen hinter dem Herrenhaus waren nicht wiederzuerkennen. In einem weiten Halbkreis waren auf den Rasenflächen sechs große, sehr orientalisch anmutende Zelte errichtet worden, damit das Fest auch bei leicht abkühlenden Abendtemperaturen noch im Freien bis tief in die Nacht weitergehen konnte.

Die Zelte hatten jeweils einen Durchmesser von mindestens fünfzehn Schritten und waren mit aufwendigen Verzierungen und dekorativ gerafften Vorhängen an ihren Stützpfosten versehen. Rechts und links vor diesem Halbkreis aus Zelten hatte Rupert Burlington je eine überdachte Bühne errichten lassen. Die auf der linken Seite hatte die Form einer geöffneten Muschel und war dem Orchester vorbehalten, das schon am Vortag aus London eingetroffen war. Auf der Bühne zur Rechten würden in den Pausen des Orchesters Schauspieler, Komiker, Akrobaten, Feuerschlucker und Zauberer die Gäste im Laufe des Abends und der Nacht mit ihren Darbietungen unterhalten.

Das Fest würde also sowohl in den unteren Salons des Herrenhauses als auch im Freien stattfinden, was bei den noch immer hochsommerlichen Temperaturen allen ein großes Vergnügen bereiten würde.

»Und das Gewächshaus?«, fragte Jana.

»Das ist tabu!«, erklärte Rupert Burlington kategorisch. »Da kommt mir keiner rein. Nicht bei so einem Fest, und das wissen sie auch. Sonst könnte ich ja gleich eine Herde Elefanten hindurchschicken! So, und jetzt wird es Zeit, dass wir unsere Kostüme anlegen. Die ersten Gäste werden nicht mehr lange auf sich warten lassen.«

Sadik zeigte eine missmutige Miene. Er hatte für diese Art der Belustigung nicht viel übrig. Doch aus Sympathie für Rupert Burlington machte er mit. Er hatte für sich ein Kostüm gewählt, das die Schneiderkünste der Rutherfords gewiss nicht auf eine harte Probe gestellt hatte – nämlich das eines Bettelmönchs. Die schlichte weite Kutte mit der Kapuze und dem zum Gürtel geknoteten Strick erfüllte den Zweck der Kostümierung.

Tobias und Jana hatten sich dagegen zu bedeutend aufwendigeren Kostümen überreden lassen. Während Tobias sich in einen jungen spanischen Granden verwandelte, zu dem der kostbare Degen von Maurice Fougot wie das Pünktchen auf dem i passte, nahm Jana in dem bunt schillernden Kostüm eines königlichen Hofnarren an dem grandiosen Fest teil.

Tobias fand, dass sie darin umwerfend aussah, zum Verlieben hübsch und frech zugleich.

»Von einer so hübschen Närrin wie dir würde ich mir auch alles sagen lassen.«

Sie strahlte ihn an. »Und einem so stolzen und gut aussehenden Edelmann wie dir würde ich furchtlos mein Leben anvertrauen«, erwiderte sie.

»Sagt mir Bescheid, wenn ihr meinen Segen wünscht«, meinte Sadik trocken.

Tobias und Jana lachten verlegen und dann begaben sie sich alle hinunter zu Rupert Burlington. Sein Kostüm spiegelte die Zerrissenheit und Zwiespältigkeit seiner ganzen Person wider. Es war zweigeteilt. Die linke Seite war ganz in Weiß gehalten und stellte eine Art Federgewand dar. Ein Engelsflügel erhob sich aus seiner linken Schulter, war an der Spitze jedoch abgeknickt und mit roten Spritzern übersät. Weiß war auch seine linke Gesichtshälfte geschminkt. Schwarz und Feuerrot beherrschten dagegen die rechte Seite seines Gesichtes und seines Kostüms. Das verfilzte schwarze Fell, die diabolische Halbfratze und das abgebrochene Horn über der rechten Stirn symbolisierten wohl das Böse, den Teufel.

»Der Mensch hat eben mehr als nur ein Gesicht«, erklärte er leichthin. »Und ein jeder von uns pendelt zwischen Gut und Böse, zwischen Tag und Nacht und zwischen Leben und Tod. Also genießen wir heute die Ausschweifungen und morgen die Askese!«

Aus den Gärten drang beschwingte Musik und die ersten Gäste kamen auf der *Lisette* die Allee hoch. Von da an riss der Strom der Kutschen über einen Zeitraum von mehr als zwei Stunden nicht mehr ab, denn so schnell war auch der Dampfwagen nicht, um alle Gäste damit zum Herrenhaus zu bringen.

Es war ein Fest, wie es Jana, Sadik und Tobias noch nie erlebt hatten und vielleicht auch nie wieder in dieser verschwenderischen Pracht erleben würden. Die vornehmen Gäste wussten, was sie auf *Mulberry Hall* erwartete, und sie wussten wohl auch, was sie ihrem Ruf schuldig waren. Dementsprechend phantasievoll und aufwendig waren auch ihre Kostüme.

Da stolzierten Damen in kostbaren Rokokogewändern aus endlosen Metern Seide und Spitze über den Rasen, lachten mit russischen Prinzessinnen und goldbehängten ägyptischen Gottheiten und gesellten sich zu Fabelgestalten, die einem Sagen- und Märchenbuch hätten entsprungen sein können.

Die Männer machten da keine Ausnahme. Auch sie drängte es offensichtlich sehr zu höheren Weihen. Könige und Herrscher von mächtigen Reichen wie auch von Phantasieländern fanden sich, wie auch lorbeerbekränzte Senatoren aus dem alten Rom sowie berühmte Entdecker, Forscher und Eroberer wie Magellan und Columbus, Cortez und Pizarro. Man sah einen hageren Zaren im Gespräch mit einem fettleibigen Hannibal, während neben ihnen Alexander der Große eine Zigarre von einem bengalischen Maharadscha entgegennahm.

Aber es waren nicht allein gekrönte Häupter und herausragende Gestalten der Weltgeschichte vertreten. Viele der jüngeren Männer, zumeist die Söhne der Gentry, des Landadels, hatten ihr Herz für das einfache Volk entdeckt – zumindest für die Dauer dieses Festes. Verwegene Trapper und Korsaren waren ebenso vertreten wie Gladiatoren, Zigeuner, Minnesänger und Clownsgestalten. Einige sehr eitle junge Burschen, die sich für die Wiedergeburt des Apoll hielten, trugen mehr nackte Haut als römischen Togastoff spazieren.

Dagegen hatten nur wenige den Mut gefunden, eine hässliche Kostümierung zu wählen. Tobias entdeckte jedoch immerhin zwei wirklich abscheulich aussehende Henker, einige Dämonen, einen Buckligen, einen düster maskierten Zauberer und einen Teufel, dessen kieksende Stimme dem Kostüm jedoch viel von seiner Wirkung nahm, besonders als der Herr der Unterwelt nach seinem zweiten Glas Punsch auch noch einen beharrlichen Schluckauf bekam.

»All diese ausgefallenen Kostüme! Ich könnte allein Stunden damit verbringen, hier zu stehen und zu beobachten«, sagte Jana fasziniert, während ihr Blick von Sindbad dem Seefahrer zur griechischen Sagengestalt Atlas ging, der auf seinen Schultern eine bemalte Erdkugel trug. Dank mehrerer Lederriemen, die er sich unter seinem farbenprächtigen Seidenhemd um die Schultern geschnallt hatte und die mit der Welt aus Pappe und Papier verbunden waren, hatte er jedoch die Hände frei, um vom Tablett eines Livrierten ein Glas Champagner zu nehmen und dann einer jungen Elfe den anderen Arm zu reichen.

»Schönheit ohne Anständigkeit ist wie ein goldener Teller, auf dem eine Ratte serviert wird«, bemerkte Sadik bissig.

»Sie sagen es, Sadik! Die Eitelkeit der Menschen ist fast so grenzenlos wie ihre Dummheit und Gier«, pflichtete Rupert Burlington ihm zu, als das Fest schon einige Stunden fröhlich zwischen Herrenhaus und Park hin und her wogte und er für einen Augenblick mit Sadik, Tobias und Jana zusammenstand.

Tobias wollte dazu etwas sagen, doch er bemerkte, wie Rupert Burlington plötzlich stutzte und sich an die Stirn fasste. »Ist Ihnen nicht gut?«, fragte er besorgt.

»Doch, doch, mir geht es ganz ausgezeichnet«, versicherte der Lord. »Aber bei dem Wort Eitelkeit ist mir etwas eingefallen, was Wattendorfs Gedicht betrifft...«

»Ja, und?«, fragte Sadik erwartungsvoll.

»Eitelkeit... das stand auch in seinem konfusen Gedicht. Warten Sie...« Er überlegte angestrengt, dann nickte er, als er sich wieder erinnerte. »Ja, da war von einem ›See der Eitelkeit‹ die Rede... und dass Allah seine Schrift auf diesen See zeichnet...«

»Und was noch?«, drängte Sadik voller Spannung. »Überlegen Sie, Sahdi Rupert! Entreißen Sie es dem Dunkel Ihrer Erinnerung! Was stand noch in dem Gedicht?«

»Ich werde mich bemühen. Aber Sie müssen mir versprechen, dass Sie dann nicht fluchtartig mein Fest verlassen und sich für die nächsten Stunden in Ihr Zimmer einschließen, um Wattendorfs billigen Gebetsteppich anzustarren!«

Widerstrebend gab Sadik ihm sein Wort.

Rupert Burlington schloss die Augen, und seine ganze Haltung verriet, dass er sich konzentrierte. Die Musik, das Stimmengewirr und das Gelächter traten in den Hintergrund. Er erinnerte sich der Worte und versuchte sie in die richtige Reimform zu bringen.

Jana drückte stumm die Daumen und biss sich auf die Unterlippe, während Tobias vor gespannter Erwartung den Atem anhielt.

Mit zögernder Stimme rekapitulierte Rupert Burlington schließlich einen Teil des Gedichtes: »Wenn des gläubigen Dieners Locken... tauchen in den See der Eitelkeit... zeichnet auf Wasserblüten trocken... Allahs Schrift den Weg zur Ewigkeit.« Er öffnete die Augen wieder, zuckte mit den Achseln und sagte ein wenig entschuldigend: »Ja, so... oder zumindest so ähnlich hat die Strophe gelautet. An die andere kann ich mich aber absolut nicht mehr erinnern.«

»Wenn des gläubigen Dieners Locken... tauchen in den See der Eitelkeit... zeichnet auf Wasserblüten trocken... Allahs Schrift den Weg zur Ewigkeit«, wiederholte Sadik langsam und nickte dann. »*Aiwa*, das muss stimmen, denn so verdreht und verquast sind alle Gedichte von Wattendorf.«

»Aber wessen Locken sind gemeint? Und was ist das für ein See, von dem er spricht?«, fragte sich Tobias, die Stirn in Falten gelegt.

»Wir werden noch Zeit genug haben, um diese Rätsel zu lösen«, erwiderte Sadik mit gestärkter Zuversicht. »Auf jeden Fall sind wir jetzt wieder einen großen Schritt weiter.«

»Und ein paar *kleine* Schritte werden Sie zu Kenneth Halloway führen, mit dem ich Sie gern bekannt machen möchte«, sagte Rupert Burlington munter und hakte Sadik unter. »Sie mögen es vielleicht nicht glauben, aber unter meinen zahlreichen Gästen befinden sich tatsächlich einige, mit denen sich eine Unterhaltung lohnt. Kommen Sie, mein Bester, begeben wir uns auf die Suche nach den Trüffeln unter meinen Gästen!«

Und mit diesen spöttischen Worten führte er Sadik davon.

Tobias und Jana bekamen ihn lange Zeit nicht mehr zu Gesicht. Sie sahen sich mehrere der Darbietungen auf der Bühne an, begaben sich ans Büfett und wagten sich sogar auf die Tanzfläche, die zwischen den beiden Bühnen angelegt worden war.

Als die Nacht hereinbrach, verwandelten Fackeln in sandgefüllten Körben sowie unzählige Laternen und bunte Lampions, die in den Bäumen und Zelten hingen, die Gartenanlage in ein Lichtermeer.

Das Orchester gönnte sich gerade eine Pause, die zwei ausgezeichnete Jongleure dazu nutzten, um auf der anderen Bühne ihre Kunststücke zu zeigen.

Jana, die selbst viel davon verstand, sah mit einem anerkennenden Lächeln zu. »Sie sind wirklich gut. Von denen könnte ich noch eine Menge lernen«, gab sie zu.

»Na, du bist auch nicht schlecht«, erwiderte Tobias und wandte unwillkürlich den Kopf, als ihn in dem Moment jemand anrempelte. Es war ein kleiner, fettleibiger Neptun, der sich mit einer Entschuldigung weiter nach vorn drängte.

Tobias wollte seinen Blick schon wieder auf die beiden Jongleure richten, als er Sadik bemerkte. Er stand vor einem der

Zelte und nahm gerade einen Umschlag vom Silbertablett eines livrierten Dieners.

Eine Nachricht? Von wem?, fuhr es Tobias durch den Kopf, als er sah, wie Sadik einen Bogen aus dem Kuvert zog, ihn entfaltete und die Nachricht im Licht des Lampions über seinem Kopf las.

Es war, als hätte Sadik seinen eindringlichen Blick gespürt. Denn als er vom Blatt aufsah, schien er Ausschau nach ihm zu halten. Ihre Blicke trafen sich.

Tobias zog fragend die Augenbrauen hoch und machte Anstalten, zu ihm hinüberzugehen. Doch Sadik schüttelte kaum merklich den Kopf, blickte wieder auf die Nachricht und vollführte mit der rechten Hand dann eine Geste, die Tobias als ›Bleib! Komm nicht! Warte!‹ deutete.

Sadik redete kurz mit dem Livrierten, worauf dieser mehrmals nickte. Ein Geldstück wechselte den Besitzer. Dann steckte Sadik den Brief ein und entfernte sich langsam, ohne noch einmal in Tobias' Richtung zu blicken.

»Jana?«

Sie wandte sich zu Tobias um. »Ja, was ist?«

»Ich weiß nicht. Ich habe gerade Sadik da drüben am Zelt beobachtet. Er hat sich äußerst merkwürdig verhalten«, sagte er und berichtete ihr, was er gesehen und was Sadik getan hatte.

»Er wollte nicht, dass du zu ihm gehst? Bist du sicher?«

»Ja, ganz sicher. Ich kenne Sadiks Körpersprache.«

»Aber warum?«

»Das möchte ich auch gern...« Tobias führte den Satz nicht zu Ende, denn in dem Moment trat ein anderer junger Mann in der Livree des Hauspersonals von *Mulberry Hall* zu ihnen. Es war jedoch nicht der Diener, der Sadik eben den Brief auf dem Tablett überbracht hatte.

»Sir?«, sprach ihn der Diener an und machte dabei eine respektvolle Verbeugung.

»Ja, bitte?«

»Man hat mich beauftragt, Ihnen und Miss Salewa eine Nachricht von Mister Talib auszurichten.«

»Und wie lautet diese Nachricht?«, fragte Tobias gespannt.

»Er hat Ihnen etwas Dringendes über den See der Eitelkeiten mitzuteilen und bittet Sie daher, sich mit ihm in der Bibliothek zu treffen«, richtete der Diener die Botschaft mit höflicher Teilnahmslosigkeit aus. »Gleichzeitig bittet er Sie, sich getrennt und möglichst unauffällig ins Haus und zu ihm zu begeben.«

»Getrennt und möglichst unauffällig?«, wiederholte Jana, innerlich alarmiert.

»Ja, Miss. So hat man es mir aufgetragen.«

»Und das ist alles?«, fragte Tobias.

»Ja, Sir.«

»Kannst du dir darauf einen Reim machen?«, fragte Tobias, als sich der Diener wieder entfernt hatte.

»Nein, aber ich habe ein ungutes Gefühl... so als wollte uns jemand absichtlich trennen, weil er etwas im Schilde führt«, sagte sie misstrauisch.

»Du meinst Zeppenfeld?«

»Wer sonst?«

Tobias schüttelte den Kopf. »Nein, diese Nachricht kommt ganz eindeutig von Sadik. Um uns das wissen zu lassen, hat er das mit dem See der Eitelkeiten in die Nachricht aufgenommen. Auch wenn Zeppenfeld unter den Gästen wäre, könnte er nicht wissen, dass wir erst vor ein paar Stunden von diesem See der Eitelkeiten erfahren haben. Zudem habe ich ja auch gesehen, dass es Sadik um Heimlichkeit ging. Ich verstehe zwar nicht, warum er will, dass wir getrennt und unauffällig zu ihm in die Bibliothek kommen, aber eine Falle von Zeppenfeld ist es ganz bestimmt nicht.«

»Also, was tun wir?«

Tobias zuckte mit den Achseln. »Ganz einfach: Genau das, worum er uns gebeten hat!«

Die geheime Botschaft

Während Jana so tat, als würde sie ihre Aufmerksamkeit wieder den Akteuren auf der kleinen Bühne zuwenden, machte sich Tobias auf den Weg ins Haus. Dabei vermied er es jedoch, den Anschein von Zielstrebigkeit zu erwecken. Der junge spanische Edelmann schien unbeschwert und ziellos durch die Menge der feucht-fröhlichen Gäste zu schlendern. In Wirklichkeit hielt er Ausschau nach Lord Burlington, weil er hoffte, von ihm etwas über Sadiks merkwürdiges Verhalten zu erfahren. Er vermochte ihn jedoch nirgends zu entdecken, was bei der Zahl der Gäste und dem ausgelassenen Treiben nicht verwunderlich war.

Er schloss sich einer Gruppe junger Männer an, die als Musketiere verkleidet und etwa in seinem Alter waren. Sie hatten dem Alkohol schon über Gebühr zugesprochen und strebten dem Haus entsprechend lärmend und schwankend zu. Sie wollten in den Kampf gegen die Rothäute ziehen, wie ihr Anführer, ein blonder Bursche mit einem kecken Federhut auf dem Kopf, immer wieder lauthals verkündete.

Tobias stützte einen von ihnen, der immer wieder über seine eigenen Füße zu stolpern drohte. In der Halle überließ er ihn seinen Freunden.

»Mir nach, meine furchtlosen Kameraden! Heute Nacht werden wir den Westen erobern!«, rief der Anführer, fuchtelte wild mit seinem Florett durch die Luft und brachte den Kristallleuchter über sich zum Klingen und Schwingen.

»Das ist der falsche Weg! Der wilde Westen liegt im kühlen Osttrakt von *Mulberry Hall!*«, rief jemand und löste damit allgemeine Verwirrung aus.

»Ob Osten oder Westen, ich schlage vor, dass wir uns erst einmal zur nächsten Tränke begeben und die Qualität des hiesigen Feuerwassers einer ausgiebigen Probe unterziehen!«, verlangte ein anderer mit schwerer Zunge.

Tobias schüttelte den Kopf, und während er die Treppe ins erste Stockwerk hochlief, hoffte er inständig für Lord Burlington, dass seine Bediensteten im kleinen Esszimmer in der Lage waren, sich der Invasion dieser stark angeheiterten Musketiere zu erwehren, die sich in den tollkühnen Kampf mit Indianerpuppen zu stürzen gedachten, über ein Gerangel mit Livrierten jedoch wohl nicht hinauskommen würden.

Auf dem Weg zum Herrenhaus hatte er seine Umgebung unauffällig beobachtet, doch ihm war nichts Verdächtiges aufgefallen. Auch jetzt, als er über die Teppiche des Flurs schritt, bemerkte er nichts, was den Verdacht einer lauernden Gefahr hätte wecken können. Er begegnete einem Diener, der ihm bekannt war, und zwei kichernden französischen Hofdamen, die nicht älter als Jana sein konnten und über die Scherze eines Paschas lachten, der in ihrer Mitte auf der Bank in einer der Fensternischen saß und ihr Vater hätte sein können. Keiner von ihnen schenkte ihm auch nur mehr als einen flüchtigen Blick.

Nichts, wirklich gar nichts deutete darauf hin, dass irgendetwas Besorgniserregendes geschehen sein könnte. *Mulberry Hall* erlebte ein grandioses, lärmendes Kostümfest wie jedes Jahr. Nichts weiter. Also warum Sadiks Geheimnistuerei?

Tobias öffnete die Tür zur Bibliothek und trat ein. In dem langen und hohen Raum brannte nur eine einzige Lampe. Sie stand auf einem Sekretär neben dem Kamin. Ihr Licht fiel auf Sadik, der dort stand, und auf einen eingerollten Teppich, der zu seinen Füßen lag. Der Größe nach zu urteilen, konnte es sich dabei nur um den Gebetsteppich handeln. Hatte Sadik das Rätsel gelöst? Aber wenn ja, dann bestand doch für diese Art der Heimlichtuerei gar kein Grund.

»Was hat das zu bedeuten?«, fragte Tobias deshalb verwirrt. »Wozu dieses geheimnisvolle Treffen? Und ist das da Wattendorfs Gebets…«

Sadik hob kaum merklich die Hand, wie er es schon draußen vor dem Zelt getan hatte, und brachte ihn mit dieser knappen Geste zum Schweigen. »*Labbit!*… Warte! Hast du Jana unterrichtet?«

»Ja, sicher. Sie muss jeden Augenblick kommen. Aber warum sollten wir denn getrennt und unauffällig in die Bibliothek kommen?«, wollte er wissen, und das ernste Gesicht des Beduinen gefiel ihm gar nicht. »Ist irgendetwas mit dem Teppich?«

»Sihdi Burlington ...«, begann Sadik, brach jedoch sofort ab, als die Tür aufging. Es war Jana. Er nickte ihr zu und sagte: »Bitte schließ die Tür hinter dir!«

Sie folgte seiner Aufforderung und kam dann zu ihnen herüber, von den seltsamen Umständen dieses Treffens und Sadiks ernstem Gesichtsausdruck genauso beunruhigt wie Tobias.

»Was ist passiert, Sadik?«

Dieser zog einen gefalteten Bogen aus der Tasche seiner Mönchskutte. »Ein Diener hat mir vorhin diese Nachricht von Sihdi Burlington überbracht.«

»Das habe ich gesehen«, sagte Tobias. »Und was ist damit?«

»Lest selbst!«

Jana nahm den Bogen entgegen, faltete ihn auseinander und hielt ihn in das Licht. Tobias beugte sich über ihre Schulter, während sie den Text leise vorlas:

»Mein lieber Sadik!
Gedichte mit versteckten Rätseln zu entschlüsseln entspricht eigentlich nicht meinen Fähigkeiten. Aber heute scheint mir Fortuna doch recht gewogen zu sein! Zerbrach mir den Kopf über den See der Eitelkeiten – und plötzlich, wie mit einem Paukenschlag, kam mir die Erkenntnis. Zumindest nehme ich an, dass ich fündig geworden bin. Es wird Sie bestimmt interessieren, was ein Lord Ihnen für eine Deutung anbieten kann. Bitte seien Sie doch so nett und kommen Sie mit dem Teppich und der Karte zu mir in den Pavillon, in den ich mich von dem Trubel zurückgezogen habe. Und kommen Sie ohne Jana und Tobias. Ich möchte, dass es erst einmal unter uns bleibt! Es hat seine Gründe. Vertrauen Sie mir. Und vergessen Sie nicht Teppich und Karte!
Ihr Rupert.«

Jana gab den Brief an Sadik zurück und sagte mit freudiger Überraschung: »Er glaubt also das Rätsel-Gedicht gelöst zu haben! Das ist doch eine ganz hervorragende Nachricht! Ich verstehe gar nicht, warum du so eine finstere Miene machst und uns deshalb wie Verschwörer hier zusammenkommen lässt, Sadik.«

»Na, dass Rupert uns von der Enthüllung des Geheimnisses ausschließen will, finde ich schon ganz schön enttäuschend«, wandte Tobias etwas säuerlich ein. »Und ich dachte, wir verständen uns ganz ausgezeichnet. Aber offensichtlich habe ich mich geirrt. Seine Lordschaft hält uns wohl nicht für würdig, zugegen zu sein, wenn …«

»Baluhl!«, schnitt Sadik ihm das Wort ab.

»Ich und ein Dummkopf?«, fragte Tobias ungehalten. »Ja, mag sein, dass ich mich von seinen Geschichten und Marotten habe für dumm verkaufen lassen!«

»*Aiwa*, du bist in der Tat ein *baluhl*, wenn du die wahre, geheime Botschaft nicht erkennst, die Sihdi Burlington in diesen Zeilen versteckt hat«, sagte Sadik, jedoch nicht böse, sondern sorgenvoll.

»Geheime Botschaft?«, wiederholte Jana verständnislos.

»Ja, wo soll denn da eine geheime Botschaft versteckt sein?«, fragte auch Tobias verwundert.

»Seht euch den Brief noch einmal genau an!«, forderte Sadik sie auf und breitete ihn auf der Schreibplatte des Sekretärs aus.

»Achtet auf seine Schrift. Sihdi Burlington besitzt eine vorbildliche, überaus flüssige Handschrift. Innerhalb eines Wortes setzt er die Feder gewöhnlich nicht ab. Hier ist ein Brief an seinen Buchhändler in London, der das ganz deutlich erkennen lässt.«

Er zog das Schreiben zum Vergleich heran, das er auf dem Sekretär vorgefunden hatte. »Doch in dieser Nachricht, die er mir vorhin hat überbringen lassen, ist das nicht immer der Fall. In dieser Nachricht gibt es Ausnahmen. Einige Wörter weisen Anfangsbuchstaben auf, die ein wenig für sich stehen und mit dem Rest des Wortes nicht richtig verbunden sind. Wer seine Handschrift nicht kennt, dem fällt das nicht auf. Doch mir ist es nicht entgangen.«

Tobias nickte zögernd. »Mhm, ja... stimmt, du hast Recht, Sadik. Bei dem Wort ›Gedicht‹ steht das G ein wenig für sich allein«, räumte er ein.

»Und bei ›entschlüsselt‹ ist es der Anfangsbuchstabe e!«, bemerkte Jana nun, was ihnen beim ersten flüchtigen Lesen überhaupt nicht aufgefallen war.

Sadik nickte grimmig. »Und genau aus diesen Buchstaben setzt sich Sihdi Burlingtons geheime Botschaft zusammen!«

Tobias und Jana lasen den Brief nun noch einmal, diesmal mit ganz anderen Augen, und er stellte sich ihnen im Schriftbild nun so dar:

Mein lieber Sadik!
G*edichte mit versteckten Rätseln zu* e*ntschlüsseln entspricht eigentlich nicht meinen* F*ähigkeiten.* A*ber* h*eute scheint mir Fortuna doch* r*echt gewogen zu sein* ! Z*erbrach mir den Kopf über den See der* E*itelkeiten – und* p*lötzlich, wie mit einem* P*aukenschlag, kam mir die* E*rkenntnis. Zumindest* n*ehme ich an, dass ich* f*ündig geworden bin.* E*s wird Sie bestimmt interessieren, was ein* L*ord Ihnen für eine* D*eutung anbieten kann. Bitte seien Sie doch so nett* u*nd kommen Sie mit dem Teppich* u n*d der Karte zu mir in den Pavillon, in* d*en ich mich von dem Trubel zurückgezogen habe. Und* k*ommen Sie* o*hne Jana und Tobias. Ich* m*öchte, dass es erst ein*m*al unter uns bleibt* ! *Es hat seine Gründe. Vertrauen Sie mir. Und vergessen Sie nicht* T*eppich und Karte!*
Ihr Rupert

Wie ein Blitzschlag traf Tobias die Offenbarung der geheimen Botschaft, und sogleich fuhr ihm der Schreck in die Glieder, als er die allein stehenden Buchstaben miteinander verband. Sie ergaben die Warnung: *Gefahr! Zeppenfeld und kom!*

»Gefahr!... Zeppenfeld und kom!«, stieß Jana fast gleichzeitig hervor. Stimme und Gesicht drückten ihre Bestürzung aus. »Mit ›kom‹ kann doch nur ›Komplizen‹ gemeint sein. Mein Gott, Zeppenfeld hat Rupert entführt und will dich mit dem Teppich in die Falle locken!«

»Zeppenfeld!« Tobias' Stimme war ein Flüstern, in dem genauso viel Wut wie Fassungslosigkeit lag. »Er hat es also doch geschafft, sich mit seinen Handlangern auf *Mulberry Hall* einzuschleichen! Wie ist ihm das bloß gelungen? All die aufwendigen Sicherheitsmaßnahmen – für die Katz! Und jetzt hat er Rupert in seiner Gewalt!«

»*Aiwa*, und uns bleibt nicht mehr viel Zeit, um uns einen Plan zurechtzulegen, wie wir Sihdi Burlington aus ihrer Gewalt befreien können!«

»Wir riegeln das Gewächshaus rundherum hermetisch ab, sodass keine Maus mehr rauskommt, bewaffnen die Diener und die Männer vom Wachdienst, die auch mit einer Waffe umzugehen wissen, und schnappen uns dieses Gesindel!«, schlug Tobias vor. »Er wird schon aufgeben, wenn er einsehen muss, dass er nicht die geringste Chance hat, uns und damit der Gerichtsbarkeit zu entkommen. Im schlimmsten Fall schließen wir einen Handel und lassen sie laufen, wenn sie Rupert freilassen, ohne ihm ein Haar gekrümmt zu haben!«

Sadik schüttelte den Kopf. »Unmöglich! Da draußen feiern über dreihundert Gäste, die Bediensteten, Musiker und anderen Akteure gar nicht gerechnet, und viele von ihnen sind weit davon entfernt, nüchtern zu sein. Wenn bekannt wird, dass bewaffnete und zu allem entschlossene Schurken Sihdi Burlington als Geisel genommen haben, werden es die Leute mit der Angst zu tun bekommen. Ein wildes Durcheinander wäre die Folge, ja vielleicht sogar eine Panik. Das darf auf keinen Fall passieren! Zudem könnten Zeppenfeld und seine Komplizen, durch das Geschrei frühzeitig gewarnt, das allgemeine Durcheinander zu ihren Gunsten nutzen, um mit ihrer Geisel zu flüchten. Und dann wird es noch schwieriger, Sihdi Burlingtons Leben zu retten. Nein, wir haben eine Chance, wenn wir sie im Glauben lassen, wir wären ahnungslos. Allein dann können wir den Überraschungseffekt für uns nutzen und den Spieß umdrehen.«

Tobias nickte. »Du hast Recht. Zeppenfeld fühlt sich mit seinen Männern im Pavillon bestimmt ganz sicher. Und er rechnet nur mit dir. Doch wir werden ihn in die Zange nehmen!«

»Zumindest müssen wir es versuchen«, erwiderte Sadik.

»Nur wir drei?«, fragte Jana, die ganz selbstverständlich davon ausging, daß sie an dieser Befreiungsaktion teilnehmen würde.

»Uns bleibt keine Zeit, auch nur irgendjemanden ins Vertrauen zu ziehen. Zeppenfeld wird nicht beunruhigt sein, dass ich auf mich warten lasse. Er weiß ja, was da draußen los ist und dass ich nicht sofort springen werde. Im Brief war von Eile auch keine Rede. Auf so einem Fest wird man auf seinem Weg immer wieder aufgehalten. All das weiß Zeppenfeld. Aber was uns auch an Zeit bleibt, es reicht doch nicht, um Fremde einzuweihen und in meinen Plan einzubauen.«

»Aber Chang kann uns helfen«, sagte Tobias. »Er kann Rupert ein Zeichen geben, damit er weiß, dass wir seine Warnung erhalten und verstanden haben. Er wird dann innerlich auf unseren Befreiungsversuch vorbereitet sein.«

»Und wie soll das geschehen?«, wollte Jana wissen.

»Indem er etwa zwei der großen Ventilatoren einschaltet. Wenn Zeppenfeld Rupert danach fragt, wird der intelligent genug sein, ihm darauf eine scheinbar harmlose Erklärung zu geben.«

»Eine gute Idee«, lobte Sadik.

Tobias hatte noch einen Einfall. »Und ich weiß auch, wie wir schnell in die Nähe des Pavillons gelangen können, ohne von Zeppenfeld und seinen Leuten bemerkt zu werden!«

»Und wie?«, fragte Sadik skeptisch.

»Durch die Lüftungsschächte?«, mutmaßte Jana.

Tobias schüttelte den Kopf. »Nein, die Rohre sind viel zu eng. Aber die Schächte, durch die die Seilzüge zum Dach hochführen, sind groß genug, um in ihnen hochklettern zu können. Wir können auf diese Weise völlig unbemerkt bis auf fast zwanzig Schritte an den Pavillon herankommen – und zwar von allen vier Himmelsrichtungen. Denn das Bambushaus ist in diesem Abstand von solchen Seilzugschächten umgeben. Sie sind zudem hinter dichten Farnen und Palmen verborgen, damit diese Blechsäulen nicht ins Auge fallen.«

»Aber dann muss man ja erst bis zum Dach hochsteigen und von da wieder hinunterklettern«, wandte Sadik ein. »Und das wäre allein von Jana lautlos zu schaffen.«

»Nein, die Schächte verfügen auch zu ebener Erde über bequeme Einstiegsklappen, damit Reparaturen an den Seilzügen einfacher vorzunehmen sind. Chang und Rupert haben das System wirklich gut durchdacht!«, schwärmte Tobias, dessen Kenntnisse über die ›Unterwelt‹ und das Innenleben des Gewächshauses nun von unschätzbarem Wert waren.

Sadiks düsteres Gesicht hellte sich auf.

»Gut, dann kann es funktionieren. Ihr nehmt also den Weg durch die Schächte. Tobias, du kletterst den Schacht hoch, der sich links *vor* dem Pavillon befindet, und du, Jana, nimmst den rechts *hinter* dem Bambushaus, von der Rückfront des Herrenhauses aus gesehen. Ihr schleicht euch so nahe wie möglich heran, sodass ihr die freie Fläche rund um den Pavillon überblicken könnt, bleibt aber erst einmal im Schutz der Büsche.«

»Und du?«, fragte Jana.

»Ich werde den ganz normalen Weg nehmen und mit dem Teppich unter dem Arm zum Pavillon spazieren«, teilte Sadik ihnen mit.

»Aber das ist doch viel zu gefährlich!«, erhob Tobias Einspruch.

Sadik schüttelte den Kopf. »*La*, nein, ist es nicht. Zeppenfeld fühlt sich sicher. Er wird mich also ganz nahe an den Pavillon herankommen lassen. Zudem wird es ihn in Sicherheit wiegen, wenn ich Sihdi Ruperts Aufforderung scheinbar ahnungslos folge. Und wer die Küken zählt, bevor sie aus dem Ei sind, erlebt nicht selten eine bittere Enttäuschung.«

»Aber Valdek, Stenz oder Tillmann können schon vorher aus dem Hinterhalt über dich herfallen!«, wandte Jana ein.

Er lächelte spöttisch. »Sie mögen daran gedacht haben, aber Zeppenfeld hat ihnen das bestimmt ausgeredet. Er weiß, dass mein Gehör zehnmal besser ist als das ihre und dass ich sie eher bemerken würde als sie mich. Nein, sie werden mich ganz nahe an den Pavillon herankommen lassen, mindestens bis ich auf dem freien Feld stehe. Zeppenfeld hasst mich seit Paris so sehr wie wohl niemanden sonst auf der Welt. Deshalb wird er seinen Triumph über mich auskosten wollen. Und das ist unsere Chance. Und jetzt kommt mit. Im Nebenzimmer steht ein Waffenschrank mit Musketen. Ihr werdet sie brauchen.«

»Und was ist mit dir?«

Der Beduine in der dunklen Mönchskutte lächelte. »Macht euch um mich keine Sorge. Ich weiß mich schon zu schützen. Zeppenfeld fühlt sich seiner Sache sehr sicher.« Er machte eine kleine Pause und fügte dann hinzu: »Aber schon so mancher ist als scharfe Lanzenspitze ausgezogen und als stumpfes Schermesser zurückgekommen!«

Wettlauf mit der Zeit

Die Musketen in Vorhangstoff gewickelt, hasteten sie die Kellertreppe hinunter. Tobias nahm immer zwei Stufen auf einmal. Sein Degen schlug mit einem metallischen Scheppern gegen das Gestänge des Eisengeländers. Die Lampen in den hohen Gewölben unter dem Gewächshaus brannten mit kleiner Flamme.

»Chang!«, rief Tobias laut, lief an einer Reihe von Werkbänken vorbei und gelangte mit Jana durch einen breiten, gemauerten Rundbogen in einen der unterirdischen Maschinensäle. Hier standen zwei der acht Dampfmaschinen, die das technische Herz des Gewächshauses bildeten. Doch diese beiden waren nicht in Betrieb. Zu dieser Stunde schlug das Herz so langsam wie das eines Tieres im Winterschlaf. Zumindest kam es Tobias so vor. Er hatte die Kellergewölbe noch nie so still erlebt, wie er sie jetzt vorfand. Nur aus einem der weiter vorn gelegenen Räume kam das typische Geräusch gleichmäßig arbeitender Dampfmaschinen. Doch sonst war nichts zu hören. Kein Hämmern, kein Feilen, kein Kohleschaufeln, kein lautes Rattern, rein gar nichts. Und dabei war Chang jemand, der immer irgendetwas reparierte oder zu verbessern suchte. Er konnte sich nicht erinnern, den Kantonesen einmal untätig herumsitzen gesehen zu haben.

»Chang?... Wo stecken Sie?... Wir brauchen Sie!... Es ist dringend!... Es geht um Lord Burlington... um Leben und Tod!«

Er erhielt keine Antwort.

Auch Jana fiel auf, dass es bis auf das entfernte, monotone Geräusch sich drehender Antriebswellen in den Kellerräumen ungewöhnlich ruhig war.

»Sieht so aus, als hätte dein Chang Werkzeug und Ölkanne aus der Hand gelegt, um sich das verrückte Fest da oben nicht entgehen zu lassen.«

»Ach was, doch nicht Chang!«, sagte Tobias und lief weiter. Er rief nach dem Chinesen, so laut er konnte. Doch das Einzige, was ihm antwortete, war sein eigenes Echo.

»Verdammt! Er muss doch hier irgendwo stecken. Warum antwortet er mir denn nicht? Ich habe noch nie erlebt, dass er nicht hier war. Das gibt es doch gar nicht!«

»Vielleicht haben wir uns den denkbar schlechtesten Zeitpunkt ausgesucht, um die Feststellung zu machen, dass man aus gutem Grund auch in Zusammenhang mit deinem Chang niemals nie sagen soll«, entgegnete Jana spöttisch, während sie sich an seiner Seite hielt. Das Geräusch arbeitender Dampfmaschinen nahm zu.

»Er ist nicht *mein* Chang«, antwortete Tobias leicht gereizt. »Und wir haben verdammt wenig Zeit, um uns jetzt darüber zu streiten, finde ich!«

»Ich kann mich nicht erinnern, das Gegenteil behauptet zu haben. Und du kannst mir glauben, dass ich mir um Lord Burlington, aber mehr noch um Sadik genauso viel Sorgen mache wie du!«

Sie hatten nun den Teil der Kellergewölbe erreicht, der sich unter dem Pavillon erstreckte. Der Raum war so groß wie ein Ballsaal. Drei parallele Reihen von jeweils zwölf Stützsäulen aus dunkelrotem Backstein trugen die Decke. Von hier führten die vier Schächte mit den Seilzügen nach oben. Zudem zogen sich auch hier Heizungsrohre, acht an der Zahl, unter der Decke entlang und verschwanden in derselben, um bei Bedarf heiße Luft in das Gewächshaus abzugeben.

Tobias blieb vor einer der dazugehörigen Maschinen stehen. Sie standen unter Druck, wie die Anzeigen und die rotierenden Antriebsräder verrieten. In diesem Raum war der Geräuschpegel einigermaßen vertraut. Doch auch hier war keine Spur des chinesischen Maschinisten zu entdecken.

Tobias drehte sich zu Jana um. »Tut mir Leid, Jana. Ich habe es nicht so gemeint, wirklich nicht. Ich glaube, mir flattern ein wenig die Nerven!«, gab er zu. »Ich habe einfach fest damit gerechnet, Chang hier vorzufinden. Aber er ist nicht da.«

»Schon gut«, wehrte sie ab, nicht nachtragend. »Und was machen wir jetzt? Ich meine wegen der Ventilatoren? Viel Zeit haben wir wirklich nicht mehr!«

Tobias zog seine Taschenuhr hervor und ließ sie aufschnappen. Es war kurz nach halb zwölf gewesen, als sie sich von Sadik im Waffenzimmer getrennt hatten. Zehn Minuten hatte er ihnen als Vorsprung eingeräumt, und davon hatten sie schon fast fünf Minuten aufgebraucht. Um Viertel vor wollte Sadik das Gewächshaus betreten. Für den Weg bis zum Pavillon würde er vielleicht fünf bis sieben Minuten benötigen. Das bedeutete, dass sie spätestens um zehn vor zwölf auf ihrem Posten sein mussten.

»Verdammt, wir müssen hoch! Komm mit, ich zeige dir den Einstieg deines Schachtes. Er liegt da drüben hinter der Säule mit der Lampe!« Hastig ließ er die Uhr verschwinden, fasste Jana am Arm und lief mit ihr hinüber. Eine Eisenleiter führte neben den vier Seilen, die doppelte Fingerdicke hatten und auf Spannung standen, zur Decke empor. Seile und Leiter verschwanden dort in einer rechteckigen Öffnung, die etwa einen mal anderthalb Meter maß. Viel Platz zwischen Wand und Seilzug bestand nicht, doch wenn man so zierlich war wie der Chinese, hatte man keine Schwierigkeiten, sich da vorbeizuzwängen. Auch Jana würde keine Probleme haben.

»Die Leiter setzt sich auch im Schacht fort. Achte auf die Ausstiegsklappe. Sie muss sich zu deiner Rechten befinden, wenn ich mich nicht ganz täusche. Wenn du im Schacht bist, sind es bis dahin vielleicht noch zwanzig bis maximal fünfundzwanzig Sprossen. Am besten zählst du im Kopf mit«, riet er ihr.

»Werde ich!«, versprach sie, nahm die stoffumwickelte Muskete in die linke Hand und setzte ihren Fuß auf die Leiter. Mit ernstem Gesicht sah sie ihn an. »Pass gut auf dich auf, Tobias!«

»Ja, du auch! Wir schaffen es schon. Zeppenfeld wird sein blaues Wunder erleben! Und nun hoch mit dir!«, drängte er.

Jana erklomm die Leiter so behände, als hätte sie ihr ganzes Leben nichts anderes getan, als mit einer Muskete in der Hand in engen Seilzugschächten aufzusteigen.

Tobias wartete nicht ab, bis sie in der Deckenöffnung verschwand. Er rannte wieder in den vorderen Teil des Gewölbes zurück, wo sich sein Schacht befand. Einen Augenblick war er versucht zu der Maschine zu laufen, mit der einer der Ventilatoren über dem Pavillon angetrieben wurde. Doch da jede Maschine mehrere Funktionen erfüllen konnte und er nicht wusste, über welche der Wellen- und Riemenantriebe der Ventilator lief und in welche Position er das Führungsgestänge mit den verschieden großen Zahnrädern bewegen musste, ließ er es bleiben. Zum Herumhantieren und Ausprobieren fehlte ihm einfach die Zeit. In dieser kritischen Situation konnte es auf jede Minute, ja, jede Sekunde ankommen. Rupert Burlington würde also nicht wissen, ob Sadik seine Warnung verstanden hatte, und das machte sein Verhalten zu einem Risiko. Doch das Risiko, zu spät zur Stelle zu sein, war noch um einiges größer – und wog schwerer.

So schnell er konnte, kletterte er die Eisenleiter zur Decke hoch und stieg in den schmalen Schacht ein. Für ihn mit seinen kräftigen Schultern wurde es eng. Der Raum zwischen Leiter und Seilen war für die schmale, sehnige Gestalt eines Chang bemessen. Tobias musste einige Kraft aufwenden, um sich daran vorbeizwängen. Das hatte jedoch auch seinen Vorteil. Denn obwohl er nur die rechte Hand zum Nachfassen frei hatte, da er ja in der linken die Muskete hielt, brauchte er keine Angst zu haben, den Halt zu verlieren: Die gespannten Seile pressten ihn förmlich gegen die Leiter. Er hätte auch völlig ohne Zuhilfenahme seiner Hände den Schacht hochklettern können. Doch Kraft kostete es schon.

Das Licht aus dem Gewölbe reichte nicht weit. Dunkelheit umfing ihn bald. Sprosse um Sprosse stieg er höher. Die Seile scheuerten über seinen Rücken und ruinierten den kostbaren Stoff seines Kostüms. Es war stickig in dem engen, hoch aufragenden Schacht. Anstrengung und innere Erregung trieben ihm den Schweiß aus den Poren. Als er den Kopf einmal weit in den Nacken legte und nach oben blickte, war ihm, als könnte er am Ende des langen Seilschachtes einen Punkt erkennen, der nicht ganz so tiefschwarz war wie die lichtlose Enge, die ihn im Augenblick umgab.

Die ersten zwanzig Sprossen, gerechnet ab Deckeneinstieg, brachte er so schnell wie möglich hinter sich. Von da an setzte er seinen weiteren Aufstieg bedeutend langsamer fort. Denn nun tastete er nach jeder Sprosse, die er höher kam, die Wände nach der Ausstiegsluke ab.

Vierundzwanzigste Sprosse: nichts.

Fünfundzwanzigste Sprosse: noch immer keine Luke.

Sechsundzwanzigste Sprosse: rundum nur glattes Metall!

Wo blieb bloß der verdammte Ausstieg? Er musste ihn doch längst erreicht haben! Oder war er schon an ihm vorbei, ohne ihn bemerkt zu haben?

Jede Sekunde, die verstrich, kam ihm jetzt wie eine Minute vor. Unruhe erfasste ihn und der Schweiß floss ihm nun in Strömen über das Gesicht. Es war der Schweiß der Angst, sich verrechnet zu haben und zu spät zu kommen, der ihm ausbrach, als er nach der achtundzwanzigsten Sprosse die Luke noch immer nicht gefunden hatte. Sadik baute fest darauf, dass sie mit schussbereiter Muskete im Gebüsch lagen und für den nötigen Überraschungseffekt sorgten, wenn der Moment gekommen war, um Rupert Burlington aus Zeppenfelds Gewalt zu befreien.

Die Gedanken jagten sich hinter seiner Stirn, während er einen Augenblick zögerte. Sollte er weiter die Leiter hochklettern und hoffen, dass die Luke wirklich um so viel höher lag als gedacht? Oder sollte er rasch um zehn Sprossen absteigen und darauf hoffen, dass ihm die Luke beim ersten Aufstieg aus irgendeinem Grund entgangen war?

Sein Herz hämmerte wie wild. Stimmte seine Schätzung von rund zwanzig bis maximal fünfundzwanzig Sprossen bis zur Ausstiegsluke? Konnte er sich verrechnet haben? Fieberhaft ging er die Zahlen, die seiner Rechnung zu Grunde lagen, im Kopf noch einmal durch. Er suchte den Fehler. Wie stark war die Decke zwischen Keller und Gewächshaus? Etwa sechs bis sieben Meter. Dazu kam dann noch die Erdschicht, die mindestens zwei bis drei Meter tief sein musste, schon wegen der Pfahlwurzeln mancher Bäume. Das ergab eine im Schacht zu bewältigende Distanz von ungefähr zehn Metern. Abzüglich der eigenen Körpergröße blieben noch um die sieben bis acht Meter übrig. Und da bei einer Leiter auf jeden Meter gewöhnlich drei Sprossen kamen, stimmte seine Rechnung doch: Man musste zwanzig bis fünfundzwanzig Sprossen hochsteigen, um mit der Luke ungefähr auf Augenhöhe zu sein.

Doch plötzlich durchzuckte es ihn.

Das Sprossenmaß!

Da lag der Fehler!

Er war ganz selbstverständlich von dem Sprossenabstand ausgegangen, der *seiner* Körpergröße angemessen war, eben drei Trittstangen auf einen Meter. Doch diese Schächte waren von Chang geplant und insbesondere für seine Körpergröße gebaut worden, da ja er die Reparaturen vornahm, und der Chinese war nicht nur von schmächtiger Gestalt, sondern auch um ein gutes Stück kleiner als er oder Rupert. Das bedeutete, dass er für einen bequemen Aufstieg mindestens *vier* Sprossen auf einen Meter benötigte und die Leitern bestimmt auch nach diesem Maß angefertigt hatte – und das ergab dann eine Zahl von über *dreißig* Sprossen bis zur Luke!

Also nichts wie weiter nach oben!

Tobias stemmte sich rasch drei, vier, fünf Sprossen weiter hoch – und als er auf der vierunddreißigsten stand, ertastete er rechts von sich endlich den Rahmen der Klappe und den Riegel, der sich von beiden Seiten betätigen ließ. Mit einem unterdrückten Stoßseufzer der Erleichterung schob er ihn zurück.

Hoffentlich klemmt die Luke nicht!, dachte er und seine stumme Hoffnung ging in Erfüllung. Problemlos schwang die Klappe auf, als er sie aufstieß. Doch sie quietschte in den Scharnieren. Der unangenehme helle Ton erschien ihm verräterisch laut und bereitete ihm deshalb beinahe physische Schmerzen. Sein Magen zog sich zusammen und sofort hielt er die Luke fest.

Ein moosiger, erdiger Geruch schlug ihm entgegen. Es war dunkel im Gewächshaus. Zumindest sah er über sich keinen Lichtschein, sondern nur die schwarze Silhouette der Eisenkonstruktion des Daches, die wie ein sehr eigenwilliges Scherenschnittmuster wirkte, und dazwischen in einem nicht ganz so pechschwarzen Ton den Nachthimmel, der von den vielen Lichtern im Park etwas aufgehellt war. Vielleicht brannten am Pavillon Lampen. Aber um das zu sehen, musste er erst aus dem Schacht klettern und das Dickicht hinter sich lassen, das diesen blickschützend umschloss.

Zuerst schob Tobias die Muskete im Vorhangstoff ins Freie. Dann schnallte er den Degen ab und legte ihn vorsichtig und jedes Klirren vermeidend zur Feuerwaffe. Dann zwängte er sich durch die Öffnung. Es bedurfte schon einiger Verrenkungen, um aus dem Schacht zu kriechen. Jana hatte es da bestimmt einfacher gehabt. Dass er sich dabei das Kostüm an der rechten Schulterpartie mit einem langen Riss ruinierte, berührte ihn zehnmal weniger als das Spinnennetz, in das er mit seinem Kopf gelangte. Hastig und mit einer Miene des Abscheus wischte er sich die Spinnweben von Mund und Nase. Dann griff er zum Degen, schnallte ihn sich wieder um, wickelte die Muskete aus dem Fetzen Vorhang, den Sadik kurzerhand vom Fenster gerissen und mit seinem Messer zerteilt hatte, und richtete sich zwischen den Sträuchern vorsichtig auf.

Tobias wusste nicht, wie viel Zeit vergangen war, seit er und Jana sich von Sadik getrennt und sie sich auf den Weg in die Kellergewölbe gemacht hatten. Aber mit Sicherheit befand er sich schon im Gewächshaus. Doch war er noch irgendwo auf dem gewundenen Weg oder hatte er schon den Pavillon erreicht?

Einen Augenblick lauschte er angestrengt, vermochte aber keine Stimmen oder anderen Geräusche zu vernehmen, die allein dem Gewächshaus zuzuordnen gewesen wären. Das Orchester war deutlich zu hören wie auch das Gelächter von einigen Gästen, das jedoch sehr gedämpft an sein Ohr drang.

Tobias orientierte sich rasch anhand des aufragenden Seilschachtes und der Dachkonstruktion, wandte sich nach halb rechts und zwängte sich in geduckter Haltung zwischen zwei Sträuchern hindurch. Wenn ihn seine Erinnerung nicht sehr im Stich ließ, waren es vom Schacht bis zu dieser Art Lichtung, auf der das Bambushaus stand, keine zwanzig Meter.

Äste glitten durch sein Gesicht, als er um einen undurchdringlichen Bambushain einen Bogen schlug und dann im Zickzack lief, um mannshohen chinesischen Roseneibischen, Beerenmalven und Wundersträuchern auszuweichen. Gleich dahinter schloss sich ein mehrere Meter tiefer Gürtel aus sehr dicht stehenden Farnen an. Jenseits davon lag die Lichtung – und der Pavillon.

Tobias sah schwachen Lichtschein zwischen den Gewächsen hindurchschimmern und tauchte in das Meer der hohen, feinblättrigen Farne ein. Vorsichtig setzte er einen Fuß vor den anderen, um das Rascheln der Pflanzen möglichst leise zu halten und um nicht zu viel Bewegung in die Farne zu bringen.

Das laute Schlagen eines zurückschwingenden Astes ließ ihn erschrocken zusammenzucken, als hätte ihn jemand von hinten berührt. Er verharrte regungslos, die Nerven bis an die Grenzen des Erträglichen gespannt. Noch zwei, drei Schritte, und er musste das Bambushaus vor sich sehen. Hatte Zeppenfeld vielleicht ausgerechnet in diesem Farngürtel einen seiner Männer postiert? Das Geräusch, dem ein weiteres Rascheln folgte, kam von rechts.

Tobias schwenkte den Lauf der Muskete langsam in diese Richtung. Sein Mund war pulvertrocken. Er schluckte schwer und zog die Unterlippe zwischen die Zähne. Wenn es einer von Zeppenfelds Leuten war, musste er ihn überrumpeln und kampfunfähig machen...

Im nächsten Moment hörte er Sadiks Stimme. »Sihdi Rupert?... Hätten Sie nicht ein wenig mehr Licht machen können?... Ich weiß, ich weiß, Sie wollen nicht die Begehrlichkeit Ihrer Gäste auf Ihr Gewächshaus lenken. Ich hätte besser eine Lampe mitgenommen... Aber jetzt ist es ja geschafft...« Er redete so munter, als ahnte er nichts von der tödlichen Gefahr, die ihn am Pavillon erwartete.

Kaum hatte Tobias die Stimme seines Freundes vernommen, da setzte er sein Anschleichen auch schon fort. Jetzt galt es, die letzten kostbaren Sekunden zu nutzen und sich am Saum in Position zu bringen. Die ungeteilte Aufmerksamkeit ihrer Verfolger würde jetzt Sadik gelten. Niemand würde auf eine Bewegung der Farne achten oder gar deren Rascheln vernehmen.

Als Sadik einige Schritte weiter rechts auf die mit Wildblumen übersäte Wiese trat, die den Pavillon umgab, robbte Tobias gerade an den äußeren Rand des Farnstreifens heran.

Geschafft! Auf die Sekunde!, schoss es ihm durch den Kopf, als er die Muskete in Anschlag brachte. Er hatte eine ausgezeichnete Sicht. Nach der Schwärze im Schacht und im Dickicht der Wildnis erschien ihm der Teil der freien Fläche, der vor ihm lag, wie in helles Licht getaucht. Dabei brannten am Bambushaus nur zwei Außenlampen mit nicht einmal halber Leistung. Im Pavillon selbst war es stockdunkel.

Tobias bemerkte am Panoramafenster links vom Eingang die Umrisse einer schlanken, hoch gewachsenen Gestalt. War das Rupert Burlington? Von Größe und Figur her konnte es aber auch Armin Graf von Zeppenfeld sein.

Er überlegte krampfhaft, während sich sein Daumen in den Bogen des Zündhahns der Muskete legte. *Mit wie vielen Männern hat Zeppenfeld sich hier eingeschlichen? Ob Valdek, Stenz und Tillmann noch bei ihm sind? Wo wird er seine Männer versteckt haben? Ob Jana es auch rechtzeitig geschafft hat? Wenn ja, dann muss sie jetzt irgendwo da drüben auf der anderen Seite zwischen dem Zuckerrohr liegen! Gebe Gott, dass wir keinen Fehler machen und alles ein gutes Ende nimmt!*

»Sihdi Rupert?«

Tobias zog den Hahn nach hinten. Er spürte, wie er einrastete. Sofort presste er den Kolben der Waffe an die Wange und legte den Zeigefinger um den Abzug. Aber noch gab es kein Ziel und plötzlich bekam er es mit der Angst zu tun. Angst um Sadik. Es war Wahnwitz, was er da wagte. Nur ein winziger Fehler, und sein Freund würde sterben. Vor ihren Augen.

Feuerregen

Sadik zeigte nicht die geringsten Anzeichen von Beunruhigung, geschweige denn Angst. Er ging ganz gemächlich über die Wiese und auf den Pavillon zu. Den Gebetsteppich trug er unter dem linken Arm. Dass zwei Wurfmesser in der Rolle steckten, konnte man bei dem Licht noch nicht einmal auf zwei Schritt Entfernung bemerken.

»Ich muss zugeben, dass mich Ihre geheimnisvolle Nachricht wirklich gespannt gemacht hat, Sihdi Rupert!«, rief er zum Pavillon hinüber. »Was steckt denn nun hinter dem See der...«

»Das ist eine Falle, Sadik! Zeppenfeld ist hier!«, drang in diesem Moment Rupert Burlingtons Stimme aus dem Innern des Bambushauses. »Er und drei…«

Ein Schlag, ein unterdrückter Schrei, und Rupert Burlington verstummte.

Sadik schien erschrocken zusammenzufahren und presste den Teppich halb vor seine Brust, während sich seine rechte Hand vor die Öffnung der Rolle legte. Dann schien er an Flucht zu denken und sich nach rechts zu wenden, in Richtung Dickicht. Fast gleichzeitig gab Zeppenfeld sich zu erkennen.

»Keine Bewegung, Sadik! Ein Schritt zurück, und du stirbst! Valdek und Stenz haben dich genau im Visier!«, drang die herrische Stimme des ehemaligen Offiziers aus dem Pavillon. Er hatte eine forsche und eigentümlich abgehackte Redeweise, mit der er jeden Satz förmlich verstümmelte.

»Soll sich nur rühren, der Kameltreiber!«, meldete sich Stenz von oben mit galliger, hasserfüllter Stimme.

Ein großer, hagerer Mann mit einem fettigen Haarzopf trat aus dem Pavillon in den Lichtschein und nahm rechts vom Eingang Aufstellung. Er war als Samurai verkleidet und hatte seine Gesichtszüge mit Hilfe von Schminke so stark verändert, dass sie aus der Entfernung tatsächlich asiatisch wirkten. Es war Valdek, ein Söldner wie Stenz und Tillmann, die ähnlich verkleidet waren. Seine Bewaffnung passte jedoch nicht zu dem Kostüm eines japanischen Kriegers. Denn er hielt kein Schwert in der Hand, sondern eine Pistole – und zwar in jeder Hand eine. Sie waren auf Sadik gerichtet.

»Manchmal hat sogar Stenz Recht«, sagte Valdek mit dem ihm eigenen, teilnahmslosen Tonfall. Dem Leben eines anderen Menschen ein Ende zu bereiten war für ihn zum Beruf geworden, den er ohne die Emotionen ausübte, von denen Stenz und Tillmann oft befallen wurden. »Du lässt besser noch nicht einmal einen Furz, wenn du nicht versessen darauf bist, dass ich dich von hier geradewegs in die Hölle der Muselmanen blase!«

Sadik rührte sich nicht von der Stelle. Stumm stand er da, den Teppich an sich gepresst. Er schien total überrumpelt und ratlos.

Armin Graf von Zeppenfeld kam nun aus dem Bambushaus. Er war ein großer, stattlicher Mann von vierzig Jahren mit vollem, schwarzem Haar. Sein Kostüm war das eines venezianischen Dogen. Eine Maske, die mit Silber bestreut schien und dementsprechend glitzerte, verbarg sein Gesicht, ließ den Mund jedoch frei.

Für den Bruchteil einer Sekunde hatte Tobias wieder das Bild vor Augen, wie Zeppenfeld von der feurigen Explosion des Schießpulvers zu Boden geworfen wurde, die Hände schreiend vors Gesicht schlug und in den Fluss stürzte.

Zeppenfeld ging zu einer der Lampen.

»Überraschung scheint gelungen, Sadik!«, stieß er höhnisch hervor, während das Licht dem Silberstaub auf seiner Maske ein kaltes Funkeln entlockte.

»Dachte, müsste mich revanchieren, Sadik. Für deine teuflische Überraschung in Paris. Hast mir mit dem Schießpulver das Gesicht zerstört!« Seine Stimme zitterte leicht und war von einem nur mühsam beherrschten, tödlichen Hass gekennzeichnet.

»Sie haben uns keine andere Wahl gelassen. Hätten Sie Jana nicht entführt...«, begann Sadik.

»Schweig!«, schrie Zeppenfeld schrill. »War mein Recht! Hättet mir nicht in die Quere kommen sollen! Wattendorf hat Karten an mich verkauft. Stehen nur mir zu!«

»Also gut, Zeppenfeld«, gab Sadik sich scheinbar geschlagen. »Diesmal ist das Glück zweifellos auf Ihrer Seite. Ich werde Ihnen den Teppich überlassen. Aber nur im Austausch für Sihdi Rupert.«

»Werde nicht nur Teppich, sondern auch Karte bekommen!«, verlangte Zeppenfeld.

Aus dem Dunkel des Pavillons ertönten plötzlich merkwürdige Geräusche, zu denen ein Fluch und das Poltern eines umstürzenden Stuhls gehörten.

»Fliehen Sie, Sadik!«, schrie Rupert Burlington. »Er will Sie hier erschießen, wenn Chang gleich um Mitternacht mit dem Feuerwerk...«

Er brachte den Satz nicht mehr zu Ende, denn Tillmann zog ihm den Knauf seiner Pistole über den Hinterkopf, sodass er betäubt in sich zusammensackte.

Ein Feuerwerk um Mitternacht als Überraschung und Höhepunkt des Kostümfestes! Jetzt wusste Tobias, warum sie Chang nicht in den Kellergewölben angetroffen hatten. Er war draußen im Park mit den letzten Vorbereitungen beschäftigt gewesen. Und er wusste plötzlich auch, dass Sadiks ursprünglicher Plan nicht funktionieren würde, weil Zeppenfeld seinen Tod schon beschlossen hatte. Niemand würde die Schüsse seiner gedungenen Mörder hören, wenn in den Parkanlagen das Feuerwerk begann!

Um Mitternacht.

Es *war* Mitternacht!

Heulend stiegen die ersten Feuerwerkskörper in den Himmel und explodierten über *Mulberry Hall* zu buntem Feuerregen. Kanonenschläge krachten, während weitere Raketen zu den Sternen aufstiegen, unter lautem Donner und begeisterten Rufen der Gäste hoch oben zerbarsten und Kaskaden von feurigen Sternschnuppen über die Schwärze der Nacht gossen.

»Ja, wirst sterben, Sadik! Sollst vorher aber noch sehen, wofür du stirbst!… Hierfür!«, schrie Zeppenfeld und riss sich die Maske vom Gesicht. Von den ehemals klassischen Zügen des einst attraktiven Mannes war nichts mehr geblieben. Die rechte Gesichtshälfte war von feuerrotem Narbengewebe völlig entstellt. Auch auf der linken Seite zeigten sich hässliche Brandnarben.

»Schick ihn zur Hölle, Valdek!«

Am Himmel über dem Glasdach des Gewächshauses zerplatzten drei Raketen zu einem strahlend hellen Goldregen, der voller Anmut zur Erde fiel und dabei verglühte – genau über dem Dach des Gewächshauses.

»Neeeiin!«

Tobias konnte sich hinterher gar nicht mehr daran erinnern, dass er geschrien hatte. Er hörte nur Zeppenfelds Mordbefehl, sah, wie Valdek den rechten Arm streckte, und konnte doch nicht aus dem Hinterhalt schießen, ohne sich zu erkennen zu geben.

Valdeks Kopf fuhr verstört zu den Farnen hinüber. Er zögerte einen winzigen Moment, doch er riss seine Pistole nicht herum, sondern schoss auf Sadik.

Dieser schleuderte Valdek mit links den Gebetsteppich entgegen, während er in der rechten Hand plötzlich eines seiner Wurfmesser hielt. Die Klinge blitzte im zuckenden Licht explodierender Feuerwerkskörper. Doch es gelang ihm nicht mehr, das Messer auf seine tödliche Reise zu schicken.

Valdeks Kugel traf ihn unterhalb der rechten Schulter. Er schrie auf, wurde herumgerissen, stürzte zu Boden und versuchte wieder auf die Beine zu kommen. In diesem Moment feuerte Valdek seine zweite Pistole auf ihn ab. Sie traf ihn in den Rücken und streckte ihn endgültig nieder.

Tobias schoss, ohne den Schuss zu hören, was nichts mit dem unablässigen Bersten und Krachen der Feuerwerkskörper zu tun hatte. Er hörte für einige Sekunden überhaupt nichts. Er sah, wie Valdek von seiner Kugel getroffen wurde, die Arme in die Luft warf, dass die Pistolen davonflogen, wie er gegen die Wand des Pavillons taumelte, die Hände vor die Brust presste und vornüberfiel.

Er hörte nur das Rauschen seines Blutes in den Ohren und in sich einen Schrei. Sie hatten Sadik getötet! Er war wie gelähmt. Was ihm wie eine Ewigkeit erschien, dauerte in Wirklichkeit jedoch nicht mehr als ein, zwei Sekunden. Dann brach der Lärm wieder wie eine mächtige Woge über ihn herein.

Zeppenfeld stürzte sich auf die verschnürte Teppichrolle, riss sie an sich und schrie etwas in den Pavillon. Dann rannte er ins Dunkel.

Tobias sprang auf, riss den Degen aus der Scheide und stürmte aus seinem Versteck. Er sah das Mündungsfeuer einer Schusswaffe aus der oberen Etage des Bambushauses aufblitzen. Es blendete ihn und im selben Moment traf ihn das Geschoss am rechten Oberschenkel. Ihm war, als schnitte ein scharfes Messer tief in sein Fleisch.

Er schrie gellend auf und knickte ein. Aus den Augenwinkeln bemerkte er den Schuss, den Jana aus dem Zuckerrohr abgab. Dem folgten ein Schmerzensschrei von Stenz und Tillmanns entsetzter Ruf: »Es hat Valdek erwischt! Der Mistkerl ist nicht allein gekommen! Die nehmen uns ins Kreuzfeuer! Nichts wie weg!«

Tobias wollte den Flüchtenden nach, doch schon nach drei Schritten überwältigte ihn der stechende Schmerz in seinem Bein und beraubte ihn jeglicher Hoffnung, die Verfolgung aufnehmen zu können.

Rupert Burlington taumelte aus dem Pavillon ins Freie, während Jana zu ihnen über die Wiese rannte, von panischem Entsetzen getrieben. »Tobias!... Tobias!«, schrie sie voller Angst um ihn. »Um Gottes willen! Nicht auch noch du! O Herr, lass es nicht zu!...«

Tobias ignorierte den scharfen Schmerz und richtete sich wieder auf. Er winkte in Janas Richtung, um ihr zu verstehen zu geben, dass er nicht schlimm verletzt war. Sie blieb stehen, zögerte kurz und lief dann zu Sadik hinüber.

Im nächsten Moment war Rupert Burlington schon bei Tobias und stützte ihn.

»Diese Verbrecher!«, stieß er verstört hervor. »Und ich dachte schon, Sie hätten meine Warnung nicht bemerkt. Ich werde es mir nie verzeihen...«

Tobias deutete mit seinem Degen auf die am Boden liegende Gestalt ihres Freundes. »Sadik!... Erst er!... Einen Arzt! Und alarmieren Sie den Wachdienst!... Vielleicht gelingt es Ihren Leuten noch, Zeppenfeld, Stenz und Tillmann zu fassen!«

Rupert Burlington zögerte. »Ja, aber ich kann Sie doch nicht...«

»Sadik!... Er ist getroffen!... Also holen Sie einen Arzt! Schnell! Es muss unter Ihren Gästen doch wenigstens *einen* Arzt geben!« Tobias schrie ihn fast an.

Rupert Burlington nickte stumm und eilte davon.

Mit schmerzverzerrtem Gesicht humpelte er zu Jana hinüber, die an Sadiks Seite kniete. Die Angst schnürte ihm die Kehle zu. Valdek hatte zwei Schüsse auf ihn abgegeben, davon einen genau in den Rücken. Sein Verstand sagte ihm, dass Sadik tot sein musste, und sollte er noch leben, hatte er nicht die geringsten Aussichten, diese schweren Schussverletzungen zu überleben. Doch er weigerte sich, das zu akzeptieren. Es durfte nicht sein. Sadik durfte nicht sterben! Er war sein Freund, sein Bruder, sein *bàdawi*, und sie wollten doch zusammen nach Ägypten und ins Verschollene Tal. Es konnte nicht sein, dass Sadik hier auf *Mulberry Hall* in einem verfluchten Gewächshaus starb!

»Lebt… lebt er noch?«, fragte er ängstlich, als er neben Sadik ins Gras sank.

»Ich weiß es nicht«, antwortete Jana mit zitternder Stimme, und im Licht eines explodierenden Feuerwerkskörpers sah ihr Gesicht kreideweiß aus. »Komm, hilf mir, ihn auf die Seite zu drehen. Er ist so schwer.«

Sadik gab ein Stöhnen von sich und bewegte sich.

»Er lebt! Er lebt! Er wird es schaffen!«, rief Tobias überglücklich, dass ihm die Tränen in die Augen traten, und fasste Sadik an der Schulter.

»Natürlich lebe ich, aber mir brummt der Schädel, als wäre eine ganze Karawane über mich hinweggetrampelt«, murmelte der Beduine benommen.

Tobias konnte nicht glauben, was er sah: Sadik richtete sich auf, als hätten ihn nicht eben zwei Kugeln getroffen und zu Boden geworfen! Und er blutete auch gar nicht. Es war so unfassbar, was da vor seinen Augen geschah, dass er für einen Moment den Schmerz in seinem Bein vergaß.

Auch Jana war fassungslos.

Sadik setzte sich in ihrer Mitte auf, sah ihre sprachlosen Gesichter und sagte dann trocken: »Ich würde euch ja gern den Gefallen tun und an ein Wunder glauben lassen. Aber diesmal hat mich nicht die Vorsehung gerettet, sondern gesunde Vorsicht und ein alter Ritterharnisch, den ich im Waffenzimmer entdeckt und mir vorsorglich umgeschnallt habe. Ich schätze, er hat mir das Leben gerettet.« Er löste den Gürtel, zog die weite

Kutte über den Kopf und brachte darunter einen gewölbten Harnisch für Brust und Rücken zum Vorschein, der innen noch mit Leder ausgeschlagen war. Die Pistolenkugeln hatten das Metall durchschlagen, waren dann aber im Lederfutter stecken geblieben.

»Himmel, hast du uns einen Schreck eingejagt!«, stöhnte Tobias auf und wusste nicht, ob er vor Erleichterung über Sadiks wundersame Rettung lachen oder vor zunehmendem Schmerz weinen sollte.

»Wo ist der Teppich?«, wollte Sadik wissen.

»Zeppenfeld hat ihn«, sagte Tobias. »Aber den verschmerze ich gerne. Hauptsache, du lebst.«

Sadik verzog das Gesicht. »Du hast gut reden. Das war *mein* Gebetsteppich!«

»Deiner? Es war gar nicht der von Wattendorf?«, fragte Tobias ungläubig, dass Sadik diesen Bluff gewagt hatte und Zeppenfeld mit leeren Händen hatte fliehen müssen.

»Natürlich habe ich ihnen nicht den von Wattendorf vor die Füße geworfen. Wie könnte ich auch, zumal wir das Rätsel doch noch nicht gelöst haben? Nein, dieses gewissenlose Scheusal ist mit meinem guten Stück geflohen, das ist ja das Schlimme!«, klagte Sadik, als wäre er nicht gerade nur knapp dem Tod entronnen. »Jetzt muss ich tagtäglich bei meinen Gebeten den hässlichen Anblick von Wattendorfs besserem Fußabtreter ertragen. Allah allein mag wissen, wofür ich diese Strafe verdient habe.«

Tobias lachte schallend, und in diesem ein wenig schrillen Lachen, in das Jana mit einstimmte, entluden sich die ungeheure Anspannung und Angst. Dann ging seine Hand zu seinem verletzten Bein. Er spürte blutgetränkten Hosenstoff unter seinen Fingern und musste an Valdek denken, den er mit seinem Schuss getötet hatte. Gut, er hatte keine andere Wahl gehabt, und Valdek war ein skrupelloser Verbrecher gewesen, doch das änderte nichts daran, dass es das Gebot *Du sollst nicht töten!* gab und er soeben einen Menschen erschossen hatte. Plötzlich wurde ihm ganz schwindelig und übel zu Mute.

»Tobias!... Was hast du?«, rief Sadik.

»Eine Kugel hat ihn getroffen. Am rechten Bein. Ich glaube, es war Stenz«, teilte Jana ihm mit.

»Es brennt wie die Hölle, die Zeppenfeld verdient hat, ist aber bestimmt nur halb so wild«, murmelte Tobias und streckte sich im Gras aus, damit Sadik seine Wunde untersuchen konnte. Jana holte vom Pavillon eine Lampe.

Wenig später bestätigte Sadik seine Vermutung. Die Kugel hatte eine tiefe Wunde gerissen, war jedoch nicht stecken geblieben und hatte auch weder Sehnen noch Knochen verletzt.

Tobias schloss die Augen und überließ sich Sadiks heilkundigen Händen. Er war gern auf *Mulberry Hall* gewesen. Doch nun konnte er es nicht erwarten, dass der Morgen heraufdämmerte und sie nach Portsmouth aufbrachen, um sich dort auf der *Arcadia* einzuschiffen und Kurs auf Alexandria zu nehmen. In ein paar Wochen würden sie dann endlich in Ägypten sein.

Ägypten!

Wo alles begonnen hatte.

Und wo das Verschollene Tal darauf wartete, von ihnen entdeckt zu werden!

Liebe Leserinnen, liebe Leser,

es gibt ein arabisches Sprichwort, das lautet: »Ein Buch ist wie ein Garten, den man in der Tasche trägt.« Ich hoffe, dass euch (Ihnen) der Roman, der in den Gärten meiner Phantasie entsprungen ist, gefallen hat.

Seit vielen Jahren schreibe ich nun für mein Publikum, und die Arbeit, die Beruf und Berufung zugleich ist, bereitet mir viel Freude. Doch warum tauschen wir zur Abwechslung nicht mal die Rollen? Ich würde mich nämlich über ein paar Zeilen freuen, denn es interessiert mich sehr, was die Leserinnen und Leser von meinem Buch halten.

Also: Wer Lust hat, möge mir seinen Eindruck von meinem Roman schreiben. Und wer möchte, dass ich ihm eine signierte Autogrammkarte zusende – sie enthält auf der Rückseite meinen Lebenslauf sowie Angaben zu und Abbildungen von weiteren Romanen von mir – der soll bitte nicht vergessen das Rückporto für einen Brief in Form einer Briefmarke beizulegen. (Nur die Briefmarke beilegen! Manche kleben sie auf einen Rückumschlag, auf den sie schon ihre Adresse geschrieben haben. Diese kann ich nicht verwenden!) Wichtig: Namen und Adresse in DRUCKBUCHSTABEN angeben! Gelegentlich kann ich auf Zuschriften nicht antworten, weil die Adresse fehlt oder die Schrift beim besten Willen nicht zu entziffern ist – was übrigens auch bei Erwachsenen vorkommt! Und schickt mir bitte keine eigenen schriftstellerischen Arbeiten zu, die ich beurteilen soll. Leider habe ich dafür keine Zeit, denn sonst käme ich gar nicht mehr zum Schreiben.

Da ich viel durch die Welt reise und Informationen für neue Romane sammle, kann es Wochen, manchmal sogar Monate dauern, bis ich die Post *erhalte* – und dann vergehen meist noch einmal Wochen, bis ich Zeit finde, zu antworten. Ich bitte daher um Geduld, doch meine Antwort mit der Autogrammkarte kommt ganz bestimmt.

Meine Adresse:
Rainer M. Schröder • Postfach 1505 • 51679 Wipperfürth

Wer jedoch dringend biographische Daten, etwa für ein Referat, braucht, wende sich bitte direkt an den Verlag, der gern Informationsmaterial zuschickt (C. Bertelsmann Jugendbuch Verlag, Neumarkter Straße 18, 81673 München); oder aber er lädt sich meine ausführliche Biographie, die Umschlagbilder und Inhaltsangaben von meinen Büchern sowie Presseberichte, Rezensionen und Zitate von meiner ***Homepage*** auf seinen Computer herunter. Dort erfährt er auch, an welchem Roman ich zur Zeit arbeite und ob ich mich gerade im Ausland auf Recherchenreise befinde. Meine Homepage ist im ***Internet*** unter folgender Adresse zu finden:

http://www.rainermschroeder.com

(Ihr)
euer